Ullstein Krimi

Ullstein Krimi
Lektorat: Georg Schmidt
Ullstein Buch Nr. 10498
im Verlag Ullstein GmbH,
Frankfurt/Main – Berlin
Titel der amerikanischen
Originalausgabe:
Eight Black Horses

Deutsche Erstausgabe

Umschlaggestaltung & Fotorealisation:
Welfhard Kraiker & Karin Szekessy

Printed in Germany 1987
Gesamtherstellung:
Ebner Ulm
ISBN 3 548 10498 3

Januar 1988

Vom selben Autor
in der Reihe der
Ullstein Bücher:

Neugier macht Mörder (10001)
Kings Lösegeld (10062)
Mordgespenster (10115)
Killers Lohn (10159)
Clifford dankt Ihnen (10183)
Schwarze Hochzeit (10194)
Ich war's, ich war's (10206)
Schnapp-Schuß (10218)
Die Greifer (10230)
Das Unschuldslamm (10260)
Heißer Sonntagmorgen (10284)
Polizisten leben gefährlich (10412)
Der Pusher (10389)
Späte Mädchen sterben früher (10461)

CIP-Kurztitelaufnahme
der Deutschen Bibliothek

MacBain, Ed:
Acht schwarze Pferde: Polizeiroman / Ed
McBain. Übers. von Kenneth Rudman u.
Bettina Zeller. – Dt. Erstausg. –
Frankfurt/Main; Berlin: Ullstein, 1988
(Ullstein-Buch; Nr. 10498:
Ullstein-Krimi)
Einheitssacht.: Eight black horses ‹dt.›
ISBN 3-548-10498-3
NE: GT

Ed McBain

Acht schwarze Pferde

Polizeiroman

Übersetzt von Kenneth Rudman
und Bettina Zeller

Ullstein Krimi

Für Vanessa Holt

Die Stadt, die auf diesen Seiten geschildert wird, existiert nicht. Die Personen, die Schauplätze sind alle frei erfunden. Nur die Polizeiroutine beruht auf feststehenden Untersuchungsmethoden.

1

Die Dame war außerordentlich nackt.

Das heißt, sie *wirkte* außerordentlich nackt, weil sie so völlig weiß war. Schließlich gibt es keine Abstufungen der Nacktheit. Entweder ist man bekleidet, oder man ist unbekleidet. Die Dame war zweifellos unbekleidet, aber all die Detectives, die sich um sie versammelt hatten, stimmten darin überein, daß sie nackter aussah als jede andere nackte Person, die sie in ihrem ganzen Leben gesehen hatten.

»Das liegt daran, daß sie so weiß ist«, sagte Monoghan.

»Sie sieht aus wie ein Albino«, sagte Monroe.

Monoghan und Monroe waren Detectives des Morddezernats. Sie waren verständigt worden, als festgestellt wurde, daß die Dame, die auf den verwelkenden Blättern abseits des Parkweges lag, in der Tat tot war. Es waren nur wenig Untersuchungen nötig, um festzustellen, daß sie tot war. Der Streifenpolizist hatte, sobald er das Einschußloch in ihrem Hinterkopf sah, gewußt, daß sie tot war. Als er den Sergeant im 87. über Walkie-talkie erreicht hatte, hatte er tatsächlich gesagt: »Sarge, ich hab' 'ne Kalte hier im Park.« Auch Carella und Brown wußten, daß die Dame tot war. Deshalb hatten sie im Revier zurückgerufen, um Sergeant Murchison zu bitten, das Morddezernat zu verständigen.

Keiner der Männer trug einen Mantel.

Nach dem Regen in den letzten Tagen war das Oktoberwetter so mild geworden, daß man wieder Shorts und Sandalen tragen konnte, was viele der neugierigen Zuschauer hinter den Tatortschildern und Absperrungen in der Tat machten. Monoghan und Monroe dagegen trugen beide schwarze Anzüge, weiße Hemden, blaue Schlipse und graue Fedoras. Sie sahen aus wie zwei beleibte Leichenbestatter, die draußen vor dem Beerdigungsinstitut warteten, um die Leidtragenden zu empfangen.

Arthur Brown trug einen hellbraunen Tropenanzug. Steve Carella trug eine blaue Hose und ein etwas dunkleres blaues Sporthemd mit hochgekrempelten Ärmeln. Sie hätten zwei normale Bürger sein können, zwei verheiratete Männer – was sie auch waren –, die an einem schönen Dienstagmorgen in den Park hereinspaziert waren, um von Frau und Kindern wegzukommen und die Footballergebnisse zu diskutieren.

Aber die Menge, die sich gerade versammelte, wußte, daß Brown ein Cop war, weil er so böse aussah. Er starrte finster herunter auf die

Leiche, die auf den Blättern lag. Als er heute morgen aufgewacht war, betrug die Temperatur 68 Grad Fahrenheit – oder zwanzig Grad Celsius, wie die verdammten Vorhersager es immer übersetzen mußten –, und so hatte er den leichten hellbraunen Anzug angezogen. Der Anzug ließ ihn sehr braun aussehen, was er in der Tat war. Er betrachtete sich nicht gern als schwarzen Mann, was er – in der heutigen Terminologie – auch war. Er kannte keine schwarzen Männer, die wirklich schwarz waren. Schwarz bedeutet die *Abwesenheit* von Farbe, nicht wahr? Er hatte sich in der Tat immer als »farbig« betrachtet, bis es für einen schwarzen Mann fast obligatorisch geworden war, sich als schwarz zu betrachten. Wenn du dich nicht als schwarz betrachtest, dann verrätst du die eigene Rasse. Black Power. Scheiße. Was Brown hatte, war *Brown* Power, in seinen ganzen ein Meter neunzig und zweihundertzwanzig Pfund. Die Zuschauer dachten, daß er ein Bulle war, weil jemand, der so böse aussah und mit einem Haufen Cops zusammen war und keine Handschellen trug, selbst ein Cop sein mußte. Außerdem war eine kleine Plastikausweiskarte an der Tasche seines Anzugs befestigt.

Da die Leute noch die Baseball-Meisterschaft frisch in Erinnerung hatten, dachten sie, daß Carella wie ein Baseballspieler aussah. Sie folgerten dies aus seiner athletischen Haltung und seinem langen, schlanken Körper. Sie fanden auch, daß er ein wenig chinesisch aussah, was daran lag, daß seine braunen Augen leicht schräg nach unten abfielen; oder war das japanisch? Sie bezweifelten, daß es so viele kaukasisch-chinesische Baseballspieler in Amerika gab, also entschieden sie, daß er auch ein Cop war. Ein Hinweis darauf war die Plastikausweiskarte, die an seiner Hemdtasche befestigt war, genau wie die, die der böse aussehende schwarze Typ trug. Beide Männer trugen gehalfterte Pistolen an der Hüfte, ein weiterer Hinweis auf ihre Identität, obwohl man in dieser Stadt – wie in den alten Tagen des Wilden Westens – manchmal billige Straßendiebe fand, die völlig unverhüllt mit Waffen herumliefen.

Carella und Brown arbeiteten gern miteinander.

Sie fanden, daß ihre Zusammenarbeit gegen die Banditen erfolgreich war.

Die Banditen warfen einen Blick auf Carella und dachten, daß es mit *ihm* einfach sein würde, aber vor dem bösen Nigger mußte man sich in acht nehmen. Wann immer sie zusammenarbeiteten, zogen Carella und Brown das Mutt-und-Jeff-Spiel voll durch. Carella spielte den Meister Propper – »Mannometer, Artie, ich glaube, dieser nette junge Mann weiß nicht einmal, was Marihuana *ist*!« Brown spielte den Big Bad Leroy, geboren in einer Mülltonne im Ghetto, der drückte, seitdem er sechs war, der in Castleview gesessen hatte und danach das Licht erblickte und Cop wurde, um für sein früheres, böses Leben zu büßen. Aber noch böse, immer noch so böse wie die Mieze einer Hure. »Du lügst, du kleiner Mistkerl, ich werd' dich auf der Stelle umbringen und dem Staat so die Stromrechnung ersparen. Nimm die Hände weg, Steve, ich werde diesen Mann vom Dach werfen!« Böse, o Mann, *echt* hart. Big Bad Leroy. Es funktionierte sehr gut.

Der Himmel über ihnen war so blau wie die Augen eines neugeborenen Kindes.

Die Blätter an den Bäumen, die am Rand des Weges standen, waren gelb und braun und rot und orange.

Die Blätter unter der toten Dame waren gelb und rot.

Das Rot wurde von der Wunde an ihrem Hinterkopf verursacht.

»Diese Stadt«! sagte Monroe. »Du kannst eine Tote in einen Park tragen, sie hat ein Einschußloch im Kopf und ist splitternackt, und niemand zuckt mit einer Wimper.«

Carella blickte hinunter auf den leblosen weißen Körper, der auf den mit Blut befleckten Blättern lag. Sie sehen immer so eckig aus, dachte er. Der Gedanke, begleitet von einem flüchtigen Aufflackern des Schmerzes in seinen Augen, war von kurzer Dauer. Bei zu vielen Gelegenheiten hatte er allein gesessen und sich gefragt, warum die Geometrie des Todes nur Winkel hinterläßt.

»Drehen wir sie um«, sagte Monoghan. »Sehen wir nach, ob sie einen Ausweis an der Brust befestigt hat.«

Er wußte, daß sie sie nicht umdrehen durften, bis der Polizeiarzt kam. Er machte es den Detectives des 87. nur gern schwer. Das war eine der kleinen Freuden im Leben. Die Cops im Revier hier nahmen die Sache zu ernst. In Monoghans Universum war ein Kalter ein Kalter, nicht mehr. Bekleidet, nackt, erstochen, erschossen, erwürgt, eingeäschert, zerhackt, wie auch immer, es war immer noch nur eine Leiche, und eine Leiche bedeutete Papierkram. Aber in dieser Stadt war die Anwesenheit von Beamten des Morddezernats an einem Tatort vorgeschrieben. Der Fall gehörte offiziell den Detectives, bei denen die Meldung einging, aber die Mordkommission sah ihnen ständig über die Schulter und verlangte Berichte über jeden Fortschritt.

»Was sagst du?« fragte Monoghan, der sich nicht sicher war, ob Carella ihn gehört hatte. »Wir drehen sie um, damit wir sehen können, wie sie von vorne aussieht.«

Carella gab sich nicht die Mühe, ihm zu antworten. Seine Augen suchten die Blätter nach einer Kugel oder einer verbrauchten Hülse ab.

»Was meinst du, wie alt sie ist?« fragte Monroe. »Nach ihrem Arsch zu urteilen?«

»Das ist ein siebenundzwanzigjähriger Arsch«, sagte Monoghan.

»Einen schön festen Arsch hat sie da«, meinte Monoghan.

»Ich hatte mal einen Fall«, sagte Monroe, »da starb dieser Typ an einer zerbrochenen Flasche, die ihm in den Arsch geschoben wurde.«

»Ja, an den erinnere ich mich«, sagte Monoghan.

»Ist verblutet«, sagte Monroe.

»Sein Freund hat's getan, nicht?«

»Ja, sein Freund.«

Beide Männer betrachteten die Pobacken der Frau.

»Siebenundzwanzig Jahre alt, ich wette mit dir, zwei zu eins«, sagte Monoghan.

»Die Beine sehen auch wie siebenundzwanzig aus«, bemerkte Monroe.

Brown schaute zum Himmel hoch.

Es war keine einzige Wolke da.

Er atmete einen tiefen Zug frischer Luft ein.

»Morgen, meine Herren«, sagte eine Stimme, und sie drehten sich um und blickten zum Weg, auf dem sich ein Mann, Ende Fünfzig in einer dunkelblauen Hose, Seersucker-Sakko, rosa Hemd und blauem Schlips mit Pünktchen näherte. Er trug eine schwarze Tasche in der rechten Hand. »Schöner Tag, nicht wahr?« sagte er. »Ist das die Leiche?«

»Nein, die Leiche ist da oben in dem Baum da«, sagte Monroe.

»Es ist eine Indianer-Leiche«, sagte Monoghan. »Sie tragen sie in die Bäume hinauf.«

Der gerichtsmedizinische Assistent sah hoch zu den Baumspitzen. Blätter fielen von überall herunter und drehten sich in der Luft.

»Wir haben diese Woche drei nackte Leichen gehabt«, bemerkte der Arzt zu niemand Bestimmten und kniete sich neben die tote Frau.

»Wo hast du das gehört?« fragte Monroe Monoghan.

»Wo habe ich was gehört?«

»Daß die Inder Leichen in die Bäume legen.«

»Das ist eine Tatsache«, sagte Monoghan.

»Weiß der Muhammad Ghandi das?«

»Ich rede von *amerikanischen Indianern*«, sagte Monoghan. »Wenn jemand stirbt, dann legen sie die Leiche oben in einen Baum.«

»Wozu?«

»Wer zum Teufel soll das wissen?«

Der Arzt hatte die Leiche umgedreht. Er hielt ein Stethoskop an die Brust der toten Frau.

»Was meinen Sie, Doc?« fragte Monroe. »Ist sie tot genug für Sie?«

»Ruhe bitte«, sagte der Arzt.

»Er glaubt, er wird einen Herzschlag hören«, sagte Monoghan.

Die Männer verstummten. Nur das Flattern der Blätter in der sonnendurchfluteten Luft war zu hören. Die Augen der toten Frau waren weit geöffnet. Sie waren so blau wie der Himmel oben. Ihr Haar war so golden wie die Blätter unter ihr. Sie schien Mitte Dreißig zu sein, eine nicht unattraktive Frau, abgesehen von der großen Schußwunde in ihrer Kehle. Sie war so weiß, daß Carella sich fragte, ob sie jemals draußen in der Sonne gewesen war.

»Sie ist definitiv tot«, sagte der Arzt, erhob sich und legte dabei sein Stethoskop in seine Tasche zurück. »Sie können es als Schußwunde eintragen.«

Der nächste Brief – nun, es war eigentlich kein Brief.

Die nächste Botschaft – *das* war es auch nicht, es sei denn, es *bedeutete* etwas.

Das nächste gefaltete Blatt Papier mit, äh, *Bildern* drauf wartete auf sie, als sie zurück ins Revier kamen. Sergeant Murchison sagte ihnen, daß es in einem einfachen weißen Umschlag ohne Absender gekommen war. Der Poststempel auf der Briefmarke wies darauf hin, daß er am Vierundzwanzigsten, gestern, abgeschickt worden war. Das sprach für das Postamt; in dieser Stadt dauerte es manchmal vier Tage, bis ein Brief drei Blocks innerhalb der Stadt zurücklegte.

Sie wußten nicht, ob dieser von dem Tauben war.

Das lag daran, daß kein Ohr drauf war.

Sie waren sich ziemlich sicher, daß der erste Brief – Mitteilung, gefaltetes Blatt Papier, was immer zum Teufel es war – von dem Tauben gekommen war. Das lag daran, daß sie alle professionelle Polizisten waren, und wenn sie ein taubes Ohr vor Augen hatten, dann erkannten sie es sofort.

Die erste Zuschrift – nahmen sie an – war am Samstag, dem 22. Oktober gekommen. Sie war an Detective Stephen Louis Carella im 87. Revier adressiert und sah so aus:

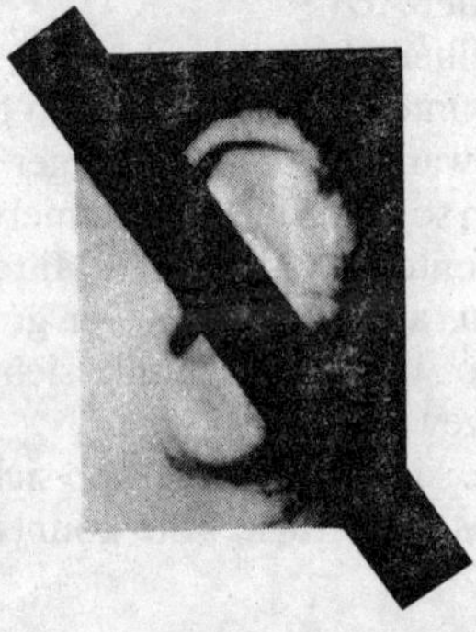

Nun, jeder im Revier wußte, daß die Dinge, die sich oben auf der Seite aufbäumten, Pferde waren. Sie wußten auch, daß es acht waren und daß sie schwarz waren, und wenn man das alles zusammenrechnete, hatte man acht schwarze Pferde. Was natürlich nichts bedeutete. Was natürlich, falls ihnen der Taube das Ding zugeschickt hatte, *etwas* bedeutete. Weil der Taube öfters Zuschriften schickte, die so aussahen, als ob sie nichts bedeuteten, bis man sie enträtselt hatte, und dann bedeuteten sie etwas. Etwas, das sie im Lauf der Jahre über den Tauben gelernt hatten, war, daß er das Spiel immer fair spielte. Sie wußten nicht, *warum* er das Spiel fair spielte, aber sie verstanden auch selten den Gedankengang eines Verbrechergehirns, am wenigstens das eines Meisterverbrechers. In *ihren* Gedanken war der Taube ein Meisterverbrecher. Deshalb spielte er das Spiel fair und schickte ihnen Nachrichten, die so aussahen, als ob sie nichts bedeuteten, obwohl sie eigentlich etwas bedeuteten.

Sie dachten, daß es der Taube sein müßte, wegen des Ohrs mit dem Strich darüber.

Die meisten Leute haben keinen Strich über dem Ohr. Nach den international gültigen Schilderbezeichnungen steht ein Schild mit einer Zigarette und einem Strich darüber für *Rauchen verboten*. Der Buchstabe P mit einem Strich darüber steht für *Parken verboten*. Ein Ohr mit einem Strich darüber hätte KEIN OHR bedeuten können, aber sie ahnten, daß es statt dessen KEIN GEHÖR bedeutete, was ferner TAUB bedeutete, und da das Ohr kein zierlich geformtes muschelartiges Ding, sondern statt dessen ein sehr männlich aussehendes Ohr war (es sei denn, es handelte sich um das Ohr einer Catcherin), kamen sie zu dem Schluß, daß das Bild von dem Ohr mit dem Strich darüber TAUBER MANN bedeutete.

Dieser Schluß war beunruhigend.

Sie wollten nicht glauben, daß der Taube wieder unter ihnen weilte.

Sie hatten die Mitteilung des Tauben ans Notizbrett geheftet und sie hofften, daß sie verschwand. Aber es war Dienstagmorgen, der 25. Oktober, und sie war nicht verschwunden. Statt dessen gab es einen zweiten an Carell persönlich adressierten Umschlag. Als er ihn öffnete, fand er ein weiteres einzelnes gefaltetes Blatt weißes Papier darin. Er faltete das Papier auseinander. Er sah es an. Diesmal war es kein Ohr mit einem Strich darüber. Statt dessen waren da:

Meyer Meyer sah Carella über die Schulter.

Er trug eine leichte Hose und ein kurzärmeliges Polohemd mit einem Krokodil an der Stelle, wo die Tasche gewesen wäre, wenn es eine Tasche am Hemd gegeben hätte. Die meisten Polohemden hatten heutzutage keine Taschen. Meyer störte das nicht mehr, seitdem er das Rauchen aufgegeben hatte. Das Hemd war eine Nuance dunkler als seine blauen Augen. Die Hose war aus einer Art cremefarbenem Polyester, genauso bleich wie sein kahler Schädel. Seine Frau Sarah hatte ihm heute morgen gesagt, daß es billig wirkte, wenn er Sommerkleidung zur Arbeit trug, obwohl es schon Ende Oktober war. Er hatte bemerkt, daß es vielleicht in seinem Kopf Oktober war, aber in dem

Rest von ihm war es immer noch Juni. Sarah hatte den Verdacht, daß er eine sexuelle Anspielung machte.

»Ist er es wieder?« fragte er.

»Ich weiß nicht«, antwortete Carella.

»Was soll denn das überhaupt sein?« fragte Meyer.

»Radios, nehme ich an«, sagte Carella.

»Walkie-talkies, würde ich eher sagen«, sagte Brown.

»Fünf Walkie-talkies«, sagte Carella.

»Aber kein Ohr.«

»Kein Ohr.«

»Vielleicht ist er es nicht«, sagte Carella.

»Dein Wort in Gottes Ohr«, sagte Meyer.

»Fünf Walkie-talkies«, sagte Brown und schüttelte den Kopf.

»Er gibt uns Arithmetikunterricht«, sagte Meyer. »Acht, fünf . . .«

»Er macht sich über uns lustig«, sagte Brown. »Acht schwarze Pferde, fünf Walkie-talkies, diese Dinge haben *überhaupt* nichts gemeinsam.«

Das Problem mit nackten Leichen ist, daß sie keine Kleidung tragen.

Kleidung ist ein Hilfsmittel zur Identifikation.

Kleidung ist auch nützlich, um festzustellen, wer der oder die Täter sein könnten. Haare haften an Kleidung. Flecken haften an Kleidung. Brotkrümel, Eisenfeilenstaub, Sägespäne, Gesichtspuder, Flohpulver, Schießpulver, allerlei spannende Informationsleckerbissen haften an Kleidung und machen das Leben eines Labortechnikers ein bißchen leichter. An einer nackten Leiche bleibt sehr wenig haften. Es sei denn, sie wurde vergewaltigt. In diesem Fall findet man oftmals fremde Schamhaare, die sich im Schamhaar des Opfers verwickeln, oder Samenspuren in der Scheide.

Nach dem Vorbericht des Amtes des Polizeiarztes war die Dame im Park nicht vergewaltigt worden, weder vor ihrem Tod noch *danach*, was in dieser zivilisierten Stadt nicht ungewöhnlich war.

Sie war nach Mafia-Art mit einem Schuß in den Hinterkopf getötet worden.

Eine einzige Kugel hatte gereicht, aber es waren keine verbrauchten Hülsen oder Kugeln am Tatort. Eine automatische Pistole wirft die Hülsen aus, wenn sie abgefeuert wird. Bei einem Revolver bleiben die leergeschossenen Hülsen in der Trommel zurück. Aber egal, *welche* Art von Waffe auch benutzt worden war, um die Dame im Grover

Park zu töten, es hätte eine verschossene Kugel irgendwo in der Umgebung geben müssen. Das sagte ihnen das Austrittsloch an ihrer Kehle. Sie konnten keine Kugel finden. Das wies darauf hin, daß die Dame woanders erschossen worden war und erst später zum Park transportiert wurde.

Es ist ein Mythos, daß der Erkennungsdienst einer Großstadtpolizei eine Person sofort identifizieren kann, indem deren Fingerabdrücke einfach mit der sogenannten Basiskartei verglichen werden. Die Basiskartei dieser Stadt war in zwei Abteilungen unterteilt, von denen die größere, die eine ganze Etage des Hauptquartiers in der High Street ausfüllte, wieder in zwei Abteilungen unterteilt war. Die eine Abteilung hatte nur die Aufgabe, die Akte mit den Fingerabdrücken jeder Person, die wegen eines Verbrechens angezeigt oder verurteilt worden war, auf den neuesten Stand zu bringen. Die andere Abteilung bestand aus einer Sammlung von unidentifizierten Fingerabdrücken, die an einem Tatort gefunden worden waren. Die gesamte Abteilung lief unter dem Namen Kriminalabteilung des Erkennungsdienstes, oder KEDi. Die KEDi-Abteilung, die den Verbrechern gewidmet war, wurde die A-Kartei genannt, und die Abteilung mit den latenten unidentifizierten die B-Kartei.

Eine Überprüfung der A-Kartei ergab keine Vorstrafenregister der Dame, die im Park tot aufgefunden wurde.

Eine Überprüfung der B-Kartei ergab eine Absage in bezug auf unidentifizierte Abdrücke.

Das hieß nur, daß sie nie ein Verbrechen begangen hatte, bei dem sie ertappt worden war, und daß sie nie ihre Fingerabdrücke an einem Tatort hinterlassen hatte.

Die zweite Kartei des Erkennungsdienstes enthielt Fingerabdruckskarten von jedem, der in der riesigen Verbrechensbekämpfungsorganisation der Stadt tätig war; von jedem, der als Wächter in einem städtischen Gefängnis oder Zuchthaus arbeitete, und von jedem, der einen Waffenschein für eine Handfeuerwaffe ausgestellt bekommen hatte.

Das war alles.

Im Bereich der Stadt.

Aber Amerika ist ein sehr, sehr großes Land, und es ist auch ein *freies* Land, und das bedeutet, daß *jeder* – auch wenn er vorhat, kriminelles Unheil anzurichten – von einer Stadt in eine andere und von einem Bundesstaat in einen anderen ohne Personalausweis oder Genehmigung der örtlichen Behörde fahren darf. Das ist eines der schönen Dinge am Leben in einer Demokratie. Es bereitete Kriminalbeamten auch Kopfschmerzen. Die Stadt, für die Carella arbeitete, war die größte Stadt im Bundesstaat, aber das Fingerabdrucksarchiv des Erkennungsdienstes der Polizei war winzig verglichen mit dem der Bundespolizei, das etwa hundertfünfzig Meilen nördlich lag. Falls Isolas ED-Abteilung nichts über Jane Doe herausbrachte, wurde automatisch ein Rechercheauftrag nach Norden geschickt. Die Abdrücke der Leiche wurden mit der Basiskartei des Staates verglichen und das Ergebnis war dasselbe: keine Akte.

Es hätte da aufhören können, aber das tat es nicht.

Eine Nachprüfung der bundesweiten Kartei des FBI ergab ein negatives Resultat: kein Vorstrafenregister für Jane Doe. Ihre Fingerabdrücke wurden nie wegen Militärdienstes oder wegen eines Jobs genommen, der von der Nuclear Regulatory Commission als Sicherheitsrisiko eingestuft wird.

Carella wußte, daß der ED routinemäßig Sicherheitsüberprüfungen für jede Firma durchführte, deren Angestellte mit großen Geldsummen zu tun hatten. Hatte irgendeine *Bank* in der Stadt die Fingerabdrücke von Jane Doe zu einer Überprüfung mit der KEDi-Kartei an den ED geschickt? Der ED antwortete, daß, wenn solche Gratisüberprüfungen durchgeführt wurden, die Fingerabdrücke dann an den Antragsteller zurückgeschickt wurden. Sie behielten die Fingerabdrükke nicht in ihrer Kartei. Selbst wenn jemand in Jane Does jüngerer oder ferner Vergangenheit eine Überprüfung vom ED erbeten hatte, stand es nicht in den Akten.

Punkt.

Ende der Geschichte.

Das Ganze nahm fast eine volle Woche in Anspruch.

Aber inzwischen hatte die Polizei eine Fotografie und eine Beschreibung von Jane Doe an die Vermißtenstelle und an jedes Revier in der Stadt geschickt; zusammen mit einer Kopie des Berichts der Detective-Abteilung, den Carella selbst an dem Morgen abgetippt hatte, als die Leiche gefunden worden war.

Am Mittwochmorgen, dem 2. November, bekam Carella einen Anruf von einem Detective Lipman aus der Vermißtenabteilung. Lipman sagte ihm, er habe eine positive Identifikation der toten Frau.

2

Die Frau, die Jane Doe identifiziert hatte, wohnte in einem ehemals eleganten Hotel in der Stadtmitte, das jetzt eine Aura schäbiger Würde besaß, wie eine Kaiserwitwe im Exil, die für eine Rückkehr auf den Thron betet. Riesige Marmorsäulen beherrschten die Eingangshalle, wo abgesessene Sofas auf zerknitterten persischen Teppichen standen. Der zierlich geschnitzte und vergoldete Mahagoniempfangstisch war von Zigarettenbrandmalen verunstaltet. Sogar der Angestellte, der ihnen sagte, in welchem Zimmer sich Miss Turner befand, sah verblichen aus, sein graues Haar ein bißchen heller als sein grauer Anzug, sein schwarzer Schlips so düster wie seine dunklen, traurigen Augen. Das zierliche Messinggitterwerk an den Fahrstuhltüren erinnerte Carella an etwas, das er in einem Spionagefilm gesehen hatte.

Inge Turner war nach ihrer Schätzung eine schlanke Blondine Ende Dreißig; ihr Teint war so hell, wie der ihrer Schwester gewesen war, und ihre Augen hatten dasselbe Blau. Sie trug zu einem einfachen blauen Kostüm eine weiße Bluse und einen Schal. Sie trug mittelhohe blaue Pumps und hatte gute Beine. Eine goldene Brosche in der Form eines Vogels war am Aufschlag ihres Sakkos befestigt. Blaues Augen-Make-up. Ein Lippenstift, der eher rosa als rot war.

»Meine Herren«, sagte sie. »Bitte kommen Sie herein.«

Das Zimmer war klein und hatte ein großes Doppelbett, Inge saß auf der Bettkante und kreuzte die Beine. Die Detectives saßen auf gepolsterten Stühlen bei den muffigen Vorhängen, die vor dem offenen Fenster hingen, durch das der Verkehrslärm der Avenue sechs Etagen tiefer hereinkam. Es war schon der 2. November, und der Altweibersommer war noch im Gange. Der Winter würde gewaltig hereinstürmen. Er würde plötzlich und unerwartet kommen und ihnen die falschen Erwartungen ins Gesicht schleudern.

»Miss Turner«, sagte Carella, »Detective Lipman von der Vermißtenabteilung hat uns erzählt, daß ...«

»Ja«, sagte sie.

»... Sie eine Fotografie in seinen Akten als ...«

»Ja«, sagte sie wieder.

»... Ihre Schwester, Elizabeth Turner, identifiziert haben.«

»Das ist richtig.«

»Miss Turner, würden Sie das Foto noch mal ansehen ... ich habe hier einen Abzug ...«

»Muß ich?« fragte sie.

»Ich weiß, es ist schwer«, sagte Carella, »aber wir möchten sicher sein.«

»Ja, lassen Sie es mich sehen«, sagte sie.

Carella nahm die Fotografie aus dem gelben Umschlag. Dafür, daß es das Foto einer Leiche war, war es nicht allzu gräßlich anzusehen – abgesehen von dem Austrittsloch an der Kehle. Inge betrachtete es kurz, sagte: »Ja, das ist meine Schwester«, und dann griff sie nach ihrer Handtasche, nahm eine Zigarette heraus, sagte: »Stört es Sie, wenn ich rauche?« und zündete sie an, ohne auf eine Antwort zu warten.

»Und ihr voller Name ist Elizabeth Turner?« fragte Carella.

»Ja. Nun, Elizabeth *Anne* Turner.«

»Können Sie uns sagen, wie alt sie war?« fragte Brown.

»Siebenundzwanzig«, sagte Inge.

Beide Detectives dachten genau im selben Augenblick, daß Monoghan zum ersten Mal in seinem Leben recht gehabt hatte.

»Und ihre Anschrift?«

»Hier oder in Kalifornien?« sagte Inge.

»Wie bitte, was ...?«

»Sie hat früher bei mir in Kalifornien gewohnt.«

»Aber sie hatte *hier* gewohnt, nicht ...?«

»Ja. Die letzten drei Jahre.«

»Wie lautete ihre Anschrift hier, Miss Turner?«

»South Ambrose,Nummer acht-null-vier.«

»Eine Wohnungsnummer?«

»Siebenundvierzig.«

»Wohnen Sie noch in Kalifornien?«

»Ja.«

»Sie sind nur auf Besuch, ist das richtig?«

»Ja. Nun, ich bin gekommen, um meine Schwester zu sehen. Wir – muß ich über all das reden?« Sie sah die Detectives an, seufzte und sagte: »Ich schätze, wir müssen.« Sie spreizte die Beine, griff nach einem Aschenbecher auf dem Nachttischchen neben dem Bett und drückte die Zigarette aus. »Wir hatten einen Streit«, sagte sie. »Lizzie zog nach Osten. Ich hatte sie seit drei Jahren nicht gesehen. Ich fand, daß die Zeit gekommen war ... sie war meine Schwester. Ich liebte sie. Ich wollte ... alles wiedergutmachen.«

»Sie sind gekommen, um sich zu versöhnen?« fragte Brown.

»Ja. Genau.«

»Von wo in Kalifornien?« fragte Carella.
»Los Angeles.«
»Und wann sind Sie angekommen?«
»Letzten Donnerstag.«
»Das wäre dann der ...«
»Der siebenundzwanzigste. Ich hatte gehofft ... wir hatten uns so lange nicht mehr gesehen ... ich hatte gehofft, daß ich sie dazu überreden könnte, über Weihnachten nach Hause zu kommen.«
»Also sind Sie gekommen, um ...«
»Um mit ihr zu reden. Um sie zu überzeugen, daß wir die Vergangenheit ruhen lassen sollten. Ich glaube, ich hatte vor ... ich dachte, daß wenn ich sie für Weihnachten nach Hause bringen könnte, daß sie vielleicht bleiben würde. In Kalifornien, meine ich. Wir könnten ... na ja ... da anfangen, wo wir aufgehört hatten. Wir waren Schwestern. Ein alberner Zwist sollte nicht ...«
»Worüber haben Sie sich gestritten?« fragte Brown. »Falls Sie es uns sagen wollen«, fügte er schnell hinzu.
»Nun ...«
Die Detectives warteten.
»Ich glaube, sie konnte sich mit meinem Lebensstil nicht abfinden.«
Sie warteten noch.
»Wir hatten zwei sehr verschiedene Lebensstile, wissen Sie. Lizzie arbeitete bei einer Bank, ich war ...«
»Eine Bank?« sagte Carella sofort.
»Ja. Sie war Chefkassiererin bei Suncoast Federal. Nicht bloß *Kassiererin*, verstehen Sie, sondern Chefkassiererin. Das ist ein großer Unterschied.«
»Und als was arbeiten *Sie*?« fragte Brown.
»Ich bin Fotomodell«, sagte sie.
Sie mußte den Blick aufgefangen haben, den sich die Detectives zuwarfen.
»Ein *echtes* Modell«, sagte sie sofort. »Es gibt drüben genug von der *anderen* Sorte.«
»Was führen Sie vor?« fragte Carella.
»Lingerie«, sagte sie. »Meistens Strümpfe und Strumpfhosen.« Sie griff in ihre Tasche, nahm eine weitere Zigarette heraus, steckte sie an und sagte: »Ich habe gute Beine«, und schlug sie wieder übereinander.
»Und Sie sagten, Ihre Schwester mißbilligte das?«

»Nun, nicht das Modellstehen an sich ... obwohl ich nicht glaube, daß sie allzu froh war, daß ich in Unterwäsche fotografiert werde.«

»Was war es dann an Ihrem Lebensstil ...?«

»Ich bin lesbisch«, sagte Inge.

Carella nickte.

»Schockiert Sie das?«

»Nein«, sagte er.

»Sie sollten jetzt sagen: ›Was für eine Verschwendung‹«, sagte Inge und lächelte.

»Sollte ich«, sagte Carella und erwiderte das Lächeln.

»Das sagen die meisten Männer.«

»Tja«, sagte Carella, »eigentlich sind wir nur daran interessiert, herauszufinden, wer Ihre Schwester umgebracht hat. Sie glauben nicht, daß Ihr Lebensstil – in Anführungsstrichen – irgend etwas mit ihrer Ermordung zu tun hat, oder?«

»Kaum.«

»Aber Sie haben sich darüber gestritten.«

»Ja.«

»In welcher Beziehung?«

»Sie mochte die Freundinnen nicht, die ich ins Haus einlud.«

»Sie ist dann so weit nach Osten ...«

»Nicht sofort. Sie bezog vorübergehend eine Wohnung auf dem La Cienega Boulevard, bis sie hier Arbeit finden konnte.«

»Hat sie hier Arbeit gefunden?« fragte Brown.

»Ja«, sagte Inge.

»Wo?«

»Irgendwo bei einer Bank.«

»Hier in der Stadt?«

»Ja.«

»Welche Bank?«

»Ich habe keine Ahnung. Das weiß ich nur vom Hörensagen. Eine Freundin von mir hatte früher hier in der Stadt gewohnt, und sie hat meine Schwester ab und zu getroffen ...«

»Heißt das, daß Sie seit drei Jahren kein Wort von ihr ... persönlich, meine ich ... gehört hatten?« sagte Carella.

»Das ist richtig. Nicht seit sie Kalifornien verließ.«

»Aber sie sind gekommen, um sie zu sehen ...«

»Ja.«

»Wußten Sie, wo sie wohnte?«

»Ihre Adresse steht im Telefonbuch.«

»Haben Sie ihr zuerst geschrieben?«

»Nein, ich hatte Angst davor, daß sie mich nicht sehen wollte.«

»Also sind Sie einfach nach Osten gefahren.«

»Ja.«

Carella schaute seine Notizen an.

»Wissen Sie die Sozialversicherungsnummer Ihrer Schwester?« fragte er.

»Es tut mir leid. Nein.«

»Die Bank, für die sie arbeitete, war die Suncoast Federal, sagten Sie? In Kalifornien, meine ich.«

»Ja.«

»Und die Bank, in der sie hier . . .«

»Ich hab's Ihnen gesagt. Ich weiß nicht welche . . .«

»Ja, aber *wann* war das, wissen Sie das? Wann hörten Sie von Ihrer Freundin, daß sie hier bei einer Bank arbeitete?«

»Oh. Vor zwei Jahren? Vielleicht anderthalb. Ich kann es nicht genau sagen.«

»Wissen Sie, ob sie *noch* bei dieser Bank arbeitete? Direkt vor ihrem Tod, meine ich.«

»Ich habe keine Ahnung.«

»Sie sind nicht mit Ihrer Freundin in Verbindung geblieben?«

»Doch. Aber sie wohnt jetzt in Chicago.«

»Also die letzten zwei Jahre – anderthalb, wie auch immer – wußten Sie wirklich nicht, was Ihre Schwester machte.«

»Das ist richtig. Wir haben den Kontakt zueinander völlig verloren. Deshalb bin ich hierher gefahren.«

»Und Sie sind am siebenundzwanzigsten Oktober angekommen, ist das richtig?« fragte Carella.

»Ja. Letzten Donnerstag.«

»Und Sie sind in dieses Hotel gezogen, nicht wahr?«

»Ja.«

»Wie lange hatten Sie vor, zu bleiben?«

»So lang wie nötig. Um meine Schwester zu sehen, um . . . alles wiedergutzumachen . . . um sie zu bitten, nach Hause zu kommen.«

»Für Weihnachten.«

»Für immer.« Inge seufzte tief und beugte sich wieder zum Aschenbecher, um ihre Zigarette auszudrücken. »Ich habe sie vermißt. Ich habe sie geliebt.«

»Als Sie angekommen sind, Miss Turner, haben Sie da versucht, Ihre Schwester zu erreichen?«

»Ja, natürlich. Ich habe sie sofort angerufen.«

»Das war am siebenundzwanzigsten Oktober?«

»Ja. Meine Maschine ist um sechs, kurz nach sechs, gelandet, und es dauerte eine halbe Stunde, um vom Flughafen in die Stadt zu kommen. Ich habe sie angerufen, sobald ich auf dem Zimmer war.«

»Und?«

»Es meldete sich keiner.«

»Wissen Sie, ob sie allein gelebt hat?«

»Ja. Nun, ich habe das erst später erfahren. Als ich zu ihrer Wohnung gegangen bin.«

»Wann haben Sie das gemacht?«

»Zwei Tage später. Ich hatte sie wiederholt angerufen, und ... nun ... es meldete sich niemand, wissen Sie.«

»Also dachten Sie, daß etwas passiert war, nicht wahr?«

»Nun, ich wußte nicht, was ich denken sollte. Ich meine, ich hatte sie Tag und Nacht angerufen. Ich habe mir eines Nachts meinen Wecker gestellt ... das war die Nacht nach meiner Ankunft ... und ich habe sie um drei Uhr morgens angerufen und es nahm immer noch niemand ab. Ich bin gleich am nächsten Tag zu ihrer Wohnung gegangen.«

»Das wäre der ... Nun, der neunundzwanzigste, glaube ich. Ein Samstag, ich hoffte, daß sie am Samstag zuhause sein würde.«

»Aber natürlich war sie es nicht.«

»Nein, sie ... war da schon tot. Aber ich ... ich wußte das zu der Zeit nicht. Ich ging zu ihrer Wohnung hinauf und klingelte an der Tür und niemand war da. Ich suchte den Hausmeister, erklärte ihm, wer ich bin und fragte, ob er eine Idee hätte, wo meine Schwester sein könnte. Er ... er sagte, er habe sie seit ... seit ... drei oder vier Wochen nicht gesehen.«

»Was hat er genau gesagt, Miss Turner? Drei Wochen oder vier?«

»Ich glaube, das ist genau, was er gesagt hat. Drei oder vier Wochen.«

»Und er erwähnte Ihnen gegenüber, daß sie allein lebte?«

»Ja.«

»Was haben Sie dann gemacht?«

»Nun, ich ... ich schätze, ich hätte sofort zur Polizei gehen sollen, aber ich ... verstehen Sie, ich war etwas verwirrt. Es bestand die Möglichkeit, daß sie jemanden kennengelernt hatte, einen Mann, und bei ihm eingezogen war. Das war eine Möglichkeit.« Sie hielt inne. »Meine Schwester war nicht lesbisch«, sagte sie und griff noch mal nach der

Zigarettenpackung und entschloß sich dann, doch keine Zigarette anzuzünden.

»Wann haben Sie die Polizei verständigt?« fragte Brown.

»Am Montag morgen.«

Carella betrachtete seinen Taschenkalender.

»Der einunddreißigste Oktober.«

»Ja. Halloween«, sagte Inge. »Sie sagten mir, sie würden es an die Vermißtenabteilung weiterleiten und mir Bescheid geben, falls sich da etwas ergeben würde. Ich habe ihnen ein altes Foto gegeben, das ich hatte ... ich hatte es in meinem Portemonnaie ... Und offensichtlich konnte Detective Lipman es mit dem ... Bild, das Sie mir eben zeigten, vergleichen. Er hat mich gestern angerufen. Ich ging hin und identifizierte sie.«

Im Zimmer war es still.

»Miss Turner«, sagte Carella, »wir wissen, daß Sie Ihre Schwester lange Zeit nicht gesehen hatten ...«

»Ja«, sagte sie.

»... und Los Angeles ist sehr weit von hier. Aber ... haben Sie vielleicht doch irgend etwas während der Jahre gehört ... irgend etwas ... von ihrer Freundin oder sonst jemandem ... über irgendwelche Feinde, die Ihre Schwester vielleicht in der Stadt hatte ...«

»Nein.«

»... irgendwelche bedrohlichen Anrufe oder Briefe, die sie vielleicht ...«

»Nein.«

»... ob sie mit Verbrechern oder ...«

»Nein.«

»... Personen, die auch nur am Rande in kriminelle Tätigkeiten verwickelt waren, zu tun hatte?«

»Nein.«

»Wissen Sie, ob sie jemandem Geld schuldete?«

»Ich weiß es nicht.«

»Sie hat keine Drogen genommen, oder doch?« fragte Brown.

Die Frage war heutzutage fast obligatorisch.

»Nicht daß ich wüßte«, sagte Inge. »Eigentlich ...«

Sie hörte mitten im Satz auf.

»Ja?« sagte Carella.

»Nun, ich wollte nur sagen ... nun, eigentlich war das eine der Sachen, die sie mißbilligte.«

»Was war das, Miss Turner?«

»Meine Freundinnen und ich haben ab und zu mal etwas Koks geschnupft.« Sie zuckte mit den Achseln. »In Los Angeles ist es üblich.«

»Aber Ihres Erachtens hat Ihre Schwester nie ...«

»In L.A. nicht, nein, ich weiß nicht, was sie hier alles getan hat.« Sie hielt inne, und dann sagte sie: »L.A. ist zivilisiert.«

Keiner der Detectives sagte etwas.

»Verstehen Sie«, sagte Inge, »die ganze Sache ist so unglaublich. Ich meine, Sie hätten Lizzie kennen müssen, um zu verstehen, daß ... auf diese Weise zu *sterben*, einen gewalttätigen Tod zu sterben, daß jemand sie *erschoß* ... nun, das ist unvorstellbar. Sie hatte eine sehr ruhige, zurückgezogene Art. Meine Freundinnen spekulierten immer, ob sie je *geküßt* worden war, verstehen Sie, was ich sagen will? Also wenn man ... wenn man ... versucht, in seinem Kopf Lizzie, die süße, verdammt noch mal, unschuldige, *Lizzie* mit einer ... mit einer *Waffe* in Verbindung zu bringen, zu denken, daß jemand ihr eine Waffe ins Genick hält und sie erschießt ... es ist ... ich meine, man kann sich unmöglich diese Verbindung vorstellen, man kann diesen Gedankensprung nicht machen.«

Sie betrachtete ihre Hände. Carella fiel auf, daß sie sehr schöne Hände hatte.

»Detective Lipman hat gesagt ... er hatte irgendeinen Bericht gelesen, der ihm geschickt wurde ... er sagte, daß sie auf den Knien gewesen sein mußte, als sie erschossen wurde. Der Winkel, die Flugbahn, wie auch immer zum Teufel das heißt, wiesen darauf hin, daß sie auf den Knien gewesen war und ... und die ... Person, die ... die sie erschoß, hinter ihr stand. Lizzie auf Knien.«

Sie schüttelte den Kopf.

»Ich kann nicht glauben, daß das passiert ist«, sagte sie und suchte in ihrer Tasche nach einer Zigarette.

Als die Detectives das Zimmer verließen, rauchte sie wieder.

»Seine Spezialität sind Banken«, sagte Carella.

»Daran dachte ich auch gerade«, sagte Brown.

Sie fuhren quer durch die Stadt und dann Richtung Downtown zu Elizabeth Turners Wohnung, und sie sprachen über den Tauben.

»Nur wenn du zwei von drei als Spezialität bezeichnest«, sagte Carella.

Er erinnerte sich, daß die Versuche des Tauben, sie irrezuführen, einmal, und nur das eine Mal, einen komplizierten Erpressungsplan verbergen und gleichzeitig enthüllen sollten. Bei den anderen zwei Gelegenheiten waren es Banken gewesen. Erzähle der Polizei im voraus – aber nicht wirklich – was du vorhast, hilf ihnen, es sogar rauszukriegen, und dann tu etwas anderes – aber etwas Ähnliches –, alles wurde schrecklich kompliziert, wenn der Taube auftauchte.

Acht schwarze Pferde, fünf Walkie-talkies und eine weiße Dame, die wahrscheinlich überhaupt nichts mit dem Tauben zu tun hatte, abgesehen von der Tatsache, daß sie bei einer Bank gearbeitet hatte.

»Banken haben Sicherheitsbeamte, weißt du«, sagte Brown.

»Klar«, sagte Carella.

»Und sie tragen Walkie-talkies, oder nicht?«

»Ich weiß nicht. Tragen sie welche?«

»Ich schätze, sie tun es«, sagte Brown. »Glaubst du, daß es vielleicht irgendwo in dieser Stadt eine Bank gibt, die fünf Wächter beschäftigt, die Walkie-talkies tragen?«

»Ich weiß es nicht«, sagte Carella.

»Fünf Walkie-talkies, weißt du?« sagte Brown. »Und sie arbeiteten bei einer Bank.«

»Die einzige handfeste Tatsache, die wir haben . . .«

»Falls es überhaupt eine Verbindung ist.«

»Was es wahrscheinlich nicht ist.«

»Das ist das Problem mit dem Tauben«, sagte Carella.

»Er macht einen verrückt«, sagte Brown.

»Wie war die Adresse noch mal?«

»Acht-null-vier.«

»Wo sind wir nun?«

»Acht-zwanzig.«

»Gleich da vorne, was?«

»Mit der grünen Markise«, sagte Brown.

Carella parkte den Wagen am Bordstein vor dem Haus und klappte die Sonnenblende über dem Fahrersitz herunter. Ein Schild war mit Gummibändern daran befestigt. Es war durch die Windschutzscheibe sichtbar und ließ übereifrige Streifenbeamte wissen, daß die Typen, die den Wagen geparkt hatten, bei der Arbeit waren. Das Siegel der Stadt und die Aufschrift ISOLA POLIZEI waren angeblich ein Schutz gegen Strafzettel. Das Schild tat nicht immer seine Wirkung. Sie hatten vor kurzem einen Kokainpusher geschnappt, der zwei Detectives des 81. ein solches Schild gestohlen hatte. In dieser Stadt war es manchmal schwierig, die Guten von den Bösen zu unterscheiden.

Es war auch schwierig, ein gutes Haus von einem schlechten zu unterscheiden.

Wenn ein Haus vorne eine Markise hat, heißt das für gewöhnlich, daß ein Pförtner oder irgendeine andere Art der Absicherung existiert. Hier gab es keins von beiden. Sie fanden die Hausmeisterwohnung im Erdgeschoß, wiesen sich aus und baten ihn, die Tür zu Elizabeth Turners Wohnung aufzuschließen. Während sie im Aufzug hinauffuhren, fragte Brown, ob sie hier allein gewohnt habe.

»Ja«, sagte er.

»Sind Sie sicher?«

»Ja«, sagte der Hausmeister.

»Wohnte keine Freundin bei ihr?«

»Nee.«

»Kein Freund?«

»Nee.«

»Überhaupt keine Mitbewohner, richtig?«

»Richtig.«

»Wann haben Sie sie zuletzt gesehen?«

»Muß Anfang Oktober gewesen sein.«

»Beim Raus- oder Reingehen?«

»Beim Rausgehen.«

»Allein?«

»Allein.«

»Hat sie irgend etwas in der Hand getragen?«

»Nur ihre Handtasche.«

»Um wieviel Uhr war das?«

»Irgendwann am Morgen. Ich dachte, sie wäre auf dem Weg zur Arbeit.«

»Und Sie haben sie danach nicht wiedergesehen?«

»Nee. Aber ich passe nicht vierundzwanzig Stunden auf, wissen Sie.«

Eine Wohnung, die bewohnt worden ist, hat eine bestimmte Ausstrahlung.

Auch die Wohnung eines Mordopfers kann dir sofort sagen, ob jemand da gewohnt hat. Solch ein Gefühl stellte sich in Elizabeth Turners Wohnung nicht ein.

Die Fenster waren fest verschlossen und verriegelt – was nicht ungewöhnlich in dieser Stadt war, selbst wenn man nur zehn Minuten lang spazierenging. Aber die Luft war abgestanden und muffig, ein sicheres Zeichen dafür, daß die Fenster eine ganze Weile nicht geöffnet worden waren. Nun, schließlich war Elizabeth Turner vor acht Tagen tot aufgefunden worden, und vielleicht war das genug Zeit für eine Wohnung, um muffig zu werden.

Aber ein Stück Butter war im Kühlschrank ranzig geworden.

Und eine Packung Schweizer-Käse-Scheiben war verschimmelt.

Und eine Packung Milch roch sauer; das Verfallsdatum, das oben aufgedruckt war, lautete auf den 1. OKT.

Weder auf der Geschirrablage noch in der Spülmaschine war Geschirr zu finden.

Die Aschenbecher waren makellos sauber.

Die Wohnung wies keine Spuren der Benutzung auf, nicht einmal solche, die jemand mit einem Sauberkeitsfimmel hinterlassen würde.

Nur ein Mantel hing im Flurschrank.

Das Doppelbett im Schlafzimmer war gemacht.

Ein gerahmtes Foto von Elizabeth stand auf der Kommode gegenüber vom Bett. Lebendig sah sie besser aus.

Die oberen drei Schubladen der Kommode waren leer.

Die mittleren Schubladen enthielten eine Bluse.

Die unteren Schubladen enthielten zwei Pullover und eine Handvoll Mottenkugeln.

Im Kleiderschrank hingen nur ein Anzug, eine Hose und ein Skianorak. Zwei Paar hochhackige Pumps standen auf dem Boden des Schranks. Nirgendwo in der Wohnung konnten sie Koffer finden.

Die Rolle Toilettenpapier im Halter war fast verbraucht.

Sie konnten keine Zahnbürste im Badezimmerschrank finden.

Auch kein Diaphragma. Auch kein Döschen für Verhütungspillen. Auch keine kosmetischen oder sonstigen Gegenstände, die sie normalerweise in einer Wohnung gefunden hätten, die von einer Frau wirklich bewohnt wurde.

Sie gingen zurück ins Schlafzimmer und suchten im Schreibtisch nach einem Terminkalender.

Nichts.

Sie suchten nach einem Tagebuch.

Nichts.

Sie suchten nach einem Adreßbuch.

Nichts.

»Was meinst du?« fragte Carella.

»Sieht aus, als wäre sie abgehauen«, sagte Brown.

Ein weiterer Umschlag erwartete sie, als sie in den Dienstraum zurückkehrten.

Kling reichte ihn Carella und sagte: »Sieht schon wieder nach deinem Brieffreund aus.«

Carellas Name war auf die Vorderseite des Umschlags getippt.

Kein Absender.

Die Briefmarke war gestempelt: 1. November.

»Sollten wir dieses Ding nicht auch auf Fingerabdrücke hin überprüfen?« fragte Brown.

»Wenn es sich um den Tauben handelt«, sagte Kling, »wäre es nur Zeitverschwendung.«

Er wirkte sehr blond, als er neben Brown stand. Er *war* sehr blond, aber Brown ließ ihn noch blonder aussehen. Und jünger. Und er sah mehr noch als sonst wie ein Bauernjunge aus, der Mist gabelt. Obwohl er in dieser Stadt geboren und aufgewachsen war, hatte er trotzdem eine Unschuldsmiene, einen Mangel an Arglist oder Kultiviertheit, der einen automatisch denken ließ, daß er aus Kansas oder so einem Ort eingewandert war, wo immer Kansas liegen mag – die Detectives des 87. Reviers dachten alle, daß Kansas »irgendwo da draußen« lag.

Kling sah aus, als ob er aus irgendeinem amerikanischen Kaff stammte, wo man mit seinem Auto jeden Samstagabend zweihundert Meilen zu einem Hamburger-Imbiß fährt. Kling sah aus, als ob er noch auf dem Rücksitz seines Autos knutschte. Mit nußbraunen Augen und glatt rasiert, mit blonden Haaren, die ihm in die Stirn fielen, sah er aus wie ein Tölpel, der aufs Revier gestapft kam, um den Weg zur nächsten U-Bahn-Station zu erfragen.

Er beherrschte das Mutt-und-Jeff-Spiel gut. Genau wie jeder Cop, der mit Brown arbeitete, automatisch Jeff spielte, wurde jeder Cop, der mit Kling arbeitete, Mutt. Zusammen waren Kling und Brown vielleicht das beste Mutt-und-Jeff-Team in der ganzen Stadt. Es war fast unfair, ein solches Mutt-und-Jeff-Team der kriminellen Bevölkerung der Stadt aufzuhalsen. Man hatte keine Möglichkeit zu gewinnen, wenn Brown den harten Typen spielte und Kling die gutmütige Seele, die zu verhindern versuchte, daß sein Partner einen auffraß. Keine Chance.

»Trotzdem«, sagte Brown.

»Es ist schon von zehntausend Leuten berührt worden«, sagte Kling. »Postangestellten, Briefträgern ...«

»Ja«, sagte Brown und zuckte mit den Achseln.

»Wirst du es öffnen oder nicht?« fragte Kling.

»Mach du es auf«, sagte Carella und reichte ihm den Umschlag.

»Es ist nicht mein Fall«, sagte Kling.

»Der Fall gehört uns allen«, sagte Carella.

»Wirf ihn weg«, sagte Kling und wich vor dem Umschlag zurück. »Dieser Typ macht mir eine Gänsehaut.«

»Bei Gott, ich werde es aufmachen«, sagte Brown und nahm Carella den Umschlag ab.

Er riß den Umschlag auf. Er entfaltete das einzige weiße Blatt Papier, das darin war:

»Was?« sagte er.

3

Die Stadt, für die diese Männer arbeiteten, war in fünf verschiedene geographische Bezirke aufgeteilt.

Die Stadtmitte, Isola, war eine Insel; daher ihr Name: »Insel« heißt auf italienisch *isola*. In der Praxis wurde die *ganze* Stadt Isola genannt, obwohl die anderen vier Bezirke jeweils getrennt und mit mehr Fantasie benannt worden waren.

Riverhead kam aus dem Holländischen, wenn auch nicht direkt. Das Land da oben hatte einst einem Patron namens Ryerhurt gehört, und es wurde Ryerhurt's Farms genannt, was nach und nach in Riverhead gekürzt und verzerrt worden war. Niemand wußte, warum der ausgedehnte, lärmende Calm's Point so hieß. Vielleicht war es zu der Zeit, als die Briten noch da waren, doch ein ruhiger, idyllischer Ort gewesen. Heutzutage konnte es einen das Leben kosten, wenn man in manchen Teilen von Calm's Point eine goldene Halskette trug.

Majesta war ohne Frage von den Briten so benannt worden; der Name erklang mit der vollen Autorität, Pracht, Größe und Würde der Souveränität; seine Wurzeln hatte er in dem mittelenglischen Wort *maieste* und dem altfranzösischen *majeste*, das dem Latein *mājestās* verwandt war, und das war ziemlich weit hergeholt.

Bethtown war nach der jungfräulichen Königin Elizabeth benannt worden, aber zweifellos von einem britischen Offizier, der lispelte, denn es mußte *Bess*town heißen.

Isola war der Nabel der Stadt.

Manche Leute, die da wohnten, glaubten, daß es der Nabel des ganzen Universums war. Diese Meinung brachte der Stadt den Ruf der Arroganz ein. Selbst Leute, die woanders in der Stadt wohnten, waren voller Ehrfurcht vor Isola und nannten es »die City«, als ob sie inmitten eines Weizenfeldes am äußersten Stadtrand wohnten.

Es gab keine Weizenfelder in irgendeinem Teil dieser Stadt.

Aber es gab höllisch viele Banken.

In Isola gab es 856 Banken.

In Majesta gab es 296 Banken.

In Calm's Point gab es 249 Banken.

In Riverhead gab es 127 Banken.

Und in Bethtown gab es 56 Banken.

Das ergab 1584 Banken, und das war mehr als ein Viertel aller Banken im ganzen Bundesstaat.

Am Donnerstagmorgen, dem 3. November, wurde vom 87. ein Rundschreiben an alle Bankfilialen der Stadt verschickt. In diesem Brief wurde um Informationen über ein Mordopfer namens Elizabeth Anne Turner gebeten, die irgendwann in den vergangenen drei Jahren als Chefkassiererin gearbeitet hatte. Eine Fotokopie und eine Beschreibung vervollständigten mit der Sozialversicherungsnummer zusammen den Brief. Die Nummer hatten die Detectives von der Suncoast Federal Bank in L.A. bekommen, wo Elizabeth gearbeitet hatte, bevor sie nach Osten gezogen war.

Am Freitagmorgen, dem 4. November, kam ein Anruf vom Zweig stellenmanager der First Fidelity Trust in der Beverly Street, die im Süden der Stadt lag.

Carella und Brown waren zwanzig Minuten später in seinem Büro.

Arnold Holberry war ein Mann mit einer Sommergrippe. Er fand es lächerlich, eine Sommergrippe zu haben, da man schon den vierten November schrieb.

»Ich *hasse* dieses Wetter«, erklärte er den Detectives und putzte sich die Nase. Durch die Fenster seines Büros sah es wie Juni aus. »Das soll ein *Herbst* sein«, sagte er. »Der erste Herbsttag war der einundzwanzigste September. Wir sind schon im letzten *Viertel* des Jahres«, sagte er. »Wir haben bald die Wintersonnenwende. Wir sollten nicht diese Art von Wetter haben. Diese Art von Wetter ist für Menschen zu dieser Jahreszeit gefährlich.«

Er putzte sich noch mal die Nase.

Er war ein ordentlicher Mann Ende Fünfzig, mit ergrauenden Schläfen und einem grauen Schnurrbart unter seiner Nase, die im Moment sehr rot war. Ein Tablettenröhrchen stand auf seinem Schreibtisch. Eine Packung Papiertaschentücher lag ebenfalls auf seinem Schreibtisch. Er sah völlig elend aus, sagte jedoch den Detectives, daß er bereit sei, ihnen soviel Zeit zur Verfügung zu stellen, wie sie benötigen würden. Er erinnere sich gut an Elizabeth Turner und habe sie außerordentlich gern gehabt.

»Wie lange hat sie hier gearbeitet, Mr. Holberry?« fragte Brown.

»Fast zwei Jahre. Sie hatte früher in Kalifornien gelebt, hatte von dort ausgezeichnete Referenzen. Also, eine wunderbare Person in jeder Beziehung. Es tat mir leid, als sie uns verließ.«

»Wann war das?« fragte Carella.

Er hatte Angst, daß Holberry ihn ansteckte. Er wollte den Kindern keine Grippe nach Hause bringen, da die Ferien bald anfingen. In ein paar Wochen war Thanksgiving, und danach dauerte es nur noch kurze Zeit bis Weihnachten. Es war ihm nicht bewußt, daß seine Haltung auf dem Stuhl, der gegenüber von Holberrys Schreibtisch stand, völlig defensiv war. Er saß ganz zurückgelehnt, seine Arme über der Brust verschränkt. Jedesmal wenn Holberry sich die Nase putzte, wich Carella zurück, als ob eine Batterie Atomraketen aus ihren Silos auf seinen ungeschützten Kopf zuschießen würde.

»Im Februar«, antwortete Holberry.

»Im letzten Februar?«

»Ja.«

»Wann genau im Februar?« fragte Brown.

»Am vierten Februar«, sagte Holberry und griff nach einem Taschentuch und putzte sich die Nase. »Die Pillen helfen überhaupt nicht«, sagte er. »Nichts hilft, wenn man so eine Grippe hat.«

Carella hoffte, daß er nicht nieste.

»Wir haben ihr beste Referenzen gegeben«, sagte Holberry.

»Sie ist wegen eines anderen Jobs gegangen, ist das richtig?« fragte Brown.

»Ja.«

»Hier in der Stadt?«

»Nein. Washington D.C.«

Die Detectives schauten sich an. Sie dachten daran, daß sie im Februar nach Washington gefahren war und daß sie im Oktober wieder hier war – tot.

»Wissen Sie, wann sie zurückgekehrt ist?« fragte Brown.

»Meine Herren, ich wußte nicht, daß sie zurück war, bis ich Ihre Bitte um Informationen erhielt. Sie können nicht ahnen, wie schokkiert ich war.« Er schüttelte den Kopf. »Lizzie war eine so ... gütige, großzügige, friedliche ... *elegante* Person, das ist das richtige Wort, elegant. Zu denken, daß ihr Leben gewaltsam endete ...« Er schüttelte wieder den Kopf. »Erschossen, haben Sie gesagt?«

»Ja, erschossen«, sagte Carella.

»Unvorstellbar.«

Ihre Schwester hatte dasselbe Wort benutzt.

»Mr. Holberry«, sagte Brown, »wir haben mit dem Hausmeister in ihrem Haus und auch mit vielen Nachbarn gesprochen, und sie haben uns gesagt, daß sie dort allein wohnte ...«

»Darüber weiß ich wirklich nichts«, sagte Holberry.

»Sie haben sie als einen sehr zurückgezogenen Menschen beschrieben, sagten, daß Sie sie selten mit irgendwelchen Freunden, männlich oder weiblich, zusammen gesehen ...«

»Nun, darüber weiß ich auch nichts«, sagte Holberry. »Sie war hier in der Bank wirklich aufgeschlossen und freundlich. Gesellig, würde ich sogar sagen.«

»Sie kannten sich nicht auf einer freundschaftlichen Basis, Sir, nicht wahr?« fragte Carella.

»Nein, nein. Nun, verstehen Sie, das hätte sich nicht geziemt. Aber ... meine Herren, es ist wirklich schwierig, Lizzie jemandem zu beschreiben, der sie nicht kannte. Sie war einfach eine ... *wunderbare* Person. Sie hatte immer ein nettes Wort für jeden, immer ein Lächeln auf dem Gesicht. Hat ihren Job famos gemacht, beschwerte sich nie über irgend etwas, es gab nichts, womit sie nicht fertigwerden konnte. Als sie mir sagte, daß sie nach Washington wollte, war ich am Boden zerstört. Wirklich. Sie hätte bei dieser Bank weiterkommen können. Sehr weit. Entschuldigen Sie mich«, sagte er und putzte sich die Nase, und wieder wich Carella zurück.

»Sie sagten, daß sie um Referenzen bat«, sagte Brown.

»Ja. Eigentlich hatte sie mir schon vorher gesagt, daß sie anderswo Arbeit suchte. Es lag nicht in ihrer Natur, wegen irgend etwas zu lügen. Sie war hier unglücklich, sagte sie und sie ...«

»Warum unglücklich?« fragte Carella sofort.

»Sie fand, daß sie nicht schnell genug vorankam. Ich sagte ihr, daß solche Angelegenheiten ihre Zeit brauchen, daß wir ein Auge auf sie hätten und daß wir wüßten, was für eine wertvolle Angestellte sie sei ... aber wissen Sie, ihr wurde eine Stellung als Managerassistentin in Washington angeboten, und ich kann verstehen, wie sehr ihr das zugesagt haben muß.«

»Bei welcher Bank war das, Sir?«

»Die Union Savings and Trust.«

»Wissen Sie, um welche Zweigstelle es sich handelt?«

»Es tut mit leid, nein.«

»Aber nach Ihrem Verständnis ging sie im vergangenen Februar hier weg, um Managerassistentin bei einer Union Savings and Trust Bank in Washington zu werden?«

»Nun, ja, natürlich. Das habe ich doch gesagt, nicht wahr?«

»Was ich meinte, Sir«, sagte Carella, »war, ob sie Ihres Wissens den Job, der ihr angeboten wurde, tatsächlich annahm.«

»Das weiß ich nicht. Ich nehme an ...«

»Weil, sehen Sie, Sir, sie neun Monate später hier in dieser Stadt war ...«

»O ja, ich verstehe, was Sie meinen. Es tut mir leid, aber ich weiß es nicht. Ich nehme an ... ich weiß es wirklich nicht. Vielleicht war sie unglücklich in Washington. Vielleicht ist sie zurückgekommen, weil ... ich weiß nicht.« Er hielt inne. »Diese Stadt scheint Leute zurückzulocken, wissen Sie.«

Ein Niesen war im Anmarsch.

Carella hätte sich am liebsten in einem Bunker versteckt.

Holberry griff nach einem Taschentuch.

Carella zog seine Schultern zusammen.

Das Niesen kam nicht. Holberry putzte sich die Nase.

»Tut mir leid«, sagte er.

»Wissen Sie, wo sie wohnte, als sie hier arbeitete?« fragte Brown.

»Ich bin mir sicher, daß wir die Adresse in unserer Kartei haben«, sagte Holberry und hob den Telefonhörer. »Miss Conway«, sagte er, »würden Sie bitte die Akte über Elizabeth Turner hereinbringen?« Er legte den Hörer zurück auf die Gabel. »Es wird nur einen Augenblick dauern.«

Carella wußte genau, woran Brown dachte.

In dieser Stadt erschienen die neuen Telefonbücher jedes Jahr am ersten September. Aus vorangegangenen Ermittlungen wußten die Detectives, daß der Einsendetermin für eine Neueintragung der 15. Juni war. Wenn ein Telefon bis zu dem Datum nicht angeschlossen worden war, stand es nicht im neuen Verzeichnis vom 1. September. Elizabeths Name, Adresse und Nummer waren aber im Verzeichnis aufgeführt, als ihre Schwester am 27. Oktober hier ankam – obwohl Elizabeth die Stadt am 4. Februar verlassen hatte. Das bedeutete, daß sie entweder ihre alte Wohnung und ihre alte Telefonnummer behalten hatte, als sie die Stadt verließ, oder ...

Die Tür zu Holberrys Büro öffnete sich.

Eine Frau kam herein und legte eine Aktenmappe auf seinen Schreibtisch.

Er schlug sie auf.

Er fing an, die Papiere durchzublättern, hörte auf, um sich die Nase zu putzen, und fing dann wieder an zu blättern.

»Ja, hier ist es«, sagte er und schaute auf. »Dorchester Avenue zwölf-vierundzwanzig.«

Dies hieß, daß Elizabeth Turner sich eine neue Wohnung gemietet hatte, als sie – irgendwann *vor* dem 15. Juni, dem Einsendetermin für das Telefonverzeichnis – zurück in die Stadt gezogen war. Die Milchpackung, die in ihrem Kühlschrank sauer geworden war, war auf den 1. Oktober datiert. In dieser Stadt lag die gesetzliche Haltbarkeitsfrist bei acht bis zehn Tagen; sie mußte sie irgendwann zwischen dem 22. September und dem 1. Oktober gekauft haben. Am 29. Oktober hatte der Hausmeister von Ambrose 804 Inge Turner erzählt, daß er ihre Schwester seit drei oder vier Wochen nicht gesehen hatte. Das kam ungefähr hin. Sie hatte ihren Koffer gepackt und war irgendwann Anfang Oktober abgehauen, entweder vorübergehend oder endgültig.

Aber warum?

Und wo war sie hingefahren?

»Wir danken Ihnen sehr, Sir«, sagte Carella, »Sie haben uns sehr geholfen.«

Holberry erhob sich und streckte die Hand aus.

Carella kam es vor, als berührte er die Hand eines Pestopfers.

Es gab eine Menge Parks in der Stadt, von denen die meisten nach

Sonnenuntergang nicht ausreichend beleuchtet waren und die deshalb ideale Orte waren, um eine Leiche loszuwerden. Daß ausgerechnet *dieser* Park – direkt gegenüber vom 87. Revier – ausgewählt worden war, bereitete den Detectives etwas Sorgen. Es wies entweder auf Kühnheit oder Geisteskrankheit hin.

Elizabeth Turner war im Park gegenüber nackt aufgefunden worden. Elizabeth Turner hatte bei einer Bank in Los Angeles gearbeitet, dann bei einer anderen Bank in dieser Stadt und ihre Stellung aufgegeben, um wieder bei einer anderen Bank in Washington D.C. zu arbeiten.

Der Taube hatte sich auf Banken spezialisiert.

Etwas lag in der Luft.

Und es roch nach dem Tauben.

Und es war auch etwas in der Post, und es kam am Freitag nachmittag in den Dienstraum hoch, während Carella am Telefon mit dem Manager der Hauptzweigstelle der Union Savings and Trust in Washington sprach. Nachdem Carella den weißen Umschlag in Sergeant Murchisons Hand gesehen hatte, konnte er die Konversation kaum noch verfolgen. Murchison trug über seinem blauen Uniformhemd einen blauen Wollpullover mit langen Ärmeln, ein klares Zeichen dafür, daß der Altweibersommer vorbei war. Der Himmel, der durch die Bürofenster zu sehen war, war grau, und es wehte ein scharfer Wind. Die Wettervorhersager hatten Regen versprochen. Der Scheiß-November war endlich da. Und noch ein weiterer Umschlag vom Tauben, falls es einer war. Nach dem Ausdruck auf Murchisons Gesicht zu urteilen, war es einer.

»... Zusammenprall verschiedener Persönlichkeiten, könnte man sagen.«

»Entschuldigen Sie, Sir«, sagte Carella, »was haben Sie ...?«

»Ich habe gesagt, man könnte den Streit zwischen Miss Turner und Mrs. Hatchett als einen Zusammenprall verschiedener Persönlichkeiten bezeichnen.«

»Und Mrs. Hatchett ist, wenn ich es verstanden habe, Managerin bei der United Savings and Trust?«

»Ja, bei unserer Zweigstelle in der Sixteenth Street.«

»Und als solche war sie Miss Turners direkte Vorgesetzte?«

»Genau.«

Murchison wedelte mit dem Umschlag vor Carellas Nase herum. Carella bedeckte die Sprechmuschel, sagte: »Danke, Dave«, und nahm die Hand wieder weg.

»Er ist es wieder«, flüsterte Murchison.

Carella nickte mürrisch. Sein Name starrte ihm vom Briefumschlag entgegen. Warum *ich*, fragte er sich.

»Ich erkenne den Schrifttyp«, flüsterte Murchison.

Wieder nickte Carella. Murchison, neugierig auf das, was sich wohl im Umschlag befand, lungerte noch etwas herum. Carella sprach ins Telefon: »Was für Differenzen waren das, Mr. Randolf?«

»Nun, Miss Turner war eine sehr friedliche Person, wissen Sie, sanft, gutmütig, völlig ... nun ... in jeder Beziehung anders als Mrs. Hatchett. Mrs. Hatchett ist ... uh ... sagen wir, aggressiv? Wetteifernd? Streitsüchtig? Scharf? Passend, nicht, denn schließlich heißt Hatchett ja Beil, nicht wahr?«

Carella war sicher, ein Lächeln aus Randolfs Stimme heraushören zu können.

»Auf jeden Fall«, sagte Randolf, »wurde es fast sofort offensichtlich, daß Miss Turner und sie sich nicht vertragen würden. Es war nur eine Frage der Zeit, bis die Spannung zwischen ihnen sich voll entwikkelt hatte, das ist alles.«

»Wie lange hat das gedauert?«

»Nun, länger als bei den meisten. Miss Turner kündigte im April.«

»Sie legte die Arbeit im April nieder?«

»Nein. Sie sagte uns, daß sie aufhören wollte. Kündigte im April mit zweiwöchiger Frist.«

»Und ging wann?«

»Anfang Mai.«

»Also war sie für drei Monate in Washington.«

»Ja. Nun, eigentlich ein bißchen weniger. Sie fing hier am siebten Februar an. Eigentlich war es eine Art Rekord. Wir haben in den vergangenen achtzehn Monaten neun Managerassistenten unter Mrs. Hatchett gehabt.«

»Hört sich wie ein Traum an, Ihre Mrs. Hatchett.«

»Sie ist die Schwiegertochter eines Mitgliedes unseres Aufsichtsrates.«

»Oh«, sagte Carella.

»Jawohl«, sagte Randolf trocken.

»Und das war der einzige Grund, weshalb Elizabeth Turner die Stellung aufgab? Diese Differenzen mit Mrs. Hatchett?«

»Tja, Mr. Carella, ich fürchte, sie müßten Mrs. Hatchett kennen, um die ganze Tragweite einer Auseinandersetzung mit ihr abschätzen zu können.«

»Ich verstehe.«

»Jawohl«, sagte Randolf wieder trocken.

»Ich danke Ihnen vielmals, Mr. Randolf«, sagte Carella. »Ich weiß Ihren Zeitaufwand zu schätzen.«

»Keine Ursache«, sagte Randolf und legte auf.

Carella legte den Hörer auf die Gabel zurück und betrachtete den weißen Umschlag. Murchison stand immer noch neben seinem Schreibtisch.

»Los, öffne ihn«, sagte Murchison. »Es ist keine Bombe.«

»Woher weißt du das?« fragte Carella und stieß den Umschlag leicht mit seinem Bleistift an. Es fiel ihm plötzlich auf, daß der Taube den Beamten des 87. eine Art Freak-Show bot, etwas, das die Langeweile der Routine unterbrach. Der Taube tauchte auf, und plötzlich war der Zirkus wieder da. Überrascht erkannte er, daß er selbst nicht immun gegen das Gefühl der Aufregung war, das der Taube ihnen versprach. Fast verärgert hob er den Umschlag auf und riß ihn an der langen Seite auf.

Murchison hatte recht. Es war keine Bombe. Statt dessen war es:

Und plötzlich fing es draußen an zu regnen.

Der Regen peitschte gegen die Fenster der Bar in der Jefferson Avenue, die etwa dreieinhalb Meilen südwestlich des Reviers lag. Der große blonde Mann mit dem Hörgerät ihm rechten Ohr hatte Naomi gerade erzählt, daß er ein Cop war. Ein Detective sogar. Sie hatte nicht gewußt, daß die Polizei heutzutage taube Leute anstellte. Anti-Benachteiligungsgesetze, dachte sie. Sie erlaubten die Einstellung eines *jeden.* Demnächst wirst du Kriminalbeamte haben, die Zwerge sind. Nicht, daß ein Hörgerät unbedingt hieß, daß der Mann taub war. Zumindest nicht stocktaub. Trotzdem schätzte sie, daß jede Beeinträchtigung des Gehörs als Behinderung bezeichnet werden konnte, aber sie war viel zu höflich, um zu fragen, wie ein Mann, der ein Hörgerät trug, die ärztlichen Untersuchungen, die die Polizei wahrscheinlich verlangte, bestehen konnte. Manche Leute waren in der Beziehung eben empfindlich.

Er sah gut aus.

Für einen Cop.

»Also wie heißen Sie denn?« fragte sie.

»Steve«, sagte er.

»Steve, und weiter?«

»Carella«, sagte er. »Steve Carella.«

»Wirklich?« sagte sie. »Italienisch?«

»Ja«, sagte er.

»Ich auch«, sagte Naomi. »Zur Hälfte.«

»Was ist die andere Hälfte?«

»Wildkatze«, sagte sie und grinste und hob dann ihr Glas. Sie trank Canadian Club und Soda, weil sie das für kultiviert hielt. Sie sah ihn verführerisch über den Rand ihres Glases hinweg an. Das hatte sie aus einer ihrer Frauenzeitschriften gelernt, aus der sie auch gelernt hatte, wie man Mehrfachorgasmen bekam. Nun, gelegentlich.

Eigentlich war sie halb italienisch und halb jüdisch, was wahrscheinlich ihre schwarzen Haare und blauen Augen erklärte. Ihre Stupsnase war irisch, ohne daß ihre Eltern sich das als Verdienst anrechnen konnten. Der wahre Vater der Nase war Dr. Stanley Horowitz, der die Sache vor drei Jahren, als sie zweiundzwanzig Jahre alt war, gedeichselt hatte. Sie hatte ihn damals gefragt, ob sie nicht auch etwas mit ihrem Busen machen lassen sollte, aber er hatte gelächelt und gesagt, daß sie an *der* Stelle keine Hilfe brauchte. Sie schätzte, daß das zutraf.

Sie trug eine tiefausgeschnittene blaue Nylonbluse, die ihre Brüste vorteilhaft zur Geltung brachte und der Farbe ihrer Augen entsprach. Sie merkte, daß die Augen des tauben Mannes – wie war sein Name noch mal? – immer wieder zu ihrem Blusenausschnitt wanderten, obwohl er auch ab und zu ihre Beine überprüfte. Sie hatte gute Beine. Deshalb trug sie sehr hochhackige Schuhe mit Fesselriemchen, die das Bein betonten. Sie hoben auch den Arsch an, die Stöckelschuhe, obwohl man das nicht bemerkte, wenn sie sitzen blieb. Dunkelblaue Schuhe und rauchblaue Strümpfe. Sexy. Sie fühlte sich sexy. Ihre Beine waren jetzt gekreuzt, und ihr marineblauer Rock schob sich über ein Knie hoch.

»Entschuldigung, wie war Ihr Name noch mal?« fragte sie.

»Steve Carella«, sagte er.

»Ich finde es einfach so aufregend, daß Sie Italiener sind«, sagte sie und rollte ihre Augen, »daß ich ...«

»Viele Leute vergessen italienische Namen«, sagte er.

»Nun, das sollte ich sicherlich nicht«, sagte Naomi. »Meine Mutter heißt Giamboglio mit Mädchennamen.«

»Und Sie heißen?«

»Naomi Schneider.« Sie zögerte und sagte dann: »Das ist die andere Hälfte ... jüdisch.« Sie wartete auf eine Reaktion. Kein Flackern in seinem Gesicht. Gut. Eigentlich genoß sie es, das jüdische Mädchen der Großstadt zu sein. Es war etwas Besonderes an den jüdischen Mädchen, die in dieser Stadt wohnten – eine Scharfsinnigkeit im Verhalten, eine Raschheit der Zunge, eine Intelligenz, ein Selbstbewußtsein, das kultiviert und witzig und »hip« schien. Wenn es jemanden störte, daß sie jüdisch – nun, zur Hälfte – war, dann also tschüß, nett war's, dich kennenzulernen. Ihm schien es aber zu gefallen. Zumindest starrte er immer noch in ihre Bluse. Und er überprüfte die sexy Beine in den rauchblauen Strümpfen.

»Also, Steve«, sagte sie, »wo arbeiten Sie?«

»Im Uptown«, sagte er, »im 87. Direkt gegenüber von Grover Park.«

»Scheußliche Gegend da oben, nicht wahr?«

»Nicht die beste«, sagte er und lächelte.

»Sie haben bestimmt alle Hände voll zu tun.«

»Manchmal.«

»Was habt ihr da oben für Fälle? Eine Menge Morde und so?«

»Morde, bewaffnete Überfälle, Einbruchdiebstähle, Vergewaltigungen, Brandstiftungen, Straßendiebstähle ... nennen Sie es, und wir haben es.«

»Muß aber aufregend sein«, sagte Naomi. Sie hatte in einer ihrer Frauenzeitschriften gelernt, Interesse an der Arbeit eines Mannes zu zeigen. Das wurde schwierig, wenn man zum Beispiel mit einem Zahnarzt sprach. Aber Polizeiarbeit *war* wirklich interessant, also mußte sie keine tiefgehende, leidenschaftliche Neugier vortäuschen, wie zum Beispiel bei einem linken Backenzahn.

»Arbeiten Sie im Augenblick an etwas Interessantem?« fragte sie.

»Wir haben am fünfundzwanzigsten einen Mordfall gekriegt«, sagte er. »Eine Tote im Park, ungefähr in Ihrem Alter.«

»Ach du meine Güte«, sagte Naomi.

»Durch den Hinterkopf geschossen. Völlig nackt, ohne jede Kleidung.«

»Meine Güte«, sagte Naomi wieder.

»Wir haben noch nicht sehr viel herausgekriegt«, sagte er, »aber wir arbeiten daran.«

»Ich schätze, daß Sie so was oft sehen.«

»Das stimmt.«

Sie hob ihr Glas, nippte an ihrem C.C. und Soda, betrachtete ihn über den Rand hinweg und stellte dann das leere Glas wieder auf den Tresen. Um fünf Uhr dreißig nachmittags fing die Bar eben an, sich zu füllen. Sie war sofort nach der Arbeit hierhergekommen; das lange Wochenende lag vor ihr, und sie hatte gehofft, jemanden Interessanten kennenzulernen. Der hier war wirklich interessant; sie hatte noch nie einen Detective kennengelernt.

Er sah auch gut aus. Ein totes Mädchen im Park, sieh mal an.

»Möchten Sie noch einen?« fragte er.

»Oh, danke«, sagte sie. »C.C. und Soda.« Sie wartete auf eine Reaktion. Meistens sagst du C.C. und Soda zu einem Softie, und der fragt: »Was is'n das, C.C.?« *Der hier* zuckte nicht mal mit einer Wimper. Entweder wußte er, was C.C. war, oder er war klug genug, so zu tun, als ob er es wüßte. Sie mochte kluge Männer. Sie mochte auch gutaussehende Männer. Mit manchen Männern wachst du am nächsten Morgen auf, und es war nicht mal das Duschen wert.

Er gab dem Barmann ein Zeichen für eine weitere Runde und wandte sich wieder zu ihr; er lächelte. Er hatte ein schönes Lächeln. Die Musikbox spielte die neue McCartney-Single. Der Regen schlug gegen die Barfenster. Es war warm und gemütlich und angenehm voll hier drin, mit dem Summen der Gespräche, dem Klirren von Eiswürfeln in Gläsern, der Musik aus der Jukebox und dem spröden Gelächter der Großstadtfrauen, wie sie eine war.

»Was für einen Job haben *Sie*, Naomi?« fragte er.

»Ich arbeite bei CBS«, sagte sie.

Die meisten Leute waren beeindruckt, wenn sie sagte, daß sie bei CBS arbeitete. Eigentlich war sie da eine Empfangsdame, aber es machte trotzdem Eindruck; eine Fernsehanstalt. Wieder zeigte sich nichts in seinem Gesicht. Er war sehr cool, dieser Typ, war gut gekleidet, sah gut aus, ein Gefühl der ... absoluten Sicherheit ging von ihm aus. Nun, der hier, der hatte wohl schon alles gesehen und getan. Sie fand das aufregend. Nun, vielleicht war sie auf der Suche nach ein bißchen Aufregung. Heute morgen, als sie sich für die Arbeit angezogen hatte, hatte sie die Reizwäsche angezogen, die sie sich von *Victoria's Secret* bestellt hatte. Alles in Blau, so wie die Bluse. Einen Halbschalenbüstenhalter, der für tiefe Ausschnitte geeignet ist, einen Bikini-Slip mit Spitzen und einem Baumwolleinsatz im Schritt, einen Strumpfhalter mit V-förmigen Spitzenseiteneinsätzen. Sie saß mit der Reizwäsche unter ihrem Rock und ihrer Bluse am Schreibtisch in der Empfangshalle und beschloß, nach der Arbeit in eine Bar zu gehen und sich etwas Aufregung zu verschaffen. »CBS, guten Morgen.« Und unter ihrer Kleidung trug sie heimlich Spitzen.

»Eigentlich bin ich da nur Empfangsdame«, sagte sie und fragte sich, warum sie das zugab. »Aber ich kann viele Künstler und dergleichen kennenlernen. Alle, die heraufkommen, um die Shows zu machen, wissen Sie.«

»Ah, ja«, sagte er.

»Es ist ein ziemlich langweiliger Job«, sagte sie und fragte sich wieder, warum sie ihm das erzählte.

»Ah, ja«, sagte er.

»Ich habe vor, eventuell in den Verlagshandel einzusteigen.«

»Ich habe vor, eventuell auf *dich* zu steigen«, sagte er.

Normalerweise hätte sie gesagt: »He, verpiß dich, du Arschloch.« Aber er schaute sie so bedächtig an, kein Lächeln im Gesicht, und er schien so ... selbstbewußt zu sein, daß sie einen Augenblick lang nicht wußte, *was* sie sagen sollte. Sie hatte plötzlich das Gefühl, daß, falls sie sagen würde, daß er verschwinden solle, er sie verhaften würde oder so. Wofür, konnte sie sich nicht vorstellen. Sie hatte auch das Gefühl, daß er genau wußte, was sie unter Rock und Bluse trug. Es war unheimlich. Als ob er wie Superman Röntgenaugen hätte. Sie nickte, bevor sie es bemerkte. Sie nickte weiter. Sie hoffte, daß ihr Gesichtsausdruck sagte: »Ach wirklich, du Klugscheißer?« Sie wußte nicht, was ihr Gesichtsausdruck sagte. Sie nickte einfach weiter.

»Du bist ja ziemlich selbstsicher, wie?« fragte sie.

»Ja«, sagte er.

»Kommst in eine Bar, setzt dich neben ein hübsches Mädchen ...«

»Das bist du«, sagte er.

»Glaubst, du brauchst nur zu ...«

»Ja«, sagte er.

»Ein Mann ohne viel Worte«, sagte sie. Ihr Herz pochte.

»Ja«, sagte er.

»Mmmh«, sagte sie, noch nickend.

Die Platte in der Jukebox wechselte. Etwas von den Stones. Augenblicklich verstummten alle, es entstand eine plötzliche Stille; die Konversation um sie herum schien aufzuhören, als ob E. F. Hutton plötzlich seinen finanziellen Rat anbot, wie in der Werbung. Und dann lachte eine Frau irgendwo am Ende des Tresens, und Mick Jaggers Stimme drang durch den neuentstandenen Lärm, und Naomi drehte ihren Finger in ihrem Drink, rührte die Eiswürfel um, rührte sie um. Sie fragte sich, ob er Reizwäsche mochte. Die meisten Männer mochten Reizwäsche. Sie stellte sich vor, wie er ihr Bluse und Büstenhalter abriß, wie er sich vor ihr hinkniete, um sie dort zu küssen, wo der baumwollene Einsatz ihre Scham bedeckte, seine großen Hände in die Strumpfbänder an ihren Oberschenkeln gewunden. Sie konnte die Strumpfbänder an ihrem Oberschenkel spüren.

»Also ... mm ... wo wohnst du, Steve?« fragte sie. »In der Nähe des Reviers?«

»Es ist egal, wo ich wohne«, sagte er. »Wir gehen zu *dir.*«

»Oh, wirklich?« fragte sie und zog eine Augenbraue empor. Sie bemerkte, daß sie mit dem Fuß wackelte. Sie nippte an ihrem Drink und schaute diesmal in ihr Glas und nicht über den Rand.

»Naomi«, sagte er, »Wir werden ...«

»Ich wette, du kannst es nicht mal buchstabieren«, sagte sie. »Naomi.«

Ihre Zeitschriften hatten gesagt, daß es eine gute Idee sei, den Mann dazu zu bringen, den Namen laut zu buchstabieren. So würde er sich daran erinnern. Aber es war, als ob er sie nicht gehört hätte, als ob ihre Bemerkung zu lächerlich war, um einer Antwort würdig zu sein.

»Wir *werden*«, wiederholte er, mit Betonung auf dem Wort, weil sie ihn unterbrochen hatte, »in deine Wohnung gehen, *wo immer* sie liegt, und wir werden das Wochenende dort verbringen.«

»Das ... glaubst du«, sagte sie.

Sie merkte plötzlich, daß ihr Slip feucht war.

»Woher weißt du, daß ich nicht verheiratet bin?« sagte sie.

»Bist du das?«

»Nein«, sagte sie. »Woher weiß du, daß ich nicht mit jemandem zusammenwohne?«

»Tust du das?«

»Nein, aber . . .«

»Trink aus, Naomi.«

»Hör mal, ich mag Männer nicht, die so aufdringlich sind. Das ist mein Ernst.«

»Wirklich nicht?« sagte er. Er lächelte.

»Wirklich nicht.«

»Doch«, sagte er.

»Sind alle Detectives so aggressiv?« fragte sie.

»Ich weiß nicht, wie andere Detectives sind«, sagte er.

»Weil, weißt du, du bist wirklich sehr aggressiv, Steve. Das mag ich eigentlich nicht, weißt du. Wenn ein Mann so aggressiv ist.«

»Ich gebe dir sechzig Sekunden, um diesen Drink auszutrinken«, sagte er.

Gott, ich bin *klatschnaß*, dachte sie und fragte sich, ob sie plötzlich ihre Tage gekriegt hatte.

»Bist *du* verheiratet?« fragte sie.

»Nein«, sagte er und schob die Manschette seines Sakkos hoch. Er trug eine goldene Rolex. Sie fragte sich kurz, wie sich ein Detective eine goldene Rolex leisten konnte.

»Sechzig Sekunden«, sagte er. »Ab *jetzt*.«

»Und wenn ich ihn nicht in sechzig Sekunden austrinke?«

»Dann verlierst du«, sagte er einfach.

Sie hob ihr Glas nicht hoch.

»Fünfundfünfzig Sekunden«, sagte er.

Sie blickte ihm ins Gesicht und langte dann nach ihrem Glas. »Ich trinke das, weil ich es *will*«, sagte sie. »Nicht, weil du auf die Uhr schaust.«

»Fünfzig Sekunden«, sagte er.

Sie nippte vorsätzlich sehr langsam an ihrem Drink, und dann fragte sie sich plötzlich, ob sie das verdammte Ding tatsächlich in der restlichen Zeit austrinken konnte. Sie fragte sich auch, ob sie heute morgen das Bett gemacht hatte.

»Vierzig Sekunden«, sagte er.

»Du bist wirklich einer, weißt du das?« fragte sie und nahm diesmal einen größeren Schluck.

»In genau achtunddreißig Sekunden . . .«, sagte er.
»Trägst du eine Waffe?« fragte sie.
»Fünfunddreißig Sekunden jetzt . . .«
»Weil ich ein bißchen Angst vor Waffen habe.«
»Dreißig Sekunden . . .«
»Was ist denn das, ein Countdown?« fragte sie, nahm aber noch einen hastigen Schluck von dem Drink.
»Sechsundzwanzig Sekunden . . .«
»Du machst mich sehr nervös, weißt du das?« sagte sie.
»Zwanzig Sekunden . . .«
»Zwingst mich . . .«
»Fünfzehn . . .«
»Mach mal langsam . . .«
»In genau zwölf Sekunden . . .«
»Ich werde mich verschlucken«, sagte sie.
»Zehn Sekunden . . .«
»Jesus!«
»Du und ich . . . acht Sekunden . . . werden hier . . . fünf Sekunden . . . weggehen . . . zwei Sekunden . . .«
»Das reicht jetzt!« sagte sie und ließ das leere Glas auf den Tresen plumpsen.
Ihre Augen trafen sich.
»Gut«, sagte er und lächelte.

Sie hatte die Bänder für ihn in ihrem Nähkasten gefunden. Er hatte sie um die Bänder gebeten. Zu diesem Zeitpunkt hätte sie ihm dem Mond gegeben. Seidenbänder. Ein rotes an ihrem rechten Handgelenk. Ein blaues an ihrem linken. Rosa Bänder an ihren Fesseln. Sie lag mit gespreizten Gliedern auf ihrem Doppelbett, ihre Hand- und Fußgelenke an die Stangen der Kopf- und Fußlehnen aus Messing gefesselt. Sie trug noch die rauchblauen Strümpfe, die hochhackigen Schuhe mit Fesselschließen und den Strumpfhalter. Er hatte ihr den Slip und BH ausgezogen. Sie lag da, offen und ungeschützt, und wartete auf das, was er als nächstes tun würde, sie *wollte* alles, was immer er als nächstes tun würde.

Er hatte sein Schulterhalfter und seine Pistole auf den Sitz des Lehnsessels auf der anderen Seite des Zimmers gelegt. Das war, als er sich ausgezogen hatte. Als Witz hatte sie gesagt: »Laß mich mal deine Marke sehen.« Das ist, was jeder in dieser Stadt sagt, wenn jemand mitten in der Nacht an seine Tür klopft und behauptet, Cop zu sein. Er hatte sie ohne Lächeln angesehen. »*Hier* ist meine Marke, Baby«, hatte er gesagt und seinen Reißverschluß aufgemacht. Genau in diesem Augenblick wußte sie, daß sie es brauchte. Sie wußte bloß nicht, wie sehr. Sie hatte an ihm heruntergeblickt und gesagt: »Oh, Mann, ich brauche Hilfe«, und hatte nervös gekichert wie ein Schulmädchen, und plötzlich war sie in seinen Armen, und seine Lippen waren an ihren, und sie war verloren; sie wußte, daß sie verloren war.

Das war vor vier Stunden gewesen, bevor er sie ans Bett gefesselt hatte.

Die Uhr auf der Kommode zeigte jetzt zehn Uhr.

Er hatte darauf bestanden, daß sie die Rollos an den Fenstern offen ließen, obwohl sie protestiert hatte, daß die Leute im Haus gegenüber sie sehen konnten. Im Haus gegenüber schien Licht. Über dem Haus war die Nacht schwarz. Sie fragte sich, ob jemand da gegenüber sie, mit Seidenbändern ans Bett gefesselt, sehen konnte. Sie triefte unten wieder vor Nässe, schwindlig vor Sehnsucht nach ihm. Sie stellte sich vor, daß sie jemand von gegenüber anschaute. Irgendwie erregte sie das noch mehr.

Sie sah ihm nach, während er zum Lehnsessel ging, das Halfter aufhob und die Waffe herausnahm. Breite, sonnenverbrannte Schultern, eine schmale Taille, ihre Fingernägelspuren noch an seinem Arsch, wo sie ihn zerkratzt hatte. Da in der Bar hatte sie sich ihm als halbe Wildkatze beschrieben, aber das war etwas, das sie nie von sich geglaubt hätte, nicht einmal nach allem, was sie über Mehrfachorgasmen gelernt hatte. Heute abend ... Jesus! Sie schwamm in ihrem eigenen Ozean. Sie war noch naß von seinen Säften und ihren eigenen und wollte noch mehr.

Er näherte sich dem Bett mit der Waffe in der Hand.

»Ist ein Einbrecher im Haus?« fragte sie lächelnd.

Er lächelte nicht zurück.

»Eine Lektion«, sagte er.

»Ist der geladen?« fragte sie. Sie schaute dabei auf seinen Schwanz, nicht auf die Waffe, obwohl die Waffe sie wirklich beängstigte. Aber sie lächelte noch, verführerisch, wie sie fand. Sie wand sich auf dem Bett und zog an den engen Seidenbändern.

»Leer«, sagte er und ließ den Zylinder aufschnappen, um es ihr zu zeigen. »Ein Colt Detective Special«, sagte er. »Stumpfnasig.«

»Wie ich«, sagte sie. »Gefällt dir meine Nase?«

»Bist du bereit für die Lektion?« fragte er.

»Meine Güte«, sagte sie und riß die Augen und gefesselten Hände in vorgetäuschter Angst auf. »Noch eine Lektion?« Die Pistole war leer, jetzt hatte sie keine Angst davor. Und sie war bereit jedes Spiel, das er erfand, mitzuspielen.

»Wenn du für eine bereit bist«, sagte er.

»Ich bin bereit für alles, was du zu bieten hast«, sagte sie.

»Eine Lektion über Permutationen und Kombinationen«, sagte er und öffnete plötzlich die linke Hand. Eine Kugel lag darin.

»Voilà«, sagte er. »Sechs leere Kammern in der . . .«

»Es gibt hier noch eine leere Kammer«, sagte sie.

». . . Trommel des Revolvers.«

»Komm, füll sie«, sagte sie.

»Und eine Kugel in meiner linken Hand.«

Er zeigte ihr die Kugel.

»Ich steck sie in die Trommel . . .«

»Würdest du was in mich reinstecken?«

». . . und jetzt haben wir eine volle Kammer und fünf leere. Frage: Wie stehen die Chancen, daß die Patrone unter dem Hammer liegt, wenn ich aufhöre, die Trommel zu drehen?« Er fing an, die Trommel zu drehen, langsam, unbedacht. »Irgendeine Idee?« fragte er.

»Fünf zu eins«, sagte sie. »Komm, fick mich.«

»Fünf zu eins, richtig«, sagte er und setzte sich auf die Bettkante und legte den Revolverlauf gegen die Innenseite ihres Oberschenkels.

»Vorsicht damit«, sagte sie.

Er lächelte. Sein Finger lag im Abzugsbügel.

»Echt«, sagte sie. »Da ist jetzt eine Kugel drin.«

»Ja, ich weiß.«

»Also ... weißt du ... nimm sie von da weg, okay?« Sie wand sich auf dem Bett. Der kalte Revolverlauf berührte ihren Oberschenkel wieder. »Komm schon, Steve.«

»Wir werden ein bißchen Russisches Roulette spielen«, sagte er lächelnd.

»Den Teufel werden wir«, sagte sie.

Aber sie war ans Bett gefesselt.

Er erhob sich rasch. Er stand neben dem Bett und schaute zu ihr hinab. Er fing an, die Trommel zu drehen. Er drehte sie weiter. Drehte sie. Lächelte.

»Komm, Steve«, sagte sie. »Du machst mir angst.«

»Kein Grund zur Angst«, sagte er. »Die Chancen stehen fünf zu eins.«

Er hörte auf, die Trommel zu drehen.

Er setzte sich wieder auf die Bettkante.

Er schaute sie an.

Und dann legte er sanft den Lauf der Pistole an ihre Kehle.

Sie fiel erschrocken zurück und warf ihren Kopf zur Seite.

Das Metall fühlte sich kalt auf ihrer Haut an.

»He, hör mal«, sagte sie, und er drückte ab.

Die Stille war betäubend.

Sie lag schwitzend da und atmete schwer. Sie war sicher, daß er noch mal abdrücken würde. Die Chancen standen fünf zu eins. Wie oft könnte er ...?

»Sie ist aus Holz«, sagte er. »Die Kugel in der Pistole. Du warst in keinerlei Gefahr.«

Er nahm den Pistolenlauf von ihrer Kehle.

Sie atmete erleichtert auf.

Und merkte, wie naß sie war.

Und schaute ihn an.

Seine Erektion war enorm.

»Du ... hättest mich nicht so erschrecken sollen«, sagte sie.

Ihr ganzer Körper pochte.

»Ich kann alles mit dir tun, was ich *will*«, sagte er.

»Nein, das kannst du nicht.«

»Du gehörst mir«, sagte er.

»Nein, das stimmt nicht«, flüsterte sie.

Aber sie zerrte an den Fesseln, um sich für ihn weiter zu öffnen, als er sie bestieg.

Das ganze Wochenende gingen sie keinen Schritt vor die Tür.

Sie wußte nicht, was mit ihr geschah; nichts dergleichen war ihr jemals im Leben geschehen.

Er ging Montag früh und versprach, sie bald anzurufen.

Sobald er gegangen war, zog sie sich an, wie er ihr befohlen hatte.

Als sie später an diesem Morgen hinter dem Empfangstisch bei CBS saß, trug sie keinen Slip unter ihrem Rock und keinen BH unter ihrer Bluse.

»CBS, guten Morgen«, sagte sie ins Telefon.

Und hatte Schmerzen vor Sehnsucht nach ihm.

4

Wenn jemand ein bewaffneter Räuber ist und in einen anderen Staat zieht, ist es wahrscheinlich, daß er weiterhin seinen gewählten Beruf ausüben wird. Er wird, zum Beispiel, nicht Gebrauchtwagenhändler oder Fernsehproduzent werden, so groß die Ähnlichkeit eines Schwerverbrechers mit diesen Fachleuten auch sein mag. Statt dessen wird er sich eine Waffe kaufen, die nicht geklaut ist – das ist in keiner Stadt der Vereinigten Staaten schwierig –, sich einen Familiensupermarkt aussuchen und diesen eines schönen Abends überfallen. Wenn Mom und Pop klug sind und mitspielen, werden sie den Inhalt der Kasse in seine wartenden Hände leeren und beten, daß er sofort abhaut. Wenn Mom und Pop finden, daß ein bewaffneter Eindringling in ihrem Laden eine *persönliche* sowie eine kriminelle Verletzung darstellt, werden sie vielleicht närrischerweise diesem Angriff auf ihr Territorium Widerstand leisten, und dann könnten sie mehr als das Geld in der Kasse verlieren. Ein bewaffneter Räuber ist nicht bewaffnet, weil er der National Rifle Association angehört. Er ist bewaffnet, weil er weiß, daß er mit zwanzig Jahren im Bau rechnen kann, wenn er bei der Ausübung seines Berufs geschnappt wird, und er ist durchaus bereit – und oft erpicht darauf– die Pistole in seiner Faust zu benutzen. In Amerika lag die letzte Zahl der Todesfälle, die von Handfeuerwaffen verursacht worden sind, bei vierunddreißigtausend in der ganzen Nation, an zweiter Stelle hinter Todesfällen, die von Automobilunfällen verursacht worden sind. Das ist eine Menge toter Menschen. Carella fragte sich manchmal, ob die Mitglieder der NRA, während sie vergnügt Rehe im Wald schossen, jemals ein stilles Gebet für jene Opfer sprachen.

Elizabeth Turner hatte bei einer Bank in Los Angeles gearbeitet. Sie hatte bei einer Bank in dieser Stadt gearbeitet, und sie hatte auch bei einer Bank in Washington D.C. gearbeitet. Aufrichtige Bürger, wie Verbrecher, gehen meistens wieder in die gleiche Branche, wenn sie von einem Staat in einen anderen ziehen. War es nicht wahrscheinlich, sogar fast unvermeidlich, daß Elizabeth nach ihrer Rückkehr einen Job in wieder einer anderen Bank hier gesucht hatte?

Die Detectives wußten, daß alle Arbeiter in diesem Bundesstaat ein sogenanntes WRS-2-Formular ausfüllen müssen, das ein vierteljährlicher Einkommensbericht war, der am 30. April, 31. Juli, 31. Oktober und 31. Januar beim Finanzamt eingereicht werden mußte. Das WRS-2-Formular führte Namen und Sozialversicherungsnummer jedes Arbeiters sowie das Bruttogehalt auf, das in dem Quartal verdient worden war. Die Detectives besaßen die Sozialversicherungsnummer von Elizabeth Turner. Sie wußten, daß sie den Job in Washington am 1. Mai aufgegeben hatte. Sie wußten ferner, daß sie am 25. Oktober in Grover Park tot aufgefunden wurde. War es nicht wahrscheinlich, daß zumindest ein und vielleicht zwei WRS-2-Formulare für sie seit ihrer Rückkehr in die Stadt eingereicht worden waren? Carella rief in der Hauptstadt an und sprach dort mit einem Mann namens Culpepper. Culpepper sagte, er würde die Formulare, die am 31. Juli und 31. Oktober eingereicht wurden, überprüfen und ihn zurückrufen.

Erst am 11. November rief er ihn zurück. Es war ein trübgrauer, nasser und kalter Freitag, und da war der Fall schon siebzehn Tage alt. Er erklärte Carella, daß keins der am 31. Juli eingereichten Formulare über das Gehalt einer Elizabeth Turner in diesem Zeitraum Auskunft gab.

»Was ist mit den Formularen vom 31. Oktober?« fragte Carella.

»Die sind noch nicht bearbeitet worden.«

»Haben Sie da oben keinen Computer?«

»Keinen für diese vierteljährlichen Formulare«, sagte Culpepper.

»Nun, wann, meinen Sie, werden sie bearbeitet?«

»Wenn wir dazu kommen.«

»Wann wird das sein?«

»Wenn wir dazu kommen«, sagte Culpepper wieder. »Irgendwann, bevor die Formulare vom nächsten Vierteljahr fällig sind.«

»Sie meinen im Januar? Nächstes *Jahr*?«

»Die WRS-2s sind am 31. Januar fällig, das ist richtig.«

»Das ist hier ein Mordfall«, sagte Carella. »Ich versuche herauszufinden, wo dieses Mädchen gearbeitet hat. Können Sie nichts tun, um das zu beschleunigen?«

»Es wäre eine andere Sache, wenn die Formulare unter dem Namen des *Arbeitnehmers* eingereicht würden«, sagte Culpepper. »Oder sogar unter dessen Sozialversicherungsnummer. Aber so wird es nicht gemacht. Sie werden unter dem Namen des Arbeitgebers eingereicht. Sie können sich nicht vorstellen, wie lange wir gebraucht haben, um die ganzen Juli-Formulare nach dieser Elizabeth Turner durchzuchecken. Und die Formulare waren schon bearbeitet worden.«

Carella wußte genau, wie lang sie dafür gebraucht hatten. Er hatte die Anfrage vor sechs Tagen gemacht. »Schauen Sie«, sagte er, »es ist für uns sehr wichtig, herauszufinden ...«

»Es tut mir leid«, sagte Culpepper. »Ich werde die Oktober-Formulare checken lassen, sobald sie bearbeitet worden sind, aber mehr als das kann ich nicht tun.«

»Okay, danke«, sagte Carella und legte auf.

Er saß und starrte seine Schreibmaschine einen Augenblick lang an, und dann spannte er ein D.A.-Nachtragsberichtsformular ein. Er hatte fast eine ganze Seite getippt, als Alf Miscolo aus der Schreibstube am Ende des Flurs herauskam. Er hatte einen einfachen weißen Umschlag in der Hand. Dieser trug den Poststempel vom 10. November. Wie bei den vier Vorgängern, war der Brief an Detektive Stephen Louis Carella adressiert, der Name war ordentlich auf die Vorderseite des Umschlags getippt.

»Ich dachte, er hätte uns vielleicht vergessen«, sagte Miscolo.

»Dieses Glück wird uns nicht zuteil«, sagte Carella und riß den Umschlag auf.

Das gleiche einzelne weiße Blatt Papier war drin.

Und darauf geklebt:

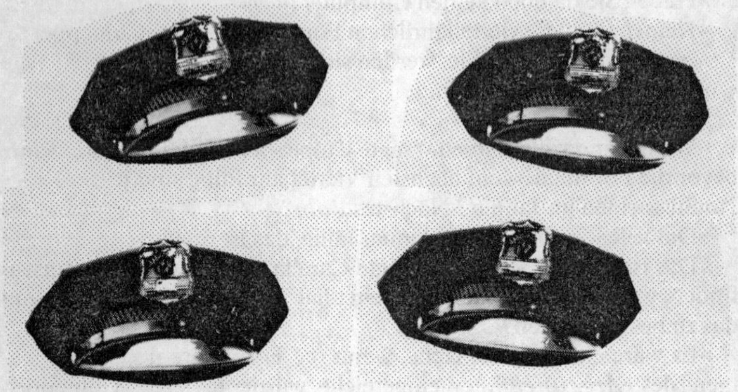

»Für mich sieht das wie vier Polizeimützen aus«, sagte Miscolo.

»Ja«, sagte Carella.

»Glaubst du, er ist 'n Cop?« fragte Miscolo.

»Ich glaube nicht.«

»Warum schickt er uns dann Bilder von diesem ganzen Polizei-Scheiß? Walkie-talkies, Marken, Handschellen? Polizeimützen?« Er schüttelte den Kopf. »Mir gefällt die Vorstellung nicht, daß jemand uns Fotos von Polizeizubehör zuschickt«, sagte er. »Es ist unheimlich.«

Miscolo war kein gutaussehender Mann. Seine Nase war wuchtig und seine Augenbrauen waren buschig und sein Hals war ziemlich dick, und das ergab den Eindruck eines Kopfes, der direkt auf den Schultern saß. Aber normalerweise war etwas Munteres in seinem Gesichtsausdruck und ein Funkeln in seinen dunklen Augen – nie sichtbarer, als wenn er den wirklich abscheulichen Kaffee verteidigte, den er in seinem Büro braute – und das fehlte, als er trostlos auf das Blatt Papier in Carellas Hand herunterstarrte, völlig.

Für Männer wie Miscolo und Carella war ein Polizeirevier ein Heiligtum. Egal, was draußen auf den Straßen passierte, es gelangte nicht, außer in Handschellen, ins Revier, obwohl einmal hatte eine Frau – wie sie sich beide gut erinnerten – mit einer Pistole und einer Flasche Nitroglyzerin alle in diesem Zimmer mehr Stunden, als die beiden zählen wollten, als Geiseln festgehalten. Aber meistens war das Revier ein Schloß für diese Männer, genauso wie für den britischen Bergarbeiter sein schäbiges Reihenhaus. Für Miscolo war es äußerst beunruhigend, daß jemand Polizeizubehör benutzte, um irgend etwas zu beweisen, was auch immer zum Teufel es war. Ihm war, als ob er in ein dreckiges U-Bahn-Klo reinspaziert wäre und da an einem der Waschbecken die mit Monogrammen bestickten Handtücher seiner Frau entdeckt hätte.

Er wußte, was die anderen vier Mitteilungen – nun, *angekündigt* hatten, falls das das richtige Wort war. Sie hingen alle nebeneinander an dem Notizbrett des Dienstraumes in der Reihenfolge, in der sie sie erhalten hatten:

Acht schwarze Pferde.

Fünf Walkie-talkies.

Drei Paar Handschellen.

Sechs Erkennungsmarken.

Und nun das.

Vier Polizeimützen.

Wenn man von den Pferden absah, war es, als ob jemand einen Polizisten stückweise zusammenbauen wollte.

»Ist dir aufgefallen, daß sie alle etwas mit den Cops zu tun haben?« sagte er. »Bis auf die Pferde.«

»Es gibt in dieser Stadt noch berittene Polizei«, sagte Carella.

»Die Marken an den Mützen haben keine Nummern, ist dir das aufgefallen? Der hat wahrscheinlich ein Foto von einer Mütze irgendwo ausgeschnitten und dann fotokopiert.«

»Da ist aber eine Nummer auf diesem Foto mit den Marken.«

»Meinst du, daß das eine echte Marke ist?«

»Ich weiß nicht.«

»Heutzutage kannst du alles fotokopieren«, sagte Miscolo. »Du legst da etwas aufs Glas, du schließt den Deckel, du drückst auf den Knopf, und du kriegst ein ziemlich gutes Foto davon.«

»Ja«, sagte Carella.

»Wenn die echt ist ... wo hat er sie her?« fragte Miscolo.

»Vielleicht sollte ich's überprüfen lassen«, sagte Carella. »Das Problem ist bloß ...«

»Ja, ich weiß. Du würdest dir saublöd vorkommen.«

»Ich meine, wir kriegen diese dummen Briefe ...«

»Ich weiß ...«

»Ich ruf beim Personalamt an, frag, ob ein Cop eine Marke mit der Nummer neunundsiebzig verloren hat ...«

»Du würdest dir saublöd vorkommen.«

»Das war doch seine Absicht«, sagte Carella.

»Ich mag diesen Typen nicht, ich mag ihn wirklich nicht«, sagte Miscolo und schaute wieder auf das Foto mit den vier Polizeimützen. »Was versucht er uns überhaupt zu sagen?«

»Ich weiß nicht«, sagte Carella und seufzte schwer.

»Willst du einen Kaffee?« fragte Miscolo.

»Im Moment nicht, danke«, sagte Carella.

»Tja, also dann«, sagte Miscolo und zuckte mit den Schultern und verließ den Dienstraum.

Der Regen peitschte gegen die Fenster.

Carella fragte sich, ob er das Personalamt anrufen sollte, um eine Überprüfung der Marke mit der Nummer neunundsiebzig zu veranlassen.

Er sah auf das D.A.-Formular in seiner Schreibmaschine. Vor Jahren mußtest du Kohlepapier benutzen, um zweite, dritte, sogar vierte Kopien zu machen. Jetzt brauchst du nur den Gang hinuntergehen, und Miscolo bitten, Fotokopien für dich zu machen. Genau wie der Taube – es mußte der Taube sein – die Bilder, die er ihnen geschickt hatte, fotokopiert hatte. Das Formular – genau wie er es getippt hatte, eingeschlossen Fehler, Durchstreichen, alles – sah so aus:

DETECTIVE-ABTEILUNG NACHTRAGS-BERICHT	BEREIT-SCHAFT 87	RE-VIER 87	REVIER BERICHT-NUMMER 68-8946	DETECTIVE-ABT: BERICHT-NUMMER DA 72 H-203	SEITE 1

NAME UND ANSCHRIFT DES BERICHTERSTATTERS betr.: MORDOPFER ELIZABETH ANNE TURNER (Siehe Jane Doe L-4129)	DATUM DES URSPRÜNG-LICHEN BERICHTS 25. 10.
NAME · VOR-NAME · PLZ · WOHN-ORT · STRASSE · HAUS-NUMMER	

EINZELHEITEN

Folgend auf Berichte von 25. 10., 2. 11., 4. 11.

1) INGE /TURner, Schwester der verstorbenen ELIZABETH ANNE TURNER, kehrte am 6. 11. nach Los Angeles, Kalifornien, zurück.
2) Weitere Befragung der Bewohner in South Ambrose Street 804 ergab keine wesentlichen zusätzlichen Einzelheiten betreffs Gewohnheiten oder Beziehungen mit anderen Männern oder Frauen der Verstorbenen.
3) Trotz Mafia-Charakter des Mordes haben Revierinformanten nichts Wesentliches über den Mord gehört.
4) Zweiter Durchgang bei Banken, Maklergeschäften, anderen Finanzinstituten noch unvollendet, aber die Mehrheit hat keine Personalakte für Elizabeth Anne Turner 1. Mai – 25. Okt.
5) Nachfrage bei Staatlichem Finanzamt und xxxxxxxxx erbringt anhand der WRS-2-Formulare, die am 31. Juli eingereicht wurden, keinen Nachweis für Gehaltszahlung an Elizabeth Anne Turner. Die Bearbeitung der Unterlagen vom 31. Oktober steht noch aus.
6) In Anbetracht des Mangels an weiterem Beweismaterial, des Fehlens ballistischer Daten, Zeugen und eines Mordmotivs, wird es ergebenst anheimgestellt, daß die Ermittlung vorübergehend

DATUM DIESES BERICHTS	

DIENST-GRAD	NAME	VOR-NAME	DIENSTAB-ZEICHEN-NR!	WACHE	UNTERSCHRIFT DES BEFEHLHABENDEN BEAMTEN

So weit war er gekommen.

Er war gerade dabeigewesen, den Fall Elizabeth Turner zu den Offenen Akten zu stellen. Offen. Eine Beschönigung für eine Sackgasse. Ein Fall, der ein Wunder brauchen könnte. Offen. Weil sie vielleicht Jahre später durch irgendeinen unglaublichen Glücksfall einen Mann verhaften würden, der wieder eine tote Frau in einem anderen Park lassen wollte, und der sich zu dem ersten Mord und vielleicht einem Dutzend Morde davor bekennen würde.

Er sah das Formular noch mal an.

Er sah die neueste Mitteilung vom Tauben an.

Vier Polizeimützen.

Keine Gesichter darunter.

Anonyme Mützen.

Das Formular in Carellas Schreibmaschine war auf dem Weg, in die riesige Anonymität der Offenen Akten geworfen zu werden; noch ein Blatt Papier in einem Irrgarten der Information, der die Unwirksamkeit der Polizei in einer Stadt, in der viel zu viele Morde begangen werden, bestätigte. Die Offenen Akten waren wie ein klaffender Schlund, der die Opfer schluckte. Und dabei auch die *Opferbringenden* schluckte.

Die unmittelbare Nähe der anonymen Mützen des Tauben und des bedrohend anonymen Formulars in der Schreibmaschine machten ihn plötzlich wütend. Es war durchaus möglich, daß es überhaupt keine Verbindung zwischen Elizabeth Turner und dem Tauben gab. Eine solche Verbindung zu suchen, wäre sicherlich zeitaufwendig und, im Endeffekt, vielleicht närrisch. Aber sie war im Park gegenüber vom Revier tot aufgefunden worden. Und es waren bis jetzt fünf Briefe vom Tauben gekommen, und auch wenn er es ihnen nicht unter die Nase reiben wollte, sah es trotzdem sehr danach aus. Wenn er Elizabeth Turners Leiche zu den Offenen Akten warf, dann würde er den Tauben mit reinwerfen.

Er riß den D.A.-Bericht aus seiner Schreibmaschine.

Er trug den letzten Gruß des Tauben zum Notizbrett und wollte ihn gerade neben den anderen aufhängen, als ihm plötzlich auffiel, daß sie vielleicht in der *numerischen* Reihenfolge anstatt in der *chronologischen* gelesen werden mußten.

Er fing an, sie zu verschieben und in einer Linie wieder ans Brett zu heften.

Drei paar Handschellen. Vier Polizeimützen. Fünf Walkie-talkies. Sechs Dienstmarken. Acht schwarze Pferde.

Na und? dachte er.

Sie bedeuten immer noch nichts.

Ohne zu wissen, wie nah er gerade einem Anfang gekommen war, ging er zum Schreibtisch zurück, schaute in seinem Polizei-Telefonverzeichnis nach und rief dann im Personalbüro in der High Street an.

»Personalamt, Sergeant Mullaney«, sagte eine Stimme.

»Detektiv Carella im 87.«, sagte er. »Ich brauche Namen und Adresse von einem Beamten, der vielleicht existiert.«

»›Der vielleicht existiert?‹« fragte Mullaney.

»Ja. Alles, was ich habe, ist die Nummer einer Marke.«

»Wie lautet die Nummer?« fragte Mullaney.

»Neunundsiebzig.«

»Sie machen wohl 'nen Witz«, sagte Mullaney.

»Wie meinen Sie das?«

»Neunundsiebzig? Wissen Sie, bei was für einer Nummer wir jetzt sind? Fragen Sie besser nicht. Wissen Sie, wie viele Cops durch dieses System gegangen sind, seitdem die Polizei gegründet worden ist? Fragen Sie besser nicht.«

»Überprüfen Sie es trotzdem, okay?«

»Dieser Typ macht wohl 'nen Witz«, sagte Mullaney zu niemand Bestimmtem. »Wo haben Sie diese Nummer her?«

»Von einem Foto von einer Marke.«

»Ein *Foto* von einer Marke?«

»Ja.«

»Wie ist *Ihre* Nummer, Coppola?«

»Sieben-eins-vier, fünf-sechs, drei-zwo. Und ich heiße Carella.«

»Dann können Sie sich ja ungefähr vorstellen, wo wir jetzt mit den Nummern sind. Also wollen Sie, daß ich nach einer Marke schaue, die irgendein Typ getragen hat, als die verdammten *Holländer* noch hier waren?«

»Tun Sie mir bloß den Gefallen, okay? Es handelt sich um einen Mordfall, den wir bearbeiten.«

»Das überrascht mich nicht. Ein Typ mit der Marken-Nummer neunundsiebzig, der ist seit mindestens drei Jahrhunderten tot. Bleiben Sie dran, okay?«

Carella blieb dran.

Mullaney kam etwa fünf Minuten später zurück ans Telefon.

»Keine aktive Marke Nummer neunundsiebzig«, sagte er. »Genau wie ich's mir gedacht habe.«

»Was ist mit den alten Akten?«

»Die gehen nicht bis in Henry Hudsons Zeit zurück«, sagte Mullaney.

»Überprüfen Sie Ihre alten Akten«, sagte Carella ungeduldig. »Es geht hier um einen verdammten Mord.«

»Regen Sie sich nicht so auf, Coppola«, sagte Mullaney und verließ das Telefon wieder.

Carella wartete.

Als Mullaney zurückkam, sagte er: »Ich habe eine Marke Nummer neunundsiebzig von 1858. Damals gab es achthunderttausend Leute in der Stadt, und wir hatten vierzehnhundert Mann bei der Polizei. Es wird Sie zweifellos interessieren, daß die Polizei damals auch mit Straßensäuberung beauftragt war.«

»Hat sich da was geändert?« fragte Carella.

»Nichts«, sagte Mullaney. »Wollen Sie den Namen von dem Typ?«

»Bitte«, sagte Carella.

»Angus McPherson«, sagte Mullaney. »Er starb 1872. Es wird Sie zweifellos interessieren, daß wir dann eine Bevölkerung von einer Million vierhunderttausend hatten und eine Polizeistärke von achtzehnhundert Mann. Ab dann gab es auch ein Stadtreinigungsamt. Die Cops brauchten keinen Pferdemist mehr zu schaufeln. Die brauchten sich nur noch vor dem Erschossenwerden zu hüten. Das ist nämlich diesem McPherson passiert. Wo haben Sie das Foto von seiner Marke her? Aus einem Antiquitätenladen?«

»Das würde mich nicht überraschen«, sagte Carella. »Vielen Dank, Maloney.«

Er hatte Charlie Henkins erzählt, daß sein Name Dennis Dove war, und er hatte ihn gebeten, ihn »Den« zu nennen. Charlie wußte es nicht, aber die Worte *den döve* kamen aus dem Schwedischen. Auf schwedisch bedeutete das Wort *den* »der«, aber *döve* war nicht dem englischen Wort *dove*, ein weißer Friedensvogel, gleichzustellen. Das Wort wurde nicht mal so wie im Englischen ausgesprochen. Auf schwedisch bedeutete *döve* »Tauber«. Den Dove war also der Taube.

»Was ich immer noch nicht verstehe«, sagte Charlie, »ist, wieso willst du's am Heiligabend machen? Ich meine, die Situation ist *jeden* Abend genau die gleiche. Das Geld wird an jedem Abend, den wir wählen, im Tresor sein.«

»Ja. Aber das ist der Zeitpunkt, an dem ich es machen möchte«, sagte der Taube.

Charlie kratzte seinen Kopf. Er war kein besonders heller Mensch, aber das waren schließlich die wenigsten bewaffneten Räuber. Der Taube hatte ihn gewählt, weil er mit einer Waffe umgehen konnte und weil er keine Angst hatte, sie zu benutzen. Charlie hatte in der Tat eine ganze Menge Zeit im Castleview-Gefängnis im Norden abgesessen, weil er bei einem Überfall auf einen Schnapsladen eine Waffe benutzt hatte. Der Ladenbesitzer war jetzt für den Rest seines Lebens an einen Rollstuhl gefesselt, ein Nebenaspekt, der Charlie überhaupt nicht störte. So wie Charlie es sah, hatte er den Ladenbesitzer abknallen *müssen*, weil der Mann nach der eigenen Waffe unter der Theke gegriffen hatte. Charlie hatte nicht damit gerechnet, daß zwei Cops in einem Streifenwagen auf der Straße die Schüsse hören und Charlie innerhalb von drei Minuten in Handschellen gelegt haben würden. So war nun mal das Leben. Wer zögert, ist verloren; die Welt ist hart, und wie gewonnen, so zerronnen. Charlie kannte die ganzen Sprüche und Tricks des Gewerbes, und er hatte ein paar mehr davon gelernt, während er seine Zeit im Norden absaß. Jeder lernte ein paar Tricks im Knast. Der Taube dachte, daß Charlie für den Job, den er geplant hatte, perfekt war. Charlie hatte funkelnde blaue Augen und einen kleinen runden Dickbauch.

»Was ich normalerweise gern am Heiligabend mache«, sagte Charlie, »ist Fernsehen. Sie bringen eine Menge Sondersendungen am Heiligabend. Letzten Heiligabend hab' ich Perry Como im Fernsehen geguckt. Er ist mal Barbier gewesen, weißt du? Mein Vetter Andy war auch früher Barbier, bevor er anfing, Einbrüche zu machen. Nicht, daß Perry Como Einbrüche machte.«

»Du wirst vor halb acht zuhause sein«, sagte der Taube. »Du kannst, wenn du willst, den ganzen Abend fernsehen.«

»Ich geh' um Viertel vor sieben rein, stimmt's?« fragte Charlie.

»In den *Tresor* um Viertel vor sieben«, sagte der Taube.

»Ja, klar, meinte ich doch.« Er kratzte noch mal seinen Kopf. »Bist du sicher, daß Lizzie dir die richtigen Zahlen gegeben hat?«

»Absolut.«

»Die Kombinationen, meine ich.«

»Ja, ich weiß, was du meinst. Die Zahlen sind völlig korrekt.«

»Und es gibt diese kleine Tastatur an der äußeren Tür, stimmt's?« sagte Charlie.

»Ja. In eine Tafel auf der rechten Seite der Tür eingesetzt.«

»Stählerne Tür, wie?«

»Stahl.«

»Und dahinter eine weitere Tür.«

»Ja, mit einer weiteren Tastatur und einer zweiten Zahlenreihe.«

»Und drin ist der Safe mit noch mehr Zahlen.«

»Ja.«

»Als wäre es die verdammte Bundesschatzkammer«, sagte Charlie.

»Nicht ganz«, sagte der Taube und lächelte.

»Immerhin. Drei gottverdammte Zahlenreihen.«

»Mach dir keine Sorgen um die Zahlen«, sagte der Taube. »Du wirst sie schon längst auswendig gelernt haben, bevor du sie tatsächlich benutzt.«

»Klar«, sagte Charlie.

»Ehe wir fertig sind, wirst du die Zahlen so wie deinen eigenen Namen kennen.«

»Nun, klar«, sagte Charlie.

»Stört dich das? Die Zahlen zu lernen?«

»Nein, nein, ich will bloß nicht, daß etwas schiefgeht, das ist alles.«

»Nichts wird schiefgehen, wenn wir auf die Möglichkeit, daß etwas schiefgeht, vorbereitet sind. Es ist natürlich möglich, daß du die Kombination vergißt, selbst nachdem wir sie tausendmal durchgegangen sind. Aber es ist nicht wahrscheinlich.«

»Ich verstehe nicht, was das heißen soll«, sagte Charlie.

»Eine Möglichkeit ist etwas, das *imstande* ist, zu geschehen oder zuzutreffen, ohne zu bewiesenen Tatsachen, Gesetzen oder Umständen im Widerspruch zu stehen. Eine *Wahrscheinlichkeit* ist andererseits etwas, das *vermutlich* geschehen oder zutreffen wird. Um es einfacher auszudrücken . . .«

»Ja, bitte«, sagte Charlie.

»Es ist *möglich*, daß unser Weihnachtsabenteuer gänzlich schiefgehen könnte, und in dem Fall werden wir eine ganze Menge Zeit hinter Gittern verbringen. Es ist aber *wahrscheinlich*, daß alles nach Plan ablaufen wird, und wir werden um eine halbe Million Dollar reicher herauskommen.«

»Die wir durch drei teilen, stimmt's?« sagte Charlie. »Du und ich, und Lizzie.«

»Durch drei, ja«, sagte der Taube.

Charlie nickte, aber er sah beunruhigt aus. »Da sind nur die zwei Weiber im Tresorraum, nicht?« sagte er.

»Ja, nur die Kassiererin und ihre Assistentin.«

»Und du willst, daß ich die beiden erledige, was?«

»Sofort. Sobald du im Tresorraum bist.«

»Nun, sie zu erledigen, das ist der leichte Teil«, sagte Charlie.

»Und woraus besteht der *schwierige* Teil?« fragte der Taube.

»Nun ... die Kombinationen lernen, schätze ich. Man muß achtzehn Nummern lernen, weißt du. Sechs auf jeder dieser Tastaturen.«

»Du wirst sie lernen, keine Sorge. Du darfst daran nicht als eine Reihe von achtzehn Zahlen denken. Sie werden leichter zu behalten sein, wenn du sie als drei verschiedene Reihen von jeweils sechs Zahlen betrachtest.«

»Ja«, sagte Charlie.

»Drei verschiedene und getrennte Reihen.«

»Ja.«

»In der Tat«, sagte der Taube lächelnd, »stellen Kombinationen einen guten Weg dar, um Möglichkeit und Wahrscheinlichkeit zu unterscheiden.«

Charlie sah ihn verständnislos an.

»Fangen wir mit etwas Einfachem an«, sagte der Taube. »Wir haben zwei Zahlen. Wie viele Möglichkeiten gibt es, diese zwei Zahlen zu kombinieren?«

»Zwei?« fragte Charlie unsicher.

»Exakt. Wenn die Zahlen, zum Beispiel, eins und zwei sind, kann man sie entweder als eins-zwei oder als zwei-eins kombinieren. Es gibt keine anderen Möglichkeiten, die richtig sein können, ohne zu erwiesenen Tatsachen, Gesetzen oder Umständen im Widerspruch zu stehen. Jetzt nehmen wir noch eine Zahl dazu. Wir haben jetzt drei Zahlen. Eins, zwei und drei. Wie viele Möglichkeiten gibt es, diese drei Zahlen zu kombinieren?«

»Das ist einfach«, sagte Charlie. »Drei.«

»Falsch. Es gibt sechs Möglichkeiten, sie zu kombinieren. Hier«, sagte er, nahm einen Bleistift und legte einen Schreibblock vor sich auf den Tisch. Schnell machte er eine Liste der sechs möglichen Kombinationen der Zahlen eins, zwei und drei:

1-2-3
1-3-2
2-1-3
2-3-1
3-1-2
3-2-1

»He, sieh mal an«, sagte Charlie.

»Um die Möglichkeiten, jede beliebige Menge von Zahlen zu kombinieren, zu kalkulieren, muß man nur die höchste Zahl mit der darunterliegenden multiplizieren und dann das Resultat mit der Nummer darunter multiplizieren, und so weiter. Zum Beispiel, wir haben drei Zahlen: eins, zwei und drei. Also multiplizieren wir drei mit zwei, und wir haben sechs. Dann multiplizieren wir sechs mit eins, und wir haben wieder sechs. Die Antwort ist sechs. Und wie wir eben gesehen haben, gibt es tatsächlich sechs Möglichkeiten, diese drei Zahlen zu kombinieren.«

»Ich war nie gut in Arithmetik«, sagte Charlie.

»Es wird komplizierter, wenn man mehr Zahlen nimmt«, sagte der Taube. »Zum Beispiel, die Tastaturen draußen vor jeder Tür haben neun Zahlen drauf. Ist dir klar, wie viele Möglichkeiten es gibt, diese neun Zahlen zu kombinieren?«

Wieder sah ihn Charlie verständnislos an.

»Nun«, sagte der Taube. »Multiplizieren. Neun mal acht mal sieben mal sechs mal fünf mal vier und so weiter bis eins. Neun mal acht ist zweiundsiebzig. Zweiundsiebzig mal sieben ist fünfhundertundvier. Fünfhundertundvier mal sechs ist dreitausendundvierundzwanzig. Und so weiter. Wenn du es ganz durchführst, wirst du feststellen, daß es dreihundertzweiundsechzigtausendachthundertachtzig Möglichkeiten gibt, neun Zahlen zu kombinieren. Wie hoch, frage ich dich, ist die Wahrscheinlichkeit, daß jemand die Kombination von sechs Zahlen, die die äußere Tür öffnet, durch Zufall errät? Und eine andere Kombination von sechs Nummern für die innere Tür? Und noch eine dritte Kombination für den Safe selbst?«

»Es gibt keinen Weg, das auszurechnen«, sagte Charlie kopfschüttelnd.

»Nun, es gibt doch einen, aber es würde ewig dauern. Und das ist genau der Grund, warum Kombinationsschlösser erfunden wurden.«

»Du meinst, daß das der Grund ist, warum *Lizzie* erfunden wurde.«

»Ja, natürlich«, sagte der Taube lächelnd. »Um uns mit den Kombinationen zu *versorgen.*«

»Wofür sie ein Drittel der Beute kriegt«, sagte Charlie. Er sah wieder besorgt aus. »Findest du das fair?«

»*Was* finde ich fair?«

»Daß sie ein Drittel kriegt.«

»Ohne sie könnten wir überhaupt nicht reinkommen.«

»Ja, also«, sagte Charlie, »*wir* gehen nicht rein, *ich* gehe rein.«

»Das weiß ich.«

»Ja, aber du hast eben gesagt, daß *wir* reingehen.«

»Einer von uns muß draußen sein«, sagte der Taube. »Du weißt das.« Er zögerte, und dann fragte er: »Wäre es dir lieber, wenn ich hineinginge?«

»Tja, ich schätze, daß mir die Rolle besser steht«, sagte Charlie.

»Exakt.«

»Immerhin.«

»Was ist los, Charlie?« sagte der Taube. »Erzähl mir alles, was dich beunruhigt. Ich will keine Probleme, jetzt nicht und auch nicht später.«

»Okay, das stört mich«, sagte Charlie. »Ich bin derjenige, der mit der Pistole in den Tresor geht. Ich bin derjenige, der die zwei Weiber da drin erledigen muß. Du wartest draußen, und Lizzie ist nicht mal in der Nähe. Also, okay, es war deine Idee, der ganze Job. Ich mißgönne dir deinen Anteil nicht, besonders, da du ja derjenige bist, den's erwischt, wenn du mit der Beute erwischt wirst, und bis dahin bin ich in Sicherheit. Aber wieso sollte Lizzie ein Drittel kriegen, wenn sie uns nur den Plan liefert?«

»*Und* die Kombinationen.«

»Ja, nun, die Kombinationen.«

»Und ohne die würde das ganze Ding überhaupt nicht laufen.«

»Es ist nur eine Frage der Fairneß, das ist alles«, sagte Charlie. »Du und ich gehen die größten Risiken ...«

»In gewisser Hinsicht, Charlie«, sagte der Taube sanft, »bist *du* derjenige, der das größte Risiko eingeht.«

»Danke«, sagte Charlie, »ich bin froh, daß du das gesagt hast. Aber es ist dein Ding, und fair ist fair. Und du gehst auch ein Risiko ein. Es ist nur so, daß Lizzie überhaupt kein Risiko eingeht.«

»Vielleicht hast du da recht.«

»Ich glaube schon.«

»Ich werde mit ihr sprechen müssen. Was würdest du vorschlagen, Charlie?«

»Nun ja, es gibt fünfhundert Mille in diesem Tresor, oder es *soll* zumindest fünfhundert Mille geben ...«

»Vielleicht mehr.«

»Also dachte ich, daß wir Lizzie einhundert Riesen geben, weil sie es vorbereitet hat, und dann teilen wir den Rest.«

»Ich werde dir sagen, was ich tun werde«, sagte der Taube. »Fair ist fair.«

»Das stimmt.«

»Wir werden Lizzie nur hundert Riesen geben, so wie du vorschlägst. Aber ich werde nur hundertfünfzig nehmen, und du bekommst den Löwenanteil, zweihundertfünfzig.«

»He, nein, so was wollte ich nicht vorschlagen«, sagte Charlie.

»Fair ist fair, Charlie.«

»Na ja«, sagte Charlie.

»Gefällt dir das?«

»Na ja, wenn du nichts dagegen hast?«

»Mir ist es recht.«

»Nun, ich wollte nicht sagen, daß ich derjenige bin, der zwei Mordanklagen riskiert, weißt du, was ich meine?«

»Ich weiß genau, was du meinst. Und ich weiß es zu schätzen.«

»Und ich weiß, das, was du tust, die Geste, die du gerade gemacht hast, auch zu schätzen. Ich danke dir dafür, Den.«

»Schon gut. Abgemacht?«

»Ich könnte nicht glücklicher sein«, sagte Charlie und sah dann wieder besorgt aus.

»Was ist los?« fragte der Taube.

»Glaubst du, daß Lizzie akzeptieren wird?«

»Oh, ich bin mir dessen sicher.«

»Ich hoffe es. Ich will nicht, daß sie uns verpfeift, nur weil sie denkt, daß sie nicht kriegt, was sie kriegen sollte.«

»Nein, mach dir deshalb keine Sorgen, Charlie.«

»Wo bleibt sie überhaupt?« fragte Charlie. »Sollte sie nicht hiersein, wenn wir diesen ganzen Scheiß besprechen?«

»Sie hat ihren Job schon erledigt«, sagte der Taube. »Sie wird nicht mehr gebraucht.«

Er sah Charlie an und fragte sich, ob er schon eine Ahnung hatte, daß er, sobald er das Geld aus dem Tresor getragen hatte, auch seinen Job getan hatte und auch nicht mehr gebraucht wurde.

»Also dann«, sagte er, »die Kombinationen.«

»Ja, die verdammten Kombinationen«, sagte Charlie.

»Denk an sie in Form von drei verschiedenen Reihen, Charlie. Vergiß, daß es insgesamt achtzehn Zahlen sind.«

»Okay, klar.«

»Kannst du mir die erste Reihe aufsagen? Die sechs Zahlen für die äußere Tür?«

»Sieben-sechs-eins, drei-zwo ...«

»Falsch.«

»Sieben-sechs-eins ...«

»Ja?«
»Drei-zwo . . .«
»Nein.«
»Nein?«
»Nein.«
»Drei-zwo . . .«
»Nein, es heißt zwei-drei.«
»Oh. Stimmt. Zwo-drei, stimmt. Zwo-drei-acht.«
»Und die innere Tür?«
»Neun-zwo-vier, drei-acht-fünf.«
»Richtig. Und der Safe?«
»Zwo-vier-sieben, vier-sechs-drei.«
»Gut, Charlie. Versuch's noch mal von vorne.«
»Sieben-sechs-eins, zwo-drei-acht.«
»Noch mal.«
»Sieben-sechs-eins, zwo-drei-acht.«
»Noch mal.«
»Sieben-sechs-eins, zwo-drei-acht.«
»Und die innere Tür?«
»Neun-zwo-vier . . .«

5

Acht, vier, drei, dachte Brown.

Er betrachtete das Notizbrett, wo die kleinen *billets-doux* des Tauben in einer Reihe unter den Steckbriefen und einer Bekanntmachung hingen, die ankündigte, daß der jährliche Mistletoe-Ball der Detective-Abteilung am Mittwoch abend, dem 14. Dezember, stattfand.

Acht schwarze Pferde, vier Polizeimützen und drei Paar Handschellen.

Sechs, fünf, dachte er.

Im Code des Polizeifunks bedeutete 10-5 MITTEILUNG WIEDERHOLEN.

Aber hier hieß es *sechs*-fünf.

Sechs Dienstmarken und fünf Walkie-talkies.

Der verdammte Taube, dachte Brown und ging zum Kleiderständer in der Ecke des Zimmers. Er hatte heute morgen einen großen, rotkarierten Mackinaw-Mantel angezogen, der ihn noch größer und böser als üblich aussehen ließ. Blaue Wollmütze auf dem Kopf. Hellroter Schal um den Hals. Es war erst der vierzehnte November, und schon war es da draußen wie in Sibirien. Er fragte sich, ob der Taube irgend etwas damit zu tun hatte. Vielleicht war der Taube ein russischer Spion. Er manipulierte das Wetter, wie er alles andere manipulierte.

Die Wanduhr des Dienstraumes zeigte zehn Minuten vor acht, aber nur ein Mann von der Mitternachtsschicht war noch da. Muß eine ruhige Nacht gewesen sein, dachte Brown. »Kalt wie eine Hexentitte draußen«, sagte er zu O'Brien, der von seiner Schreibmaschine aufsah, grunzte, kurz auf die Wanduhr schaute und dann sagte: »Du hattest heute nacht ein paar Anrufe. Die Nachrichten sind auf deinem Schreibtisch.«

Draußen vor den vergitterten Dienstraumfenstern blies der Wind Blätter und Hüte und Zeitungen und Röcke und vieles andere durch die Straßen. Das machte einen froh, drinnen zu sein. Während er von der U-Bahn-Station zum Revier ging, dachte Brown, daß ihm Finger und Zehen abfrieren würden. Er hätte heute morgen seine lange Unterwäsche anziehen sollen. Im Dienstraum war es aber schön warm. Selbst Miscolos Kaffee, der am anderen Ende des Gangs durch die Maschine lief, roch gut. Er zog sich den Mackinaw aus, hängte ihn an den Ständer und warf den roten Schal obendrauf. Er behielt die blaue Wollmütze auf seinem Kopf. Mit ihr fühlte er sich wie Big Bad Leroy, der eben aus Castleview entlassen worden war, wo er wegen Brandstiftung, Mord und Vergewaltigung gesessen hatte. Ja, paß auf, Mann. Lauf mir heute über den Weg, und du gehst mit einer Narbe heim. Lächelnd setzte er sich an den Schreibtisch und sah den *Haufen Kram* an, den die Männer von der Mitternachtsschicht da deponiert hatten.

Der Dienstraum war ruhig, abgesehen von dem heulenden Wind und dem Klapppern von O'Briens Schreibmaschine. Brown blätterte die Papiere auf seinem Schreibtisch durch. Ein Zettel von Cotton Hawes, der ihm mitteilte, daß ein Einbruchsopfer spätnachts angerufen habe, um zu fragen, ob es Detective Brown gelungen war, seinen gestohlenen Fernseher zu finden. An die Keine-Chance-Abteilung. Der Fernseher war im weltgrößten Schlußverkauf verschwunden. Die Diebe in dieser Stadt geben dir einen höheren Rabatt, als wenn du im Großhandel eingekauft hättest. Manche Diebe werden für dich sogar *auf Bestellung* stehlen. Willst du einen nagelneuen Videorecorder? Welche Marke? RCA? Sony? Wir sehen uns morgen abend um diese Zeit. Den gestohlenen Fernseher dieses Mannes zu finden, war so wahrscheinlich, wie einen Haufen Gold in der Kloake zu finden. Er fragte sich, ob es stimmte, daß es Alligatoren in den Abwasserkanälen gab. Er mußte einmal einen Dieb in einem Abwasserkanal verfolgen, und er wollte das nie wieder in seinem Leben machen. Tropfendes Wasser, Ratten, und ein Gestank, den er die nächsten zehn Tage nicht aus der Nase bekommen konnte.

Hawes hatte sich in letzter Zeit beschwert, daß diese Mitternacht-bis-acht-Uhr-Schicht sein Sexualleben ruiniere. Sein Sexualleben bestand im Moment aus einer Polizistin des Vergewaltigungsdezernats namens Annie Rawles. Brown fragte sich, wie es war, mit einem Detective ersten Grades ins Bett zu gehen. Entschuldigen Sie, meine Dame, würden Sie bitte Ihre Marke abnehmen, sie sticht in meinem Arm. Sechs Erkennungsmarken. Carella hatte ihm gesagt, daß Marke Nummer neundundsiebzig einem Typen namens Angus McPherson, der längst tot und vergessen war, gehört hatte. Also wo hatte der Taube sie gefunden? Der verdammte Taube, dachte er wieder.

Er sah gerade die anderen Nachrichten auf seinem Schreibtisch durch, als das Telefon klingelte.

»Siebenundachtzigstes Revier, Brown«, sagte er.

»Hallo, ja«, sagte die Stimme am anderen Ende. Eine junge Frau. Leicht nervös. »Kann ich bitte mit Detective Carella sprechen.«

»Es tut mir leid, er ist im Moment nicht da«, sagte Brown. »Sollte aber jede Minute kommen.« Er schaute hinauf zur Wanduhr. Fünf Minuten vor acht. »Kann ich ihm etwas ausrichten?«

»Ja«, sagte die Frau. »Würden Sie ihm sagen, daß Naomi angerufen hat?«

»Ja, Miss, Naomi und wie weiter?« fragte Brown. O'Brien verließ gerade den Dienstraum. Er winkte Brown zu, und Brown winkte zurück.

»Sagen Sie ihm bloß Naomi. Er wird wissen, wer das ist.«

»Nun, Miss, es ist uns . . .«

»Er wird's wissen«, sagte sie und legte auf.

Brown betrachtete den Hörer.

Er zuckte mit den Schultern und legte ihn auf die Gabel zurück.

Keine drei Minuten später betrat Carella den Dienstraum.

»Deine Freundin hat angerufen«, sagte Brown.

»Ich habe ihr doch gesagt, sie soll mich nie bei der Arbeit anrufen«, sagte Carella.

Er sah aus wie ein Eskimo. Er trug einen kurzen wollenen Mantel, dessen Kapuze er sich über den Kopf gezogen hatte. Die Kapuze war mit einer Art Pelz gefüttert; wahrscheinlich Kaninchen, dachte Brown. Er trug lederne, pelzgefütterte Handschuhe. Seine Nase war rot und seine Augen tränten.

»Wo ist der Sommer hingegangen?« fragte er.

»Naomi«, sagte Brown und zwinkerte. »Sie sagte, du wüßtest wer.«

Das Telefon klingelte wieder.

Brown nahm den Hörer ab.

»Siebenundachtzigstes Revier, Brown«, sagte er.

»Hallo, hier ist noch mal Naomi«, sagte die Stimme, die immer noch nervös klang. »Es tut mir leid, daß ich Sie belästige, aber ich werde in ein paar Minuten zur Arbeit gehen, und ich bin mir nicht sicher, ob er die Nummer von dort hat.«

»Warten Sie, er ist gerade hereingekommen«, sagte Brown und streckte Carella den Hörer entgegen. »Naomi«, sagte er.

Carella sah ihn an.

»Naomi«, sagte Brown wieder und zuckte die Achseln.

»Ist das ein Witz?« fragte Carella.

»Naomi ist dran«, sagte Brown. »Würde ich einen Witz über Naomi machen?«

Carella ging zu seinem eigenen Schreibtisch.

»Auf welcher Leitung ist sie?« fragte er.

»Sechs. Willst du allein sein?« fragte er.

Carella drückte auf die dafür vorgesehene Taste seines Telefons und hob den Hörer hoch. »Detective Carella«, sagte er.

»Steve?« sagte eine Frauenstimme. »Hier ist Naomi.«

»Uh, ja«, sagte er und sah Brown an.

Brown rollte die Augen.

»Du hast mir versprochen, daß du anrufst«, sagte sie.

»Uh, ja«, sagte Carella und sah Brown noch mal an. Soweit er sich denken konnte, gab es nur zwei Erklärungen für die ziemlich jugendlich klingende Dame am Telefon. Erstens: sie war jemand, mit der er zuvor während eines Arbeitstages zu tun gehabt hatte, eine ehrliche Bürgerin mit dieser oder jener Beschwerde, und er hatte einfach ihren Namen vergessen. Oder zweitens, und das hielt er für wahrscheinlicher: die witzigen Herren des 87. hatten einen aufwendigen, kleinen Streich ausgeheckt, und er war das Ziel. Er erinnerte sich an den letzten April, als sie eine freundliche Nutte aus der Gegend gebeten hatten heraufzukommen und *Genero* zu sagen, daß sie von ihm schwanger sei. Jetzt war es Naomi. Eine städtische Stimme nannte ihn »Steve« und sagte ihm, er habe versprochen anzurufen. Und da saß Brown auf der anderen Seite des Raums und betrachtete ihn erwartungsvoll. Okay, dachte er, laß uns ein bißchen mitspielen.

»Steve?« sagte sie. »Bist du noch dran?«

»Klar«, sagte er. »Noch dran. Worum dreht es sich, Miss?«

»Es dreht sich um deine Waffe.«

»Oh, verstehe, meine Waffe«, sagte er.

»Ja, deine große Waffe.«

»Uh-huh«, sagte er.

»Wann werde ich dich wiedersehen, Steve?«

»Nun, das kommt darauf an«, sagte er und lächelte Brown zu. »*Wer*, haben Sie gesagt, ist dran?«

»Was ist?« fragte sie. »Kannst du im Moment nichts sagen?«

»Doch, selbstverständlich, Miss«, sagte er. »Aber die Polizeivorschriften verlangen, daß wir Namen und Adresse von jedem erfahren, der im Dienstraum anruft. Hat man Ihnen das nicht gesagt?«

»*Wer* sollte mir das gesagt haben?«

»Wer immer Sie angestiftet hat, mich anzurufen.«

Es herrschte ein langes Schweigen in der Leitung.

»Was ist?« sagte sie. »Willst du nicht mit mir sprechen?«

»Miss«, sagte Carella, »ich würde mich wahnsinnig gern mit Ihnen unterhalten, ehrlich. Ich würde wahnsinnig gern stundenlang mit Ihnen telefonieren. Nur, diese Esel hier oben« – er sah Brown bedeutungsvoll an – »scheinen nicht zu verstehen, daß ein tüchtiger und schwerarbeitender Polizist um acht Uhr morgens Besseres zu tun hat, als ...«

»Warum benimmst du dich so komisch?« fragte sie.

»Möchten Sie noch mal mit Artie sprechen?« fragte Carella.

»Wer ist Artie?«

»Oder hat Meyer das arrangiert?«

»Ich weiß nicht, wovon du sprichst«, sagte sie.

»Cotton, stimmt's? Es war Cotton.«

»Spreche ich mit der richtigen Person?« fragte sie.

»Sie sprechen mit der Person, mit der zu sprechen Sie gebeten haben«, sagte er und zwinkerte Brown zu. Brown zwinkerte nicht zurück. Carella fühlte sich plötzlich unbehaglich.

»Spricht dort Detective Steve Carella?« fragte sie.

»Ja«, sagte er vorsichtig und dachte plötzlich, daß er einen schrecklichen Fehler gemacht hatte. Vielleicht war es doch eine ehrliche Bürgerin, die in einer legitimen Polizeisache anruft ...

»Der Mädchen an Betten fesselt und Russisches Roulette spielt«, sagte sie. »Mit einer Holzkugel.«

Aha, dachte er, eine Bettwanze. Er gab Brown ein Zeichen, den Hörer abzunehmen, und dann hielt er den Zeigefinger zur Schläfe und drehte ihn im Uhrzeigersinn; das war das universale Zeichen für einen, bei dem eine Schraube los ist.

»Könnten Sie mir Ihren Nachnamen sagen, bitte?« sagte er. Er war jetzt ernst. Das war eine Frau da draußen, die vielleicht Hilfe brauchte. Brown hatte den Hörer auf seinem Schreibtisch abgenommen. Beide Männer hörten ein schweres Seufzen am anderen Ende der Leitung.

»Okay«, sagte sie. »Wenn du spielen willst, werden wir spielen. Hier spricht Naomi Schneider.«

»Und Ihre Adresse bitte?«

»Du weißt doch meine Adresse«, sagte sie. »Du hast ein ganzes gottverdammtes Wochenende mit mir verbracht.«

»Ja, aber können Sie sie mir nicht noch mal geben, Miss?«

»Nein, ich werde sie dir nicht noch mal geben. Wenn du vergessen hast, wo ich *wohne*, Herrgott noch mal ...«

»Sind Sie allein dort, Miss?« fragte er. Sie riefen manchmal aus Verzweiflung an. Sie baten manchmal den Sergeant, sie mit den Detectives zu verbinden, und manchmal sagte der Sergeant: »Einen Augenblick, bitte, ich werde Sie mit Detective Kling verbinden«, oder Brown oder wem immer zum Teufel ... in diesem Fall Detective *Carella* – aber wie konnte sie seinen Vornamen wissen?

»Ja, ich bin allein«, sagte sie. »Aber du kannst jetzt nicht vorbeikommen, ich werde gleich zur Arbeit gehen.«

»Und wo ist das, Miss? Wo arbeiten Sie?«

»Ich trage das, was du mir befohlen hast«, sagte sie. »Ich hab's jeden Tag getragen.«

»Ja, Miss, wo arbeiten Sie?«

»Den Strumpfhalter und Strümpfe«, sagte sie.

»Können Sie mir sagen, wo Sie arbeiten, Miss?«

»Keinen Slip«, sagte sie verführerisch. »Keinen BH.«

»Wenn Sie mir sagen würden, wo Sie arbeiten ...«

»Du weißt, wo ich arbeite«, sagte sie.

»Ich glaube, ich hab's vergessen.«

»Vielleicht hast du nicht zugehört.«

»Ich habe zugehört, aber ich glaube, ich ...«

»Vielleicht hättest du dein Hörgerät lauterstellen sollen«, sagte sie.

»Mein *was*?« fragte Carella sofort.

»Was?« sagte Naomi.

»Warum sagten Sie Hörgerät?« fragte Carella.

Ein langes Schweigen war in der Leitung.

»Miss?«

»Spricht hier wirklich Steve Carella?« fragte sie.

»Ja, hier spricht ...«

»Weil du verdammt komisch klingst, daß muß ich dir sagen.«

»Hör mal, ich möchte dich sehen«, sagte Carella, »wirklich. Wenn du mir deine Adresse geben würdest ...«

»Ich habe dir gesagt, daß ich in ein paar Minuten zur Arbeit gehe ...«

»Und wo ist das? Ich möchte mit dir sprechen, Naomi ...«

»Ist das alles, was du mit mir machen willst?«

»Nun, ich ...«

»Ich dachte, du würdest mich gerne noch mal ficken.«

Brown hob die Augenbrauen. Jesus, dachte Carella, er glaubt, daß ich dieses Mädchen wirklich kenne! Aber sie hatte ein Hörgerät erwähnt, und im Moment war ihm scheißegal, was Brown glaubte.

»Ja, das möchte ich auch«, sagte er.

»*Endlich*«, sagte sie und seufzte wieder. »Das muß man aus dir wirklich herausquetschen, nicht?«

»Sag mir, wo du arbeitest«, sagte er.

»Du weißt schon, wo ich arbeite. Und warum willst du denn dort hinkommen?«

»Nun, ich dachte ...«

»Wir könnten da nichts tun, Steve, oder?« sagte sie und kicherte. »Wir würden verhaftet.«

»Nun, wann bist du heute abend fertig?« fragte er.

»Um fünf.«

»Okay, gib mir deine Adresse; ich werde vorbeikommen, sobald ...«

»Nein«, sagte sie.

»Naomi ...«

»Versuch du dich an meine Adresse zu erinnern, okay?« sagte sie. »Ich werde auf dich warten. Mit breiten Beinen werde ich auf dich warten.«

Es knackte in der Leitung.

»Miss?« sagte er.

Die Leitung war tot.

»Scheiße«, sagte er.

Brown starrte ihn an.

Carella legte den Hörer auf die Gabel zurück. »Hör mal«, sagte er, »wenn du denkst ...«

»Nein, das nicht«, sagte Brown. »Ich denke an den Tauben.«

Wenn dies eine kleinere Stadt gewesen wäre, wäre der Mann von der Telefongesellschaft vielleicht auffälliger gewesen, als er in vielen Revieren in der Stadt aus und ein ging und behauptete, er sei da, um die Störungen in der Leitung zu beheben. Aber dies war eine größere Stadt als die meisten, eigentlich eine der größten Städte der Welt, und es gab nicht viele Cops, die einem Telefontechniker in ihrer Mitte allzuviel Aufmerksamkeit schenkten. Einen Telefontechniker zu bemerken, wäre das gleiche, als ob man einen Elektriker oder Klempner bemerken würde. Der Mann, der nach Belieben kam und ging, war praktisch unsichtbar.

Natürlich gab es Regeln und Vorschriften, die jeden betrafen, der ein Polizeirevier betrat. Seit den Bombendrohungen vor einigen Jahren stand ein uniformierter Cop an der Eingangstür zu jedem Revier und er fragte jeden Besucher nach dem Grund seines Besuches. Oder zumindest *sollte* er das fragen. Nicht viele machten sich die Mühe. Das lag daran, daß die meisten Cops das, was sie »Türwache schieben« nannten, haßten. Sie waren der Polizei nicht beigetreten, um mit den Händen im Schoß rumzustehen und auf Terroristenanschläge zu warten, die nie kamen.

Polizeiarbeit bedeutete *Action.* Bei der Türwache gab es genausoviel Action wie im Bestattungsinstitut.

Also schätzten die meisten Cops bei der Türwache den Bürger ab, während er die Treppen hinaufstieg, winkten ihn herein, und wandten sich wieder der Beobachtung der Straße zu, wo – wenn sie Glück hatten – der Wind ab und zu das Kleid eines Mädchens hochblies. Wenn der Typ außerdem einen Arbeitsanzug mit dem Namen der Telefongesellschaft hintendrauf trug, und eine kleine Plastikkarte der Telefongesellschaft an der Tasche seines Anzuges befestigt war, und ein gelbes Störungssucher-Telefon zusammen mit einer Menge anderer Drähte und Zeugs von seinem Gürtel hingen, und wenn er eine Segeltuchtasche mit Werkzeug trug (einige der wachhabenden Cops blickten sogar in die Tasche, um nachzusehen, ob eine Bombe oder so was drin war), dann dachten sie automatisch, daß der Typ genau das war, was er zu sein behauptete, nämlich ein Techniker der Telefongesellschaft, der da war, um die Störung in der Leitung zu beseitigen.

Als Henry Caputo das Zwölfte Revier betrat, blieb er am Schreibtisch stehen, genau wie das Schild hinter dem Schreibtisch es ihm sagte, und er erklärte dem Sergeant, warum er gekommen war.

»Telefongesellschaft«, sagte er. »Um die Störung in der Leitung zu beseitigen.«

»*Welche* Störung in der Leitung?« fragte der Sergeant. Er hatte den ganzen Morgen telefoniert, und ihm war keine Störung aufgefallen.

Henry griff in seine Tasche, holte einen weißen Zettel heraus, las ihn schweigend und sagte: »'s das das Zwölfte Revier?«

»Das ist richtig, Freund«, sagte der Sergeant.

»Also, da ist eine Störung in der Leitung. Wollen Sie, daß ich's repariere, oder was?«

»Wie Sie wollen«, sagte der Sergeant, und Henry verschwand im Tumult des beschäftigten Reviers.

Henry hatte Haare in der Farbe von Jod und Augen in der Fabe von Kohle, und selbst in seinem Arbeitsanzug von der Telefongesellschaft sah er wie ein Mann aus, der einem die Kehle aufschlitzen würde, falls du ihm, wenn er es verlangte, deine Uhr nicht sofort gabst. Er *hatte* in der Tat einmal einem Mann die Kehle aufgeschlitzt, und deshalb hatte er einige Zeit im Zuchthaus von Oklahoma abgesessen. Er hatte dem Mann die Kehle nicht wegen etwas so Unbedeutendem wie einer Uhr aufgeschlitzt. Er hatte dem Mann die Kehle durchgeschnitten, weil er eine Unterhaltung unterbrochen hatte, die Henry mit einer Nutte in einer Bar im Tulsa führte. Die Nutte war eine echte Klassestute gewesen, von der Hundert-Dollar-Sorte, und keine räudige Hündin, die dir für zehn Dollar einen im Auto bläst. Es hatte Henry nicht gefallen, daß sein Gedankengang unterbrochen wurde, besonders nicht, da er gerade einen Ständer hatte. Der Mann war sehr überrascht, daß plötzlich seine Kehle, aus der Blut auf die Hemdbrust floß, aufgeschlitzt war. Er hatte nur gesagt: »Entschuldigen Sie, Schwester, reichen Sie mir die ...«, und das Messer war plötzlich in Henrys Hand erschienen, und das nächste, was der Mann bemerkte, war, daß er versuchte, mit blubberndem roten Schaum im Mund zu sprechen, und er brachte das Wort »Erdnüsse« nie heraus.

Zu ihrer beider Glück war der Mann nicht gestorben. Henry wurde nur wegen dem, was in dieser Stadt als tätlicher Angriff ersten Grades galt, eingelocht, ein Verbrechen der Güteklasse C, das mit einem Minimum von drei Jahren und einem Maximum von fünfzehn bestraft wird. Henry war jetzt wieder auf freiem Fuß, wieder im Osten, wo er geboren und großgezogen worden war – zur Hölle mit all den Cowboys und Indianern im Westen, alles Menschen ohne Manieren, die eine Unterhaltung, die man mit einer Dame führt, unterbrachen. Henry war bereit, seinen Platz in der zivilisierten Gesellschaft wieder einzunehmen, und der Job schien ein guter Anfang zu sein – oder genauer gesagt, die Reihe von Jobs –, die ihm dieser Typ, Dennis Dove, aufgetragen hatte. Henry mochte Cops nicht besonders gern. Henry hielt alle Cops für Schwindler mit Abzeichen. Und so fand er die Idee, die Cops zu *bestehlen*, zum Scheißen lustig.

Das einzige, was Henry sich nicht vorstellen konnte, war, wieso dieser Dennis Dove mit dem Hörgerät im Ohr dieses ganze Zeugs *wollte*, das Henry aus Polizeiwachen in der ganzen Stadt stahl. Und auch ziemlich gut dafür zahlte. Zwei Riesen im voraus – plus zwei *weitere* Riesen, wenn Henry das ganze Zeugs lieferte –, das war nicht gerade Kleingeld. Eigentlich hätte Henry den Job für viel weniger gemacht. Heutzutage war ein spaßiger Job wie dieser schwer zu finden. Außerdem lernte er während der Zeit in den Revieren viel über Cops. Er lernte, daß sie alle Arschlöcher waren, und genau das hatte er sich schon die ganze Zeit gedacht. Es war toll, diese Arschlöcher zu bestehlen; besonders, weil sie ihn die ganze Zeit fragten, wie es mit den Telefonen aussah.

Er ging rein und schraubte die Sprechmuschel eines Telefons auf, spielte dann ein bißchen an den Drähten herum, überprüfte ein paar Schalttafeln im Keller, und dann kam er wieder hinauf und ging in diesen Raum und jenen Raum und grüßte die Gefangenen in den Untersuchungszellen und in der Zelle im Dienstraum, und dann schnell aufs Klo, um zu pissen, und dann ging er zurück zu einem anderen Telefon und schraubte noch eine Sprechmuschel auf, und währenddessen klaute er hie und da Kleinigkeiten und ließ sie in die Segeltuchtasche fallen, während die Bullen weiter ihre Scheißwitze über all die Verbrecher da draußen in der Stadt erzählten, und nicht mal ahnten, daß ein Verbrecher sich hier bei ihnen im Revier befand und dabei war, sie völlig auszurauben.

Bis jetzt hatte Henry vier Walkie-talkies von den Aufladegeräten gestohlen, die im Erdgeschoß der Reviere an der Wand gegenüber vom Schreibtisch standen, und er hatte drei Abzeichen von Uniformhemden in den Umkleidräumen gestohlen, während der Typ duschte oder ein Nickerchen machte, und er hatte einen Schlagstock und einen ganzen Stapel Formulare der Detective-Abteilung aus einer der Revierschreibstuben, und er hatte zwei Polizeimützen und ein paar Handschellen, und wenn er heute rausspazierte, hoffte er noch ein Walkietalkie zu haben; das wären insgesamt fünf, und vielleicht noch ein Abzeichen oder zwei und auch einige Steckbriefe von einem Notizbrett, obwohl es ziemlich riskant war, etwas von einem Notizbrett zu nehmen, denn die Scheißbullen waren immer am Notizbrettlesen, als ob da etwas Wichtiges dranhängen würde.

Er fragte sich, was dieser Typ Dennis Dove mit dem Hörgerät im Ohr mit sieben verschiedenen Steckbriefen wollte. Das stand auf der Liste, die er Henry gegeben hatte: sieben Steckbriefe. Wenn Henry gewußt hätte, daß Steckbriefe so wertvoll waren, dann hätte er die Bullen gebeten, ihm seinen zu schicken, der in ein paar Postämtern gehangen hatte, nachdem er die Nutte in New Orleans umgebracht hatte. Sie suchten ihn immer noch deshalb. Das geschah, nachdem er im Gefängnis gesessen hatte. Er war über New Orleans nach Osten gefahren und hatte sich mit dieser Nutte gestritten, weil sie immer wieder behauptete, er habe ihr einen falschen Hunderter gegeben, was auch stimmte, aber es war verflucht noch mal nicht höflich, einem Mann zu sagen, daß er Monopoly-Geld ausgab, besonders nachdem man ihm gerade einen geblasen hatte. Also hatte er sie ein bißchen geschlagen, und als sie mit dem Geschrei anfing, daß sie ihn von ihrem Zuhälter zusammenschlagen lassen würde, hatte er sie ganz einfach kaltgemacht. Geschah ihr recht, der blöden Fotze. Ihm vorzuwerfen, daß er ihr einen gefälschten Schein gegeben hatte, ob's nun stimmte oder nicht. Kunde ist eben Kunde. Und es war überhaupt ein lausiger Blow-Job gewesen.

Er fragte sich, ob irgendwelche Steckbriefe von ihm hier in einem der Reviere hingen. Das wäre ein toller Spaß, wenn er in seinem Telefongesellschaftsanzug in ein Revier reinspaziert käme, und sein eigenes Gesicht, das von einem Notizbrett auf ihn heruntersah, erblickte. Nun, das machte eben sein Geschäft so interessant. Man wußte nie, was als nächstes passierte.

»Wo habt ihr den Primärpol?« fragte er einen Cop, der ein Walkie-talkie von dem Ständer im Mannschaftsraum nahm. Henry wußte nicht, was ein Primärpol war. Er hatte sich das ganz spontan ausgedacht.

»Woher soll ich das verdammt noch mal wissen?« sagte der Cop.

»Die sind für gewöhnlich im Keller«, sagte Henry.

»Also gehen Sie in den Keller«, sagte der Bulle und hängte das Walkie-talkie an seinen Gürtel.

Henry wartete, bis er ihm den Rücken zukehrte. Er warf einen schnellen Blick auf den Annahmetisch, nahm ein Walkie-talkie vom Ständer und ließ es in seine Tasche fallen.

»He, Sie«, sagte jemand.

Sein Blut erstarrte.

Er drehte sich um.

Ein riesiger Typ stand neben der eisernen Treppe, die in den ersten Stock hinaufführte. Er war hemdsärmelig, und eine Pistole hing in einem Schulterhalfter unter seinem Arm.

»Da Sie schon mal hier sind«, sagte er, »an meinem Telefon funktionieren die Tasten nicht. Die Anschlußtasten. Oben im Dienstraum.«

»Ich werde mal nachsehen«, sagte Henry. »Wissen Sie, wo der Primärpol ist?«

Der sechste Brief vom Tauben kam mit der Nachmittagspost.

Er war an Carella adressiert, aber Carella war nicht im Dienstraum, und jeder Detective wußte, daß er von ihrem alten Kumpel war, also debattierten sie dreißig Sekunden lang, ob sie ihn öffnen sollten, und dann bestimmten sie Meyer zu dem Mann, der das Recht ihrer Kollegen auf Wahrung des Postgeheimnisses verletzen sollte.

Niemand war überrascht, als er sah, daß er sich um ein einzelnes gefaltetes Blatt weißes Papier im Umschlag handelte.

Meyer entfaltete das Papier.

Die anderen Detectives drängten sich um ihn.

Was sie sahen war:

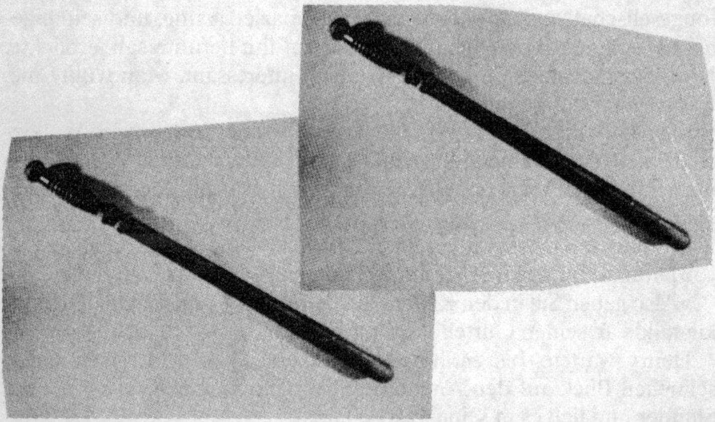

6

Thanksgiving fällt immer auf den vierten Donnerstag im November, und in diesem Jahr würde es auf den 24. November fallen.

Jeder Detective der Mannschaft wollte an Thanksgiving freihaben. An Weihnachten oder Jom Kippur war es möglich, mit andersgläubigen Detectives den Dienst zu tauschen, damit sie ihre eigenen Feste feiern konnten. Thanksgiving war aber kein konfessioneller Feiertag.

Die Detectives des 87. wußten von einem Revier etwas weiter im Norden der Stadt, das einen indischen Detective hatte. Um Thanksgiving war er sehr gefragt, weil er erst vor vier Jahren in dieses Land gekommen war – nachdem er als Police-Captain in Bombay gedient hatte – und die eigenartigen Sitten der Einheimischen nicht verstand, und so feierte er Thanksgiving nicht. Jeder wollte, daß er die Wache an Thanksgiving übernahm, da er von Truthahn und Preiselbeersoße nichts wußte.

Es gab keine indischen Detectives im 87. Revier.

Es gab einen japanischen Detective, aber er war hier geboren und wußte alles über Thanksgiving, und niemand hätte auch nur im Traum daran gedacht, ihn zu bitten, auf sein Truthahnfestmahl zu verzichten.

Genero bat ihn, auf sein Truthahnfestmahl zu verzichten.

»Du bist Buddhist, nicht wahr?« sagte Genero.

»Nein, ich bin Katholik«, sagte Fujiwara.

»Das ist kein konfessioneller Feiertag«, sagte Genero.

»Nun, was willst du damit sagen?«

»Ich will damit sagen, daß ich morgen Dienst habe«, sagte Genero, »und mit dir tauschen will.«

»Nein«, sagte Fujiwara.

»Ihr feiert Thanksgiving nicht, oder?« sagte Genero. »Ihr Buddhisten?«

»Leck mich doch am Arsch«, sagte Fujiwara.

Genero nahm an, daß er empfindlich war, weil er der einzige Japse in der Bereitschaft war.

Genero fragte Andy Parker, ob er mit ihm den Thanksgivingdienst tauschen mochte.

»Du hast keine Familie, mit der du Truthahn essen kannst«, sagte Genero.

»Leck mich am Arsch«, sagte Parker.

Genero versuchte es bei Kling.

»Du hast gerade eine Scheidung durchgemacht«, sagte Genero. »Feiertage sind die schlimmsten Zeiten im Jahr für Leute, die gerade eine Scheidung durchgemacht haben.«

Kling sah ihn nur an.

Genero dachte sich, daß jeder in diesem verdammten Revier auf einmal sehr empfindlich geworden war.

Die Cops, die am 24. November Dienst hatten, waren Genero, O'Brien, Willis, und Hawes. Genero war genervt, weil das große Thanksgiving-Essen seiner Mutter um zwei Uhr stattfand. Die anderen drei Detectives hatten nichts dagegen, am Thanksgiving-Tag zu arbeiten. Sie waren wie Genero allesamt ledig, aber sie hatten Pläne für später am Tag gemacht. Insbesondere Hawes freute sich sehr auf die Pläne, die er für den restlichen Tag gemacht hatte; er hatte Annie Rawles seit fast einer Woche nicht gesehen.

»Hat keiner von euch eine Mutter?« fragte Genero, der noch schmollte.

Die Detectives im Dienst waren dankbar dafür, daß es heute keine Postzustellungen geben würde.

Sie hatten vom Tauben seit dem vierzehnten, also seit zehn Tagen, nichts gehört. Sie hofften alle, daß sie nie wieder von ihm hörten. Während sie die Truthahnsandwiches aßen, die sie bei einem Restaurant in der Nähe bestellt hatten, dankten sie Gott für die kleinen Gnaden.

Die zwei Männer, die am Ecktisch eines Restaurants keine zehn Blocks vom Polizeirevier entfernt saßen, aßen Truthahn mit allem Drum und Dran. Sie tranken den guten Weißwein, den der mit dem Hörgerät in seinem rechten Ohr bestellt hatte. Sie sprachen von Zerstörung.

»Wie sind Sie überhaupt auf mich gekommen?« fragte Pack Nelson.

Er hatte den Spitznamen Pack während des Vietnamkrieges bekommen. Sein richtiger Vorname war Gordon. Aber er war seinerzeit beim Sprengkommando gewesen, und wann immer darüber diskutiert worden war, ob man eine Brücke oder einen Tunnel oder ein geheimes Nachschublager des Kong hochjagen sollte, sagte Gordon: »Packen wir's an«, weswegen er den Namen Pack bekam. Nichts war Pack damals zu schwierig oder zu riskant gewesen. Sie setzten ihn und sein Zeug mit dem Hubschrauber irgendwo am Arsch der Welt ab, und er schlich sich auf verlassenes feindliches Gelände und verdrahtete den Platz von oben bis unten; dann hockte er sich in den Dschungel und wartete, bis die kleinen Scheißer mit ihren schwarzen Pyjamas zurückgetrottet kamen. Ganz allein saß er im Dschungel, der kleine Pack Nelson und wartete darauf, den Hebel zu drücken, der sie alle in Fetzen riß. Pack jagte leidenschaftlich gern Sachen in die Luft. Er steckte auch leidenschaftlich gern Sachen in Brand. Tatsächlich dachte Pack geradezu liebevoll an die Brandbomben zurück, die er seinerzeit gebastelt hatte. Es war etwas sehr Befriedigendes dabei gewesen, *erst* die Flammen zu sehen und dann all die Scheißschlitzaugen, die um ihr Leben liefen, und *dann* die Explosionen zu hören, wenn das Feuer die Munition in den unterirdischen Bunkern entzündete, in all den Scheißtunneln, die sie quer durchs ganze Land gegraben hatten. Sehr befriedigend. Erst kriegst du gebratene Schlitzaugen, dann erlebst du deinen Nationalfeiertag. Pack wünschte sich, daß der Vietnamkrieg nie geendet hätte. Es war schwierig für einen Zivilisten, Arbeit zu finden, die völlig befriedigend war.

»Nun, ich mache es mir zur Aufgabe zu wissen, was in der Welt vorgeht«, sagte der Taube.

»Was war es?« fragte Pack. »Der Cooper Street Job?«

»Ja, der. Und andere.«

»Zum Beispiel?«

»Ich habe gehört, daß Sie den Bruch bei der First National Security verdrahtet haben.«

»Ach ja. In Boston.«

»Ja.«

»Es wissen nicht viele Leute, daß ich dafür verantwortlich war.«

»Nun ja, wie ich gesagt habe, es ist mir wichtig, solche Sachen zu wissen.«

»Die suchen uns immer noch da oben.«

»Was war Ihr Beuteanteil?« fragte der Taube.

»Tja, das geht eigentlich niemanden was an, nicht wahr?«

»Ich habe gehört, daß Sie für fünf Prozent mitgemacht haben.«

»Zehn. Und das war nur für die Zündleitungen. Ich war gar nicht in der Nähe, als die reingegangen sind. Es waren vier Typen, die reingegangen sind. Die rechneten mit ungefähr achthundert Riesen im Tresor, aber irgend etwas ging schief, und der Großteil bestand aus nicht einlösbaren Effekten. Also sind sie mit zwei-fünfzig davongekommen, und das ist nicht schlecht für eine Stunde Arbeit, häh? Und ich fand, daß mein Anteil – fünfundzwanzig – fair war. Die anderen Typen haben jeder ein bißchen mehr als sechsundfünfzig kassiert, und die hatten das ganze Risiko.«

»Ich kann mir für das hier keine fünfundzwanzig leisten«, sagte er.

»Dann haben Sie sich vielleicht den falschen Mann ausgesucht.«

»Vielleicht.«

Er goß Wein in Packs leeres Glas nach.

»Weil Sie, wenn Sie einen Cadillac wollen«, sagte Pack, »nicht erwarten können, nur den Preis eines Chevy zu bezahlen.«

»Alles, was ich mir leisten kann, sind zehn.«

»Für *beide* Jobs?«

»Zusammen zehn, ja.«

»Das macht nur fünf Riesen pro Job.«

»Das ist richtig.«

»Und der erste, der ist ein mehrteiliger Job, wenn Sie mir folgen können. Der erste besteht eigentlich aus neun Einzeljobs.«

»Nun, das ist ein bißchen übertrieben, nicht wahr?«

»Was ist daran übertrieben? Nach meiner Zählung sind neun eben neun.«

»Sie müßten nicht alle neun zur gleichen Zeit machen.«

»Aber Sie wollen, daß sie alle so eingestellt sind, daß sie gleichzeitig losgehen, nicht?«

»Ja, natürlich.«

»Oder zumindest annähernd gleichzeitig.«

»Innerhalb einer Stunde oder so, ja. Mir ist die genaue Stunde oder Minute egal.«

»Aber alle am zweiten Januar, stimmt's?«

»Ja.«

»Na ja, wer weiß, was ich nächstes Jahr machen werde? Sie sprechen von Monaten im voraus. Ich hatte mir gedacht, daß ich vielleicht gleich nach Weihnachten runter nach Miami fahre.«

»Nun, das liegt natürlich völlig bei Ihnen. Ich hatte gedacht, daß Sie vielleicht daran interessiert wären, schnell zehntausend zu kassieren, aber wenn nicht ...«

»Ich habe nicht gesagt, daß ich nicht interessiert bin. Wäre ich hier, wenn ich nicht interessiert wäre? Ich sage bloß, daß Sie zuwenig bieten, das ist alles. Besonders für den zweiten. Der zweite wird riskant sein, mit den ganzen Scheißbullen da oben. Gar nicht davon zu reden, daß es drei Tage nach dem *ersten* laufen soll, also werden sie auf der Hut sein, wenn Sie mir folgen können?«

»Ich glaube nicht, daß Sie verstehen«, sagte der Taube. »Sie werden überhaupt nicht in der Nähe sein, wenn ...«

»Ich verstehe, ich verstehe, Sie wollen, daß das alles im voraus gemacht wird, ich verstehe das. Was ich sagen will ist, daß sie nach dem *ersten* vielleicht anfangen werden rumzuschnüffeln, und dann entdekken sie vielleicht, was ich gemacht habe, und kommen vielleicht irgendwie auf mich.«

»Wie?«

»Ich weiß nicht wie. Ich sage es nur.«

»Ich glaube kaum, daß solch eine Möglichkeit besteht.«

»Tja, mit Cops weiß man eben nie. Ich werde vielleicht auch einen komplizierten Zeitzünder verwenden müssen. Etwas in der Art wie bei dem Bombenanschlag auf Thatcher – etwas, das ich mindestens eine Woche im voraus einstellen kann.«

»Werden Sie in den Wagen auch Zeitzünder verwenden?«

»Das kommt darauf an. Muß es am Tag passieren? Oder kann es nachts sein? Das mit den Autos, meine ich.«

»Das ist unerheblich, solange es der zweite Januar ist.«

»Und müssen sie völlig zerstört werden?«

»Nein, das ist auch nicht wichtig.«

»Nun, dann könnte ich vielleicht eine Fünf-Pfund-Ladung benutzen. Eine Ladung von der Größe wird alle Türen, Motorhaube und Kofferraum öffnen und ein ziemlich gutes Wrack hinterlassen. Die IRA benutzt Hundert-Pfund-, sogar Zweihundert-Pfund-Ladungen für ihre Autobomben, aber wir brauchen so was Auffälliges nicht, wie? Die füllen ihre Bomben mit einer Mischung aus chemischem Düngemittel und Dieselsprit, die ich nicht mag, weil sie schwer zu zünden ist – man braucht eine Schießbaumwoll-Zündladung oder ein paar Stäbe Gelignit, um sie zum Explodieren zu bringen. Ich habe mir gedacht, daß eine Dynamitladung von fünf Pfund die Sache wirklich sehr gut machen wird. Und wenn's Ihnen egal ist, ob es Tag oder Nacht ist, dann glaube ich, daß ich weiß, wie man's ohne einen Zeitzünder machen kann. Aber für den anderen wollen Sie einen *Brand*...«

»Genau.«

»Nun, das ist eben der springende Punkt. Ich werde eine Explosion brauchen, die einen Brand *auslöst*. Was zu unseren Gunsten steht, ist, daß wir es hier mit einem alten Gebäude zu tun haben. Das sollte ziemlich schnell Feuer fangen, das alte Holz und der Gips. Wenn ich Napalm benutze – und ich bin mir noch nicht darüber im klaren, ob ich's benutzen werde –, kann ich's selber machen, die Seifensplitter und Benzin zusammenwerfen, das Gelee machen, verstehen Sie? Das ist, wenn ich...«

»Sie können das selber machen?«

»Ja klar, wenn ich mich für die Napalm-Tour entscheide. Alles, was man braucht, sind die Rohmaterialien und einen Doppelkocher. Das Problem mit Napalm ist nur, daß ihm eine Verzögerung von mehr als einer Stunde – besonders in einem heißen Zimmer – nicht guttut. Das Benzin verdunstet. Und bei Napalm können sie manchmal das Benzin *riechen*, und das würde alles verraten. Ich muß mal sehen. Was immer ich benutze, ich brauche eine kleine Explosion, die die Brandbomben zündet, verstehen Sie? Weil ich mit einer Schaltuhr arbeite, verstehen Sie? Sie können es so sehen: zuerst ein Funken, dann eine Explosion, und *dann* Ihr Brand. Aber was ich sagen will, ist, daß der zweite Job nicht so einfach ist, wie er aussieht. Selbst da reinzukommen wird nicht . . .«

»Da reinzukommen ist kein Problem.«

»Ja, das setzt voraus, daß Sie mir die Pläne besorgen.«

»Ich habe die Pläne schon«, sagte der Taube. »Glauben Sie mir, es ist alles sehr einfach.«

»Für Sie ist alles einfach«, sagte Pack und lächelte.

»Ja«, sagte der Taube, »wenn man die richtigen Leute wählt, ist alles einfach.«

»Für die richtigen Leute«, sagte Pack, »muß man die richtige Summe zahlen.«

»Wieviel wollen Sie?«

»Dennis, ich werde Ihnen die Wahrheit sagen«, sagte Pack. »Der erste Job ist höllisch riskant, wegen der Nähe und weil es neun sind. Es ist nicht so, als ob ich irgendwo auf einem leeren Grundstück arbeiten würde. Ich werde direkt hinter dem Scheißpolizeirevier sein!«

»Mit einer Erlaubnis, um da zu arbeiten.«

»Klar, wenn Ihre Papiere mich durch die Kontrolle bringen.«

»Das werden sie tun.«

»Wer stellt die Papiere für Sie her?«

»Sie brauchen das nicht zu wissen.«

»Es ist mein Arsch, nicht Ihrer. Wenn denen diese Papiere komisch erscheinen, dann ist das Spiel im selben Augenblick aus.«

»Na gut, das sehe ich ein. Jemand, der früher beim CIA gearbeitet hat, stellt die Papiere für mich her.«

»Was für Arbeit beim CIA?«

»Er war in der Dokumentenabteilung.«

»Falsche Pässe und dergleichen?«

»Alles, was gefälscht werden kann.«

»Na gut, ich nehme es Ihnen ab.«

»Und das sollte all Ihre Sorgen über den Risikofaktor beruhigen.«

»Es ist immer noch riskant, ob mit guten Papieren oder nicht. Ich kann keine neun verdammten Autos an einem Tag erledigen.«

»Warum nicht?«

»Weil es nicht so einfach ist. Ich rede nicht vom Anschließen. Wenn ich das tue, was ich mir jetzt überlege, dann wird's zwei Minuten dauern, um jedes Auto zu präparieren. Aber die Ladung selbst, es werden neun Ladungen à fünf Pfund nötig sein, und ich kann nicht soviel reintragen, ohne daß es jemand bemerkt. Nun, warte mal, wenn ich's so mache, wie ich's geplant habe, dann werde ich's am selben Tag erledigen müssen. Ja. Ich werde einfach ein paarmal raus zum LKW gehen müssen. Ja. Nun, okay, es ist nur ein Tag Arbeit. Aber immerhin werden die ganze Zeit Cops am Kommen und Gehen sein. Es braucht mich nur einer zu fragen, was ich da überhaupt mache.«

»Und dann zeigen sie die Papiere noch mal.«

»Und bete, daß er nichts spannt.«

Der Taube seufzte.

»Hören Sie, Den, es tut mir echt höllisch leid, glauben Sie mir. Aber wie ich gesagt habe, es ist mein Arsch, der auf dem Spiel steht.«

»Ich habe Sie gefragt, wieviel Sie wollen. Ich habe immer noch keine Antwort bekommen.«

»Für den ersten Job, die neun Wagen, will ich siebentausendfünfhundert.«

»Und für den zweiten Job?«

»Der ist der schwierigste, was immer *Sie* glauben. Für den will ich zehn Riesen.«

»Also verlangen Sie siebzehntausendfünfhundert im Ganzen.«

»Siebzehntausendfünfhundert, stimmt.«

»Als ich herkam, war ich bereit, Ihnen zehntausend zu bezahlen.«

»Was soll ich Ihnen sagen, Den? Sie haben es zu niedrig angesetzt.«

»Sie haben den Preis fast verdoppelt.«

»Sie können jederzeit woanders Ausschau halten. Da entsteht kein Schaden, wir trinken unseren Wein, geben einander die Hand und sagen tschüs.«

»Ich gebe Ihnen glatte fünfzehn, ja oder nein?«

»Sagen wir sechzehn, und wir sind im Geschäft.«

»Nein. Fünfzehn ist alles, was ich mir leisten kann.«

»Sie kriegen mich billig.«

»Abgemacht?«

»Abgemacht. Fünf im voraus; fünf, wenn ich drinnen fertig bin, und noch mal fünf, wenn die Autos fertig sind.«

»Sie nehmen mich aus«, sagte der Taube, aber er lächelte. Er war mit einem Angebot von zehn hergekommen, aber er hatte nicht erwartet, mit weniger als dreißig davonzukommen.

Der Mann faßte über den Tisch und schüttelte dem anderen die Hand.

»Wann können Sie anfangen?« fragte der Taube.

»Sobald Sie mir die Pläne und die Papiere und den ganzen restlichen Scheiß geben. Ich will es auch vorher überprüfen und sicher sein, daß ich nicht in die Löwengrube trete. Ich habe eine Frage.«

»Ja?«

»Warum wollen Sie dieses Ding drehen? Ich meine . . .«

»Sagen wir aus persönlichen Gründen«, sagte der Taube.

Carellas Haus in Riverhead war ein riesiges Ding, das sie, kurz nachdem Teddy Carella die Zwillinge zur Welt brachte, spottbillig gekauft hatten. Fast gleichzeitig hatte Teddys Vater für sie eine diplomierte Krankenschwester als einmonatiges Geschenk angestellt, während Teddy sich erholte; und Fanny Knowles hatte sich entschlossen, bei ihnen gegen einen Lohn zu bleiben, den sie sich leisten konnten, wobei sie ihnen gestand, daß sie es satt hatte, Nachtschüsseln für kranke alte Männer zu tragen.

Viele Cops zogen Carella wegen Fanny auf. Sie sagten ihm, daß sie sonst keinen Cop in der Stadt kannten, der reich genug war, um ein Dienstmädchen zu halten, nicht einmal eine, die blaue Haare hatte und einen Kneifer trug. Sie sagten, er müsse wohl die Hand aufhalten. Carella gab zu, daß es heutzutage entschieden schwierig war, sich eine Haushaltshilfe zu leisten; die Buchmacher in Riverhead waren immer so spät mit dem Bestechungsgeld dran. Eigentlich war Fanny ihr Gewicht – hundertfünfzig Pfund – in reinem Gold wert. Sie führte das Haus mit der ganzen Zärtlichkeit eines Drill-Sergeanten des Marine-Corps, und sie pflegte zu sagen, »Ich lasse mir weder von einem Mann noch von einem Rindvieh irgendwas gefallen«, eine Redensart, die die zehnjährigen Zwillinge schon aufgeschnappt hatten, als sie sprechen lernten, und die Mark jetzt häufiger benutzte als April. Tatsächlich war das Sprachverhalten der Zwillinge – zu Carellas Bestürzung – mehr an dem von Fanny orientiert als an dem jedes anderen; Teddy Carella war taubstumm, und es war *Fannys* Stimme, die die Zwillinge, wann immer Carella nicht zuhause war, im Haus hörten.

Als das Telefon um drei Uhr an Thanksgiving klingelte, spülte Fanny gerade in der Küche Geschirr. Ihre Hände waren eingeseift, aber sie ging trotzdem ran. Wenn sie und Teddy allein im Haus waren, *mußte* sie natürlich ans Telefon gehen. Aber selbst wenn Carella zu Hause war, nahm sie normalerweise ab, weil sie sicher sein wollte, daß es nicht irgendein idiotischer Detective war, der wegen etwas anrief, das bis morgen Zeit hatte.

»Bei Carella«, sagte sie.

»Ja, hallo?« sagte eine Frauenstimme.

»Hallo?« sagte Fanny.

»Ja, ich versuche, Detective Steve Carella zu erreichen. Habe ich die richtige Nummer?«

»Ja, hier ist das Haus von Carella«, sagte Fanny.

»Wohnt dort ein Detective Steve Carella?«

»Wer spricht, bitte?« fragte Fanny.

»Naomi Schneider.«

»Handelt es sich um eine Polizeiangelegenheit, Miss Schneider?«

»Nun ... äh ... ja.«

»Sind Sie Polizeibeamtin, Miss Schneider?«

»Nein.«

»Worum handelt es sich, bitte?«

Es geschah nicht oft, daß ein Zivilist hier im Haus anrief, aber machmal taten sie es, obwohl die Nummer im Buch unter »Carella, T. F.« für Theodora Franklin Carella stand. Die meisten Cops gaben ihre Privatnummern im Telefonverzeichnis nicht an; das lag daran, daß nicht allzu viele Verbrecher es schätzten, eingelocht zu werden, und einige von ihnen rauskamen und Rache nehmen wollten. So wie die Sache heutzutage stand, waren die meisten zehn Minuten, nachdem man sie eingeschlossen hatte, wieder auf freiem Fuß. Wenn man heutzutage den Schlüssel wegwarf, kam er wie ein Bumerang zurück.

»Ich würde es lieber mit ihm persönlich besprechen«, sagte Naomi.

»Nun, er nimmt gerade sein Abendessen ein«, sagte Fanny. »Kann ich ihm etwas ausrichten?«

»Könnten Sie ihn bitte unterbrechen?« sagte Naomi.

»Das mache ich lieber nicht«, sagte Fanny. »Sie trinken jetzt noch ihren Kaffee. Wenn Sie mir Ihre Nummer geben ...«

»Sie?«

»Er und Mrs. Carella, ja.«

Es entstand ein langes Schweigen in der Leitung.

»Seine Mutter, meinen Sie?« fragte Naomi.

»Nein, seine Frau. Miss Schneider, er wird morgen wieder im Büro sein, wenn Sie ihn ...«

»Sind Sie sicher, daß ich die richtige Nummer habe?« sagte Naomi. »Der Detective Carella, an den ich denke, ist nicht verheiratet.«

»Nun, dieser ist's«, sagte Fanny. Sie wurde langsam etwas gereizt.

»Detective *Steve* Carella, ist das richtig?« fragte Naomi.

»Ja, Miss, genau der wohnt hier«, sagte Fanny. »Wenn Sie mir eine Nummer geben möchten, wo er Sie erreichen kann ...«

»Nein, vergessen Sie's«, sagte Naomi. »Vielen Dank.«

Und legte auf.

Fanny runzelte die Stirn. Sie hängte den Hörer wieder an der Wand ein, trocknete ihre Hände mit einem Geschirrtuch und ging raus ins Eßzimmer. Sie konnte den Fernsehapparat weit unten im Flur hören; er war voll aufgedreht, und die Zwillinge kicherten über noch einen Zeichentrickfilm; es war Thanksgiving, und alles, was man zu sehen bekam, waren Zeichentrickkatzen, die hinter Zeichentrickmäusen herjagten. Carella und Teddy saßen am Eßzimmertisch und tranken ihre zweite Tasse Kaffee aus.

»Wer war das?« fragte Carella.

»Jemand, der einen Detective Steve Carella verlangte«, sagte Fanny.

»Also, wer denn?«

»Eine Frau namens Naomi Schneider.«

»Was?« sagte Carella.

»Hatte den falschen Carella«, sagte Fanny und sah ihn an. »Der, den sie wollte, ist nicht verheiratet.«

Teddy las von ihren Lippen. Sie sah Carella fragend an.

»Hast du eine Nummer bekommen?« fragte er. »Hat sie eine Nummer hinterlassen?«

»Sie hat aufgelegt«, sagte Fanny und sah Carella wieder an. »Du solltest Leuten verbieten, dich mit Polizeiangelegenheiten in deinem Haus zu behelligen«, sagte sie und ging wieder in die Küche.

Josie war nur vierzehn Jahre alt. Das war das Problem. In erster Linie hätte sie nicht im Park sein sollen, nicht um ein Uhr morgens, und sicherlich nicht, um das zu tun, was sie dort getan hatte. Sie hatte ihren Eltern erzählt, daß sie die Nacht bei Jessica Cartwright verbracht habe, und das stimmte, aber sie hatte ihnen nicht erzählt, daß es Jessicas Eltern egal war, um wieviel Uhr Jessica nach Hause kam, oder daß sie und Jessica nicht für ihre große Französischklausur lernten, wie sie ihnen erzählt hatte, sondern daß sie statt dessen mit zwei siebzehnjährigen Jungs ausgehen wollten.

Siebzehnjährige Jungs waren aufregend.

Eigentlich waren *alle* Jungs aufregend.

Sie und Jessica und die zwei Jungs waren ins Kino gegangen, und dann schlug Eddie – der Junge, den Jessica für sie ausgesucht hatte – vor, daß sie einen netten kleinen Spaziergang im Park machen sollten, da es solch eine schöne Nacht war und so. Das war damals im Oktober gewesen, als das Wetter so verrückt gespielt hatte, daß du nur in Pulli und Rock rumlaufen konntest, und genau das hatte Josie in jener Nacht getragen. Der vierundzwanzigste Oktober, *eine Montagnacht.* Sie erinnerte sich an das Datum, weil die Französischklausur eigentlich erst am Mittwoch, dem sechsundzwanzigsten, sein sollte; und sie und Jessica planten, dafür am Dienstag *wirklich* zu lernen, aber bei *ihr* anstatt bei Jessica. Sie erinnerte sich auch an den Tag wegen dem, was sie im Park gesehen hatten.

Josie hatte gar nicht in den Park hineingehen wollen, denn wenn man in dieser Stadt geboren und großgeworden war, dann wußte man, daß Grover Park nach Einbruch der Dunkelheit wie ein Käfig voller wilder Tiere war, und wenn man hineinlief, dann konnte man aufgefressen oder sogar vergewaltigt werden, was sie als vielleicht noch schlimmer empfand. Aber Eddie hatte gesagt, daß *dieser* Teil des Parks nachts sicher war, was wahrscheinlich auch stimmte. In dieser Stadt änderten sich die Bezirke abrupt. Man konnte die Grover Avenue hinauflaufen, an Häuser mit Markisen und Portiers und Wächtern vorbei – wie dem Haus, wo Jessica wohnte –, und dann zwei Blocks weiter Richtung Uptown war man auf einmal in einem Viertel mit Graffiti an den Häusern und Minoritäten-Gruppen, die sich in den Eingängen herumtrieben, weil sie Sozialhilfe erhielten und nicht arbeiten wollten. Das hatte ihr Vater ihr gesagt, als er ihr erklärte, warum er Ronald Reagan wählte. »Zu viele Spics und Nigger, die Sozialhilfe kriegen«, hatte er gesagt. Josie verstand nichts davon, aber sie fand, daß Ronald Reagan niedlich war.

Also gingen sie, wie Eddie vorgeschlagen hatte, nach dem Film in den Park. Das war um Mitternacht gewesen, kurz vor Mitternacht, und der Parkeingang, den sie benutzten, war ein paar Blocks Richtung Downtown von Jessicas Haus entfernt, und das hieß, daß das Viertel noch sicher war. Da war auch eine Arbeitszufahrt rechts vom Eingang, und man konnte immer die dort parkenden LKWs des Gartenbauamtes sehen, also muß es ziemlich sicher sein, wenn die Stadt über Nacht da LKWs parkte. Weiter im Norden der Stadt, wo das Reviergebäude stand, war die Gegend schrecklich, und wenn man sein Auto über Nacht auf der Straße parkte, kam man am nächsten Morgen zurück und stellte fest, daß alles außer dem Lenkrad weg war. Aber Eddie versprach ihnen, daß sie nicht einmal in die Nähe davon gehen würden; er kannte hier ein paar gute Stellen in der Nähe der Straße.

Er kannte wirklich eine Menge Sachen, dieser Eddie. Na ja, siebzehn Jahre alt, weißt du.

Er wußte zum Beispiel, daß man einen Platz finden mußte, der *dunkel,* aber trotzdem in der Nähe einer *Lampe* war. Die Dunkelheit war sehr gut für Straßenräuber. »Das kommt daher, daß sie alle Nigger sind«, sagte ihr Vater. »Die verschmelzen mit der Dunkelheit.« Davon verstand sie nichts, aber sie fand, daß Eddie gerade schrecklich niedlich war, wie er die vier an der Arbeitszufahrt vorbeiführte, an deren Ende sie einen geparkten LKW sehen konnten. Dann führte er sie an dem Weg entlang, wo die Laternenpfähle in Abständen von fünf, vielleicht sieben Metern standen, und dann begann er auf eine Art Felsplatte zu klettern, die von Bäumen umgeben und dunkel war, von der du aber noch den Weg mit den Lampen sehen konntest.

Es war so eine schöne Nacht.

Fast wie im Frühling.

Sie konnte es nicht fassen. Sie sagte Eddie immer wieder, sie könne es nicht fassen, wie mild es für Oktober, fast Ende Oktober, war.

Sie wußte nicht mal, wohin Jessica und Aaron – das war der Name des anderen Jungen– gegangen waren, sie waren eben irgendwo im Gebüsch verschwunden.

Eddie breitete seine Jacke für sie auf dem Boden aus.

Es war sehr dunkel da auf der Felsplatte.

Es war jetzt vielleicht zehn nach zwölf oder so.

Sie lag auf dem Rücken und konnte hinauf durch die vergilbenden Blätter der Bäume blicken und Millionen und Millionen von Sternen sehen. Eddie erzählte ihr, daß all diese Sterne *Sonnen* waren; er war so klug, dieser Eddie. Er hatte seine Hand in ihrem Pulli, als er ihr erzählte, daß diese ganzen Sonnen da oben vielleicht auch Planeten hatten, die sich um die Sonnen drehten, daß sie vielleicht auch Sonnensysteme waren wie unseres, daß es vielleicht Leute wie uns da oben gab, Millionen von Lichtjahren entfernt, die in einem Park wie diesem waren, daß es vielleicht einen grünen Typen mit Eidechsenhaut gab, der versuchte, einem grünen Mädchen den BH auszuziehen, was er auch mit Josies BH zu machen versuchte. Sie half ihm, ihn aufzuhaken. Jungs, auch siebzehnjährige Jungs, können in vielen Gebieten sehr klug sein, aber wenn es darauf ankam, einen BH aufzuhaken, dann hatten sie manchmal Probleme.

Er fing an, ihre Brüste zu berühren und sie zu küssen, und er fragte sich laut, ob die grünen Mädchen da oben nur zwei Brüste hatten – er nannte sie »Brüste« und nicht »Titten«, und sie mochte das – wie die Mädchen hier auf der Erde, oder hatten sie *vier* oder sonst noch wieviel – die Gedanken schlagen Kapriolen, wenn man anfängt, über außerirdisches Leben nachzudenken. Er fragte sich auch, ob die grünen *Typen* da oben auf dem Planeten Millionen und Millionen von Lichtjahren entfernt einen Penis hatten – er nannte ihn »Penis« und nicht »Schwanz«, was sie ebenfalls mochte –, genau wie die Typen auf der Erde, oder baten sie vielleicht ein Mädchen darum, ihnen an die Nase zu fassen oder in die Achselhöhle oder vielleicht an eins ihrer *Hörner*, falls sie Hörner hatten, vielleicht fanden sie *das* aufregend?

»Möchtest du *meinen* Penis anfassen?« fragte er.

Na ja, eins führte zum anderen, weißt du – dieser Eddie hatte wirklich viel Erfahrung –, und es muß so gegen ein Uhr morgens gewesen sein, als er ihr zeigte, wie sie ihn in ihren Mund nehmen sollte. Das war ihr lieber, als mit ihm zu schlafen, denn sie wollte nicht schwanger werden und dann abtreiben müssen. Das würde Ronald Reagan verdammt bald ändern, hatte ihr Vater gesagt, darauf kannst du wetten, junge Dame. Sie hatte ihren Kopf in seinem Schoß, und sie machte es, wie er es ihr gesagt hatte, als sie das Geräusch eines Motors von der Arbeitszufahrt her hörte. Sie hob ihren Kopf, um nachzusehen, ob es ein Laster des Gartenbauamtes war, aber er flüsterte, »Nein, hör nicht auf«, also hatte sie weitergemacht, aber sie mochte die Art nicht, wie er seine Hand an ihrem Hinterkopf hatte und auf ihn drückte, weil sie, obwohl sie das besser fand, als schwanger zu werden, nicht *ersticken* wollte. Er hatte ihr gesagt, daß er nicht in ihrem Mund kommen würde, aber natürlich tat er es, und sie überlegte gerade, ob sie es schlukken oder ausspucken sollte, als sie den Mann auf dem Weg sah.

Er war sehr groß und sehr blond.

Er trug eine nackte Frau.

Die nackte Frau war wie ein Sack über seine Schulter geschwungen.

Der Mann lief direkt an der Felsplatte vorbei, auf der sie saßen, kaum mehr als anderthalb Meter unter ihnen. Als er das Mädchen unter der Laterne vorbeitrug, sah Josie Blut am Hinterkopf des Mädchens, dort, wo ihre langen Haare nach unten hingen.

Dann ging der Mann an dem Laternenpfahl vorbei und in die Dunkelheit hinein, und alles, was Josie hören konnte, war das Geräusch der Blätter, die unter seinen Füßen knirschten, während er verschwand.

»Hast du das gesehen?« flüsterte sie.

In ihrer Aufregung hatte sie geschluckt anstatt auszuspucken.

»Das war fantastisch«, sagte Eddie. »Wo hast du denn das gelernt?« Er schien vergessen zu haben, daß *er* ihr beigebracht hatte, es so zu machen.

»Hast du den Typen gesehen?« sagte Josie.

»Welchen Typen?« sagte Eddie.

»Der Typ mit der ... hast du ihn nicht gesehen?«

»Nein, ich hatte die Augen zu«, sagte Eddie.

»Ach, du Scheiße, er hatte ein totes *Mädchen* auf der Schulter!«

»Echt?«

»Heißt das, du hast ihn nicht gesehen?«

»Ich habe Sterne gesehen«, sagte Eddie und grinste.

»Laß uns von hier verschwinden«, sagte sie und erhob sich, wischte ihren Mund mit dem Handrücken ab, hakte ihren BH zu, streifte ihren Pulli zurecht, und dann flüsterte sie in die Dunkelheit hinein: »Jessica?«

Bevor sie den Park verließen, zwang sie die anderen, mit ihr die Arbeitszufahrt entlang zu der Stelle zu gehen, wo ein blauer Buick hinter dem LKW des Gartenbauamtes parkte. Sie schaute auf das Nummernschild und las die Nummer darauf immer wieder, wiederholte sie laut, bis sie sie auswendig kannte. Zu dem Zeitpunkt dachte sie noch, daß sie vielleicht zur Polizei gehen und ihr erzählen würde, was sie gesehen hatte. Das war noch bevor ihr aufgefallen war, daß sie, falls sie zur Polizei ginge, auch erzählen müßte, daß sie um ein Uhr morgens im Park gewesen war und da etwas gemacht hatte, das sie nicht hätte machen sollen, und das wäre schon, ohne es zu schlucken, schlimm genug gewesen.

Das war vor einem Monat gewesen.

Sie hatte im Fernsehen nichts über die tote Dame im Park gesehen.

Vielleicht hatte sie es sich eingebildet.

Sie glaubte nicht, daß sie es sich eingebildet hatte.

Während sie nun draußen vor dem Reviergebäude stand und auf die grünen Kugeln mit den weißen Ziffern 87 schaute, dachte sie, *Mein Vater wird mich umbringen.*

Aber das Mädchen im Park war *schon* tot.

Sie holte tief Luft und stieg die Reviertreppen hoch.

7

Carella erreichte den Dienstraum vierzig Minuten nachdem Hawes ihn angerufen hatte. Offiziell waren er und Brown für den Mord im Park zuständig, und Hawes hatte sie beide in dem Augenblick zuhause angerufen, als Josie Sears mit ihrer Geschichte ins Büro kam. Sie war erst vierzehn Jahre alt, und das Gesetz schrieb vor, daß Minderjährige nicht in der Nähe von erwachsenen Verbrechern befragt oder verhört werden durften. Hawes hatte ursprünglich mit ihr in Lieutenant Byrnes Büro gesprochen. Da fand Carella sie um zehn vor vier am Thanksgiving-Nachmittag.

Hawes sah vor dem metallischen Grau des Himmels draußen wie ein Sonnenuntergang aus. Er stand neben dem vergitterten Fenster im Eckbüro des Lieutenants, seine roten Haare waren über der linken Schläfe mit Weiß durchsetzt, ein purpurner Schlips hing an einem Hemd, das lavendelfarben zu sein schien, mit einem kleinen Polopony über dem linken Brustmuskel. Er war für seine Verabredung mit Annie Rawles angezogen, und er hatte sich schon verspätet. Er hatte gehofft, vor Viertel vor vier hier weg zu sein. Dann wurde die Schicht abgelöst. Genero war wie eine in Cape Canaveral startende Rakete aus dem Dienstraum gerannt. Hawes mußte bei einem vierzehnjährigen Mädchen bleiben, das vielleicht einen Mann gesehen hatte, der in der Nacht vom 24. Oktober eine Leiche trug.

»Also, schaffst du das jetzt?« fragte er Carella.

»Ich schaffe es schon.«

»Mach's gut«, sagte Hawes und verschwand.

Carella betrachtete das junge, dunkeläugige, dunkelhaarige Mädchen, das in dem Stuhl gegenüber dem Schreibtisch des Lieutenants saß. »Ich bin Detective Carella«, sagte er. »Detective Hawes hat mir am Telefon gesagt, daß du letzten Monat etwas, das im Park passiert ist, gesehen hast. Ich möchte, daß ...«

»Na ja, ich habe eigentlich nicht gesehen, wie etwas geschah«, sagte Josie.

»Wie ich verstanden habe, hast du gesehen, wie ein Mann eine Leiche getragen hat.«

»Na ja, ich glaube, daß sie tot war«, sagte Josie. Sie kaute an der Haut ihrer rechten Hand. Carella unterdrückte den väterlichen Impuls, ihr zu sagen, daß sie damit aufhören solle.

»Kannst du mir sagen, was du gesehen hast?« fragte er sanft.

»Dieser Mann parkte sein Auto auf der Arbeitszufahrt ...«

»Du hast ihn beim Parken gesehen?«

»Nein, aber ich habe sein Auto hereinfahren hören, und dann ging der Motor aus.«

»Erzähl weiter.«

»Und dann ging er an uns vorbei . . .«

Sie hörte plötzlich auf.

»Ja?«

»Wir waren auf so einem Felsen. Über dem Weg«, sagte Josie.

»Wer?« sagte Carella. »Du und wer?«

»Ich und dieser Junge.«

»Ich verstehe. Um wieviel Uhr war das, Josie?«

»Gegen ein Uhr.«

»Ein Uhr morgens.«

»Nun, ja.«

»Weiter.«

»Und dieser Mann ging vorbei«, sagte Josie und zuckte mit den Schultern.

»Wie sah er aus, dieser Mann?«

»Er war groß und blond.«

»Hat er ein Hörgerät getragen?«

»Ich weiß nicht. Ich habe kein Hörgerät gesehen.«

Von all den Detectives der Mannschaft waren Carella und Willis die einzigen, die jemals den Tauben von Angesicht zu Angesicht gesehen hatten. Willis hatte ihn nur flüchtig mitten in einer Schießerei hinten in einem Schneiderladen erblickt. Aber Carella behielt ihn seit ihrer ersten Begegnung in Erinnerung . . .

Der Taube wandte sich von der Stereoanlage an der Wohnzimmerwand ab. Carella sah zuerst das Hörgerät an seinem rechten Ohr und dann die Schrotflinte in seinen Händen. Und plötzlich war es zu spät, plötzlich ging die Schrotflinte donnernd los. Carella warf sich aus der Schußrichtung. Er konnte die schwirrenden Kugeln hören, als sie durch den engen Raum flogen, und als er einen Schuß auf den großen blonden Mann, der schon quer durch den Raum auf ihn zusprintete, abfeuerte, fühlte er, wie Hunderte von wütenden Wespen in seine Schulter bissen. Seine Schulter fühlte sich plötzlich taub an. Er versuchte, die Hand mit der Pistole zu heben, und begriff schnell, daß es nicht ging, und ebenso schnell nahm er die Pistole in seine linke Hand und feuerte noch einen Schuß ab, der ganz danebenging, und dann hob der Taube die Flinte und schwang den Kolben auf Ca-

rellas Kopf hernieder. Ein Einzellauf, dachte Carella in dem Bruchteil einer Sekunde, bevor der Kolben mit der Seite seines Kopfes zusammentraf, ein Einzellauf, keine Zeit zum Nachladen, und eine plötzlich blitzende Explosion von rasendem gelbem Schmerz, der Kolben schlug zu, Sonnen drehten sich, ein Universum schlug der Kolben . . .

»Tut mir leid, daß ich mich verspätet habe«, sagte Brown, als er ins Büro trat und die Tür hinter sich schloß.

»Das ist mein Partner, Detective Brown«, sagte Carella. »Artie, das ist Josie Sears. Sie hat mir gerade erzählt, was sie letzten Monat im Park gesehen hat.« Er wandte sich zu Josie hin. »Das war am vierundzwanzigsten Oktober, ist das richtig?«

»Na ja, am fünfundzwanzigsten eigentlich«, sagte sie. »Es war ein Uhr morgens, wissen Sie.«

»Richtig«, sagte Carella. »Und dieser große blonde Mann, den du gerade beschrieben . . .«

»Hat er ein Hörgerät getragen?« fragte Brown sofort.

»Ich habe keins gesehen«, sagte Josie. Sie sah Brown an und erinnerte sich an all die Sachen, die ihr Vater über Nigger gesagt hatte, und fragte sich, ob er ein echter Detective war. Sie wollte keinem Nigger erzählen, was sie und Eddie gemacht hatten, als sie den Mann mit der Leiche gesehen hatte. Sie hoffte, daß sie nicht fragen würden, was sie und Eddie gemacht hatten.

»Was hat er gemacht?« fragte Carella.

Für einen panischen Augenblick dachte sie, daß er über Eddie sprach. Dann erkannte sie, daß er den Mann meinte, den sie gesehen hatte.

»Er trug ein Mädchen auf seiner Schulter«, sagte Josie.

»Welche Haarfarbe hatte sie?« fragte Brown.

»Blond.«

»Was würdest du schätzen, wie alt sie war?« fragte Carella.

»Ich weiß nicht.«

»Aber du hast sie ein Mädchen genannt.«

»Na ja, ich meine, sie sah nicht wie eine Dame aus, wenn Sie das meinen. Nicht wie meine *Mutter* oder so was.«

»Wie alt ist deine Mutter?« fragte Carella.

»Achtunddreißig«, sagte Josie.

Er seufzte fast. »Und die Frau war jünger?« fragte er.

»Ja.«

»Kannst du schätzen, wie alt sie war?«

»Na ja, so Mitte Zwanzig, schätze ich. Ich hatte nur den kurzen Blick auf sie geworfen, als sie an der Laterne vorbeigingen.«

»Wie weit waren sie von euch weg? Dieser Mann und die Frau.«

»So ungefähr anderthalb Meter.«

»Ihr wart *wo*?« fragte Brown.

»Auf diesem Felsen. Über dem Weg.«

»Was habt ihr gemacht?« fragte Brown.

Jetzt geht's los, dachte Josie.

»Ich saß mit diesem Jungen dort«, sagte sie.

»Welcher Junge?«

»Ein Junge, den ich kenne.«

»Wie ist sein Name?«

»Eddie.«

»Eddie, und weiter?«

»Hogan.«

»Hat er diesen Mann auch gesehen? Diesen Mann, der eine Frau auf seiner Schulter trug?«

»Nein, er ... er hat sie nicht gesehen.«

»Er saß bei dir, nicht?« fragte Brown.

»Ja, aber ...«

»Ihr wart beide anderthalb Meter von wo der Mann ...«

»Seine Augen waren geschlossen«, sagte Josie.

»Eddies Augen?«

»Ja.«

»Hat er geschlafen?«

»Nein, aber seine Augen waren zu.«

Josie sah weg. Brown sah Carella an. Carella nickte innerlich.

»Also bist du die einzige, die diesen Mann, der die Frau trug, gesehen hat?« fragte er.

»Und du sagst, du denkst, daß sie tot war. Was ließ dich das denken?«

»Da war Blut an ihrem Hinterkopf.«

»Wo?«

»Genau hier«, sagte Josie, hob ihr Haar und berührte ihren Nacken.

»Du hast Blut gesehen?«

»Ja.«

»An ihrem Hinterkopf?«

»Ja. Ihr Kopf hing runter, wissen Sie. Er trug sie auf seiner Schulter, und ihr Kopf hing herunter. Und ihr Haar hing auch nach unten, und ich konnte Blut an ihrem Hinterkopf sehen.«

»Und dann?«

»Na ja, er ist halt weitergelaufen. Ich meine, ich habe ihn danach nicht mehr gesehen.«

»Wo war das?« fragte Brown. »In welchem Teil des Parks?«

»Wissen Sie, wo die Arbeitszufahrt ist?« fragte Josie. »In der Nähe der Macomber Street?«

»Ja?«

»Gleich da. Am Eingang da. Wir waren ein Stückchen hinter der Zufahrt. Deshalb habe ich das Auto gehört, als es reingefahren ist.«

»Hat Eddie das Auto gehört?«

»Ich glaube nicht.«

»Hat das Auto nicht gehört, den Mann nicht gesehen.«

»Nein.«

»Er hat aber nicht geschlafen.«

»Nein, er war wach.«

Hellwach, dachte sie und erinnerte sich an den salzigen Geschmack in ihrem Mund.

»Also wart ihr in der Nähe der Macomber Street an der Arbeitszufahrt«, sagte Carella.

»Ja.«

»Ungefähr zehn Blocks westlich von hier.«

»Na ja, so ungefähr.«

»Als der Mann weglief, ist er in diese Richtung gegangen? Oder ist er nach Westen gegangen?«

»Was meinen Sie?«

»Ist er aufs Polizeirevier zugelaufen oder davon weg?«

»Darauf zugelaufen.«

»Was hast du dann gemacht?«

»Na ja, ich schrie rüber zu Jessica . . .«

»Wer ist Jessica?« fragte Brown.

»Meine Freundin. Sie war da mit einem anderen Jungen.«

»Die gleiche Stelle?«

»Na ja, ich weiß nicht genau, wo. Aber in der Nähe.«

»Hat *sie* diesen Mann gesehen?«

»Nein.«

»Und ihr Freund?«

»Nein.«

»Okay, du hast also zu Jessica rübergerufen.«

»Ja, und dann sind wir losgegangen, um das Auto anzugucken. Das in der Zufahrt stand.«

»Ihr habt den Wagen gesehen?«
»Ja. Ein blaues Auto. Eddie sagte, es wäre ein Buick Century.«
»Habt ihr zufällig auf das Nummernschild geguckt?«
»Ja, ich.«
»Kannst du dich zufällig an die . . .«
»WL-sieben«, sagte Josie, »acht-eins-sechs-vier.«
Carella und Brown schauten einander überrascht an.
»Bist du dir sicher, daß das die Nummer ist?« fragte Carella.
»Absolut.«
»Du hast sie aufgeschrieben?« fragte Brown.
»Ich habe sie auswendig gelernt«, sagte Josie.
»Kluges Mädchen«, sagte Carella und lächelte.

Es fing langsam an zu schneien.

Naomi stand unter dem Laternenpfahl gegenüber von dem alten Haus und fragte sich zum zehnten Mal, ob sie reingehen sollte oder nicht. Ihr Psychiater, den sie vor drei Jahren besucht hatte, hätte gesagt, daß sie *einen Konflikt hatte.* Das war eins von Dr. Hammersteins Lieblingsworten gewesen, »Konflikt.« Wenn sie sich nicht zwischen dem Vanille- oder Schokoladeneis entscheiden konnte, dann deshalb, *weil sie einen Konflikt hatte.* Sie hatte sich einmal wegen der Art, wie er das Wort »Konflikt« benutzte, beschwert und er hatte gesagt: »Gut, wir machen Fortschritte.« Sie stellte sich immer vor, daß er das mit einem sehr schweren deutschen Akzent sprach, etwa »Wie ar makink prrrogrress«, aber in Wirklichkeit hatte er es nicht so gesagt, und er hatte auch keinen deutschen Akzent. Aber Naomi dachte immer, daß er einen haben müßte, wie in den alten Filmen.

Das Haus gegenüber sah warm und gemütlich aus.

Na ja, Thanksgiving.

Der Grund, warum Naomi diesen Konflikt hatte, war, daß sie die Frau von diesem Bastard Carella mit dem ganzen Kram nicht belasten wollte, aber andererseits sollte keiner das Recht haben, ihr anzutun, was er ihr angetan hatte. Das hätte sie nie zugelassen, wenn sie gewußt hätte, daß er verheiratet war. In der Beziehung hatte er gelogen. Ein Cop sogar! Ein *Detective!* Er hatte sie angelogen, sie genötigt, abscheuliche Dinge mit ihr gemacht und sie dann nicht mehr angerufen. Sie hatte jeden verdammten Carella aus dem Telefonbuch von Isola angerufen und es dann auf sechs Carellas im Riverhead-Verzeichnis beschränkt, bevor sie heute nachmittag mit T. F. Carella Glück hatte. Wer zum Teufel war T. F. Carella? War Steve überhaupt sein richtiger

Name? Sie hätte nie mit jemandem geschlafen, der einem nicht mal seinen richtigen Namen sagte. Ein verheirateter Mann. Sie hätte nie mit einem verheirateten Mann geschlafen, der sie in einer Bar aufgerissen hatte. Na ja, vielleicht doch. Schließlich ging Isadora Wing mit verheirateten Männern ins Bett. Das war nicht der Punkt. Das hier war keine Frage ihrer eigenen Moral; hier war die Frage, ob einem Mann, der geschworen hatte, die Gesetze dieser Stadt, dieses Staates und dieser Nation zu hüten, erlaubt werden sollte, eine Person nicht anzurufen, nachdem die Person ihm erlaubt hatte, solche Dinge mit ihr zu machen. Er sollte nicht mal die Pistole ohne Berechtigung aus dem *Halfter* ziehen, oder doch? Geschweige denn, was *er* damit gemacht hatte. Sie konnte sich vorstellen, daß sie das Hammerstein erzählen würde.

Ja? Zat is very inner-estink. Sie wissen, wot ein Symbol ze Pistol ist?

Sie fragte sich, was Hammerstein, die verrückte alte Sau, im Moment trieb.

Ein Konflikt, dachte sie, und ging über die Straße auf das Haus zu.

Der Schnee blieb auf der Straße liegen. Sie hätte nicht hier hochfahren sollen. Sollte es mit dem Schnee wirklich schlimm werden, würde der Busverkehr völlig zusammenbrechen. Nun ja, manche Dinge mußten einfach gemacht werden. Eins, was sie über Konflikte gelernt hatte, war, daß der Konflikt verschwindet, wenn man handelt. Lieber du als ich, Steve, dachte sie, und klopfte an die Tür. Eine kleine dicke Frau mit blauen Haaren machte auf. Ist *die* seine Frau? Kein Wunder, daß er Mädchen in Bars aufreißt.

»Ja?« sagte die Frau.

»Ich suche Steve Carella«, sagte Naomi.

»Es tut mir leid, er ist im Moment nicht da«, sagte die Frau.

»Er war vor anderthalb Stunden hier«, sagte Naomi. »Er war hier und trank Kaffee mit seiner Frau.«

Die Frau studierte sie näher.

»Sind Sie die Person, die hier angerufen hat?« fragte sie.

»Ich bin die Person, die hier angerufen hat«, sagte Naomi. »Ich bin Naomi Schneider. Sind Sie seine Frau?«

»Nein, ich bin nicht seine ...«

Eine zweite Frau erschien plötzlich hinter ihr. Dunkle Augen und Haare in der Farbe eines Rabenflügels, gute Brüste und gute Beine, und ein fragender Blick in ihrem Gesicht. Gott, sie ist *wunderschön*! Warum sollte dieser Hurensohn sich herumtreiben? »Mrs. Carella?« fragte sie.

Die Frau nickte.

»Ich bin Naomi Schneider«, sagte sie. »Ich möchte mit Ihnen über Ihren Mann sprechen. Darf ich hereinkommen?«

Die zweite Frau studierte ihren Mund, während sie sprach. Auf einmal erkannte Naomi, daß sie taub war. O Gott, dachte sie, was mache ich hier? Aber die Frau winkte sie schon ins Haus hinein.

Sie trat hinein.

Ich werde dieses Haus über deinem Kopf zum Einstürzen bringen, Steve, dachte sie und folgte der Frau ins Wohnzimmer.

Der Mann von der Kfz-Zulassungsstelle rief sie keine zehn Minuten nach ihrem Anruf zurück.

»Blauer Buick Century«, sagte er. »Kennzeichen WL-sieben, acht-eins-sechs-vier. Auf einen Dr. Harold Lasser zugelassen, Hall Avenue eins-siebenundzwanzig.«

»Eins-siebenundzwanzig . . .«, wiederholte Carella schreibend.

»Das ist mit einem Diebstahlvermerk gekennzeichnet«, sagte der Mann von der Zulassungsstelle. »Es könnte schon wiedergefunden worden sein, ich weiß es nicht. Sie sollten lieber bei der Diebstahlsabteilung nachfragen.«

»Danke«, sagte Carella.

Teddy hörte regungslos zu, während Naomi ihr alles über den Mann erzählte, den sie in einer Bar vor etwa drei Wochen kennengelernt hatte; ein Mann, der, wie sie behauptete, Steve Carella sei. Detective Carella habe ihr gesagt, daß er nicht verheiratet sei. Sie seien anschließend zu ihrer Wohnung gefahren. Naomi berichtete in Details die Dinge, die er ihr angetan hatte. Ihre Augen waren ruhig, die Wörter kamen tonlos über ihre Lippen. Sie hatten das ganze Wochenende zusammen verbracht. Er hatte ihr gesagt, daß er wolle, sie solle Montag ohne irgend etwas unter ihrem Rock zur Arbeit . . .

Teddy hob die Hand hoch. Nicht *ganz* wie eine Verkehrspolizistin, aber mit ziemlich der gleichen Wirkung. Sie erhob sich, ging durch das Zimmer zu einem Rolladenschreibtisch, der neben einer Stehlampe im Tiffany-Stil stand, und nahm einen Bleistift und Schreibblock daraus. Sie ging dahin zurück, wo Naomi saß.

Auf dem Block schrieb sie: *Sind Sie sicher, daß der Name Stephen Louis Carella war?*

»Er hat mir seinen vollen Namen nicht gegeben«, sagte Naomi. »Er hat bloß Steve Carella gesagt.«

Hat er gesagt, wo er arbeitet? schrieb Teddy.

Naomi sprach weiter.

Teddy achtete auf ihre Lippen.

Der Mann – sie nannte ihn immer »Ihr *Mann*« – hatte ihr erzählt, daß er im 87. im Uptown arbeite, genau gegenüber vom Grover Park. Er hatte ihr erzählt, daß er einen Mordfall bearbeite, den er am fünfundzwanzigsten Oktober gekriegt habe. Eine tote Frau im Park, in ungefähr deinem Alter, habe er gesagt.

»Ich bin fünfundzwanzig«, sagte Naomi mit einem herausfordernden Ausdruck auf ihrem Gesicht.

Er hatte ihr erzählt, daß die Frau durch einen Genickschuß getötet worden sei. Völlig nackt, ohne jede Kleidung. Nicht viel, um etwas damit anzufangen, hatte er ihr gesagt, aber wir arbeiten daran.

Wie konnte sie all das wissen? fragte sich Teddy.

Auf dem Block schrieb sie: *Wann war das?*

»Am vierten November«, sagte Naomi. »Ein Freitagabend. Er ging am Montagmorgen, dem siebten, wieder. Als ich an dem Morgen zur Arbeit ging – bittet Ihr Mann Sie darum, unter Ihrem Kleid nackt herumzulaufen? Fesselt er *Sie* ans Bett und steckt seine gottverdammte...«

Teddy hob die Verkehrspolizistenhand wieder. Sie erhob sich und ging wieder zum Schreibtisch. Sie nahm ihren Terminkalender in die Hand. Am Freitagabend, dem 4. November, hatten sie und Carella mit Bert Kling und seiner Freundin Eileen zu Abend gegessen. Sie hatten über die plastische Chirurgie gesprochen, die Eileen erwog. Es war für Eileen peinlich gewesen, über die Narbe zu sprechen, die ein Vergewaltiger auf ihrer linken Wange hinterlassen hatte. Am Samstag, dem 5. November, waren sie und Carella mit den Kindern in eine Zaubervorstellung in die Stadt gegangen. Am Sonntag, dem 6. November, waren sie zu Besuch bei Carellas Eltern gewesen. Sie ging zu den Platz zurück, wo Naomi saß. Auf dem Block schrieb sie: *Bitte warten Sie*, und ging dann in den Flur, um Fanny zu holen.

Der Mann von der Autodiebstahlsabteilung sagte: »Das Auto wird noch vermißt, Carella.«

»Wann wurde es gestohlen?« fragte Carella.

»Wir haben es unter dem dreiundzwanzigsten Oktober notiert.«

»Von welchem Ort?«

»Draußen vor der Praxis des Doktors. Hall Avenue eins-siebenundzwanzig.«

»Um wieviel Uhr?«

»Sechs Uhr nachmittags. Nun, zu diesem Zeitpunkt hatte er entdeckt, daß es weg war. Er war auf dem Weg nach Hause und dachte zuerst, es wäre von *uns* abgeschleppt woden. Er hatte es in einem Parkverbot geparkt. Er rief die Verkehrsabteilung an, und die sagten ihm, sie hätten sein Scheißauto nicht abgeschleppt, und daß er es sowieso nicht ins Parkverbot hätte stellen sollen. Er sagte ihnen, er sei Arzt. Na und? Sie haben ihm gesagt, er soll die Diebstahlsabteilung anrufen, was er auch gemacht hat. Und es ist noch nicht gefunden worden.«

»Danke«, sagte Carella.

»Mrs. Carella möchte, daß ich für sie übersetze«, sagte Fanny. Sie sah Naomi streng an, die Arme über ihrem großen Busen verschränkt. »Wir sparen so eine Menge Zeit.«

»Fein«, sagte Naomi, die ebenso streng blickte.

Teddys Finger bewegten sich.

Fanny betrachtete sie und sagte dann: »Dieser Mann, der Sie aufgerissen hat, war nicht mein Mann.«

»*Ihr* Mann?« sagte Naomi, plötzlich sehr verwirrt.

»Mrs. *Carellas* Mann«, sagte Fanny. »Ich übersetze genau die Zeichen, die sie macht.«

Teddys Finger bewegten sich wieder.

»Mein Mann und ich waren an dem Wochenende, von dem Sie sprechen, zusammen«, sagte Fanny.

»Sie versuchen, ihn zu schützen«, sagte Naomi direkt zu Teddy.

Teddys Finger bewegten sich.

»Wie sah dieser Mann aus?« fragte Fanny.

»Er war groß und blond . . .«

Fanny achtete auf Teddys Hände und sagte: »Mein Mann hat braune Haare.«

»Welche Farbe haben seine Augen?« fragte Naomi.

»Braun«, sagte Fanny, bevor Teddys Finger es sagten.

Naomi blinzelte. Sie erkannte auf einmal, daß sie sich nicht erinnern konnte, welche Farbe seine Augen hatten. Verdammt, welche Farbe hatten seine *Augen*? »Trägt er ein Hörgerät?« fragte sie verzweifelt.

Diesmal blinzelte Teddy.

»Nein, verdammt noch mal, er trägt kein Hörgerät«, sagte Fanny, obwohl Teddy keine Zeichen gemacht hatte. »Sie haben den falschen Mann. Jetzt schlag' ich vor, daß Sie hier verschwinden, bevor ich . . .«

Teddy machte wieder Zeichen. Sehr rasch. Fanny konnte kaum mitkommen.

»Dieser Mann, dem Sie begegnet sind, ist ein Verbrecher«, übersetzte Fanny. »Mein Mann wird Sie sprechen wollen. Würden Sie bitte hier auf ihn warten? Wir werden ihn sofort anrufen.«

Naomi nickte.

Ihr kam es plötzlich so vor, als ob sie in einem Spionageroman wäre.

Carella kam an diesem Abend erst um sechs nach Hause.

Naomi Schneider wartete noch auf ihn. Fanny hatte ihr eine Tasse Tee gebracht, und sie saß mit übergeschlagenen Beinen im Wohnzimmer und plauderte mit Teddy, während Fanny übersetzte. Die zwei benahmen sich wie alte Schulfreundinnen, Teddys Hände und Augen blitzten, ihr Gesicht war lebhaft.

Naomi fand, daß Carella sehr gut aussah, und sie fragte sich sofort, ob er sich herumtrieb. Sie war froh, als Teddy sich entschuldigte, um nachzusehen, wie es den Kindern ging. Zwillinge, erklärte sie, während Carella übersetzte. Ein Junge und ein Mädchen. Mark und April. Zehn Jahre alt. Naomi hörte mit großem Interesse zu, und dachte bei sich, daß ein gutaussehender Mann wie dieser, mit einer behinderten Frau und Zwillingen belastet, wahrscheinlich nebenher ein bißchen herumspielte. Sie wartete darauf, daß Fanny das Zimmer verließ, und war froh, als sie es tat. Sie würde es genießen, dem *echten* Steve Carella zu erzählen, was der *falsche* Steve Carella mit ihr gemacht hatte. Sie wollte den Ausdruck auf seinem Gesicht sehen, wenn sie es ihm erzählte.

Der echte Steve Carella wollte nicht wissen, was der falsche Steve Carella mit ihr gemacht hatte.

Statt dessen fing er an, sie wie ein Detective zu befragen.

Das war er natürlich, aber trotzdem.

»Beschreiben Sie mir genau, wie er aussah«, sagte er.

»Er war groß und ...«

»*Wie* groß?«

»Eins-achtzig, eins-fünfundachtzig?«

»Gewicht?«

»Fünfundachtzig?«

»Augenfarbe?«

»Nun, eigentlich kann ich mich nicht daran erinnern. Aber er hat schreckliche Dinge mit ...«

»Irgendwelche Narben oder Tätowierungen?«

»Ich habe keine gesehen«, sagte Naomi. »Nirgends an seinem Körper.« Sie ließ ihre Augen mädchenhaft sinken, wie sie es in ihren Zeitschriften gelernt hatte.

»Hat er gesagt, wo er wohnt?«

»Nein.«

»Was hat er getragen?«

»Nichts.«

»Nichts?«

»Oh, ich dachte, Sie meinten, während er all diese . . .«

»Als Sie ihn kennenlernten.«

»Einen grauen Anzug«, sagte sie. »Ein ziemlich rauher Stoff. Ein weißes Hemd, dunkelblauen Schlips. Schwarze Schuhe. Eine goldene Rolex-Uhr, *ganz* aus Gold, nicht die mit Gold und Metall. Eine Waffe in einem Schulterhalfter. Er benutzte die Waffe, um . . .«

»Was für eine Waffe?«

»Eine Colt Detective Special.«

»Sie kennen sich mit Waffen aus?«

»Das hat er mir gesagt. Das war gleich, bevor er . . .«

»Und wo haben Sie ihn kennengelernt?«

»In einer Bar in der Nähe von meiner Arbeit. Ich arbeite bei CBS. Am Montagmorgen, als ich zur Arbeit ging, hat er mich gezwungen . . .«

»Wie heißt die Bar?«

»The Corners.«

»Wo ist sie?«

»Ecke Detavoner und Ash.«

»Gehen Sie öfter dahin?«

»Oh, ab und zu. Ich werde morgen wahrscheinlich nach der Arbeit vorbeischauen.« Sie hob eine Augenbraue. »Sie sollten es sich mal angucken«, sagte sie.

»Hatten Sie ihn jemals vorher in der Bar gesehen?«

»Nie.«

»Sind Sie sicher?«

»Na ja, ich hätt's gemerkt. Er sah sehr gut aus.«

»Schien er mit der Gegend sehr vertraut zu sein?«

»Na ja, wir haben nicht über die Gegend gesprochen. Wir sprachen am meisten darüber, daß er mir sechzig Sekunden gab, um meinen Drink auszutrinken, weil er es so eilig hatte . . .«

»Haben Sie den Eindruck bekommen, daß er die Gegend gut kannte?«

»Ja, ich hatte das Gefühl, daß er sich auskannte.«

»Besonders in der Gegend?«

»Na ja, in der Stadt. Ich hatte das Gefühl, daß er die Stadt kannte. Als wir zu meiner Wohnung fuhren, wußte er genau, wie man dorthin kommt.«

»Sie sind in seinem Auto hingefahren?«

»Ja.«

»Was für ein Auto?«

»Ein Jaguar.«

»Er fuhr einen Jaguar?«

»Ja.«

»Das hat Sie nicht überrascht? Daß ein Detective einen Jaguar fährt?«

»Na ja, ich kenne keine Detectives«, sagte sie. »Sie sind erst mein zweiter Detective. Eigentlich mein *erster*, da er kein echter Detective war, nicht?«

»Welcher Jahrgang war er?«

»Wer?«

»Der Jag.«

»Oh. Ich weiß nicht.«

»Welche Farbe?«

»Grau. Eine viertürige Limousine. Grau mit roten Lederpolstern.«

»Ich nehme an, Sie haben sich die Zulassungsnummer nicht gemerkt?«

»Nein, es tut mir leid. Ich war ziemlich aufgeregt, verstehen sie. Er war ein sehr aufregender Mann. Natürlich später, als er anfing, all diese Dinge mit mir zu machen ...«

»Und Sie sagten, er wußte, wie man dorthin kommt? Von der Bar in der Detavoner Avenue zu Ihnen?«

»O ja.«

»Wo wohnen sie, Miss Schneider?«

»Colby, Ecke Radner. In der Nähe des Platzes da. Wenn Sie später vorbeikommen möchten, kann ich Ihnen zeigen ...«

»Haben Sie ihn nach einem Ausweis gefragt? Einer Marke?

»Nun, während er sich auszog, habe ich gesagt. ›Zeig mir deine Marke.‹ Aber das war nur ein Witz, wissen Sie. Es ist mir nie in den Sinn gekommen, daß er vielleicht kein echter Detective sein könnte.«

»Hat er Ihnen eine Marke gezeigt?«

»Nun, er sagte: ›*Hier* ist meine Marke, Baby.‹ Und er zeigte mir seinen ... Sie wissen schon.«

»Sie haben ihn einfach für einen Cop gehalten, ist das richtig?«

»Nun ... ja. Ich hatte nie zuvor einen Cop getroffen. Nicht gesellschaftlich. Natürlich treffen Sie bestimmt eine Menge junge, attraktive Frauen in Ihrem Beruf, aber ich habe nie die Gelegenheit gehabt ...«

»Hat er irgend etwas davon gesagt, daß er zurück in die Bar, *The Corners*, kommen würde?«

»Nein, er hat bloß gesagt, daß er mich anrufen würde.«

»Aber er hat es nicht getan.«

»Nein. Eigentlich bin ich froh, daß er es nicht getan hat. Nun, da ich jetzt weiß, daß er kein echter Detective war. Und ich hätte Sie vielleicht auch nicht kennengelernt, wissen Sie?«

»Miss Schneider«, sagte Carella, »falls er Sie anruft, möchte ich, daß Sie mich sofort anrufen. Hier ist meine Karte«, sagte er und griff in seine Brieftasche. »Ich werde auch meine Privatnummer aufschreiben, damit Sie sie haben ...«

»Nun, ich kenne Ihre Privatnummer schon«, sagte sie, aber er hatte schon zu schreiben begonnen.

»Bloß damit Sie sie zur Hand haben«, sagte er und reichte ihr die Karte.

»Nun, ich bezweifele, daß er mich anrufen wird«, sagte sie. »Es sind schon fast drei Wochen vergangen.«

»Na ja, falls er's tut.«

Er sah plötzlich sehr müde aus. Sie spürte den fast unkontrollierbaren Drang, sein Haar zu berühren, es zu streicheln, ihn zu trösten. Sie war sicher, daß er im Bett ganz anders als der *falsche* Steve Carella war. Sie fragte sich plötzlich, wie es mit ihnen beiden gleichzeitig im Bett wäre.

»Wie kommen Sie nach Hause?« fragte er.

Ende des Interviews, dachte sie.

Oder war das sein Annäherungsversuch?

»Mit der U-Bahn«, sagte sie und lächelte ihn an. »Es sei denn, jemand bietet sich an, mich nach Hause zu fahren.«

»Ich werde das nächste Revier anrufen«, sagte er. »Vielleicht kann ich einen Streifenwagen finden, der Sie nach Hause fährt.«

»Oh«, sagte sie.

»An Thanksgiving werden sie vielleicht nicht zu beschäftigt sein.«

Er erhob sich und ging zum Telefon.

»Miss Schneider«, sagte er, während er wählte, »ich möchte Ihnen für die Informationen danken, die Sie mir gegeben haben.«

Ja, dachte sie, also warum kommst du nicht mit mir nach Hause, verdammt noch mal.

Der Mann, der an dem Abend um Viertel nach acht ins Revier kam, trug einen schäbigen Mantel und einen abgetragenen Filzhut. Der Sergeant vom Dienst betrachtete den Umschlag, den er über den Tisch reichte; sah, daß er an Detective Stephen Louis Carella adressiert war, und sagte sofort: »Wo haben Sie den her?« Der Taube war hier berühmt. Es gab keinen Cop im Revier, der nicht von den Bildern, die im ersten Stock an dem Notizbrett hingen, wußte.

»Häh?« sagte der Mann.

»Wo haben Sie das her?«

»Ein Typ auf der Straße gab ihn mir.«

»Welcher Typ?«

»Ein Typ auf der Straße. Ein Blonder mit 'nem Hörgerät.«

»Was?« sagte der Sergeant.

»Sin' Sie auch taub?« fragte der Mann.

»Wie heißen Sie?« fragte der Sergeant.

»Pete MacArthur. Und Sie?«

»Werden Sie mir nicht frech, Mister«, sagte der Sergeant.

»Was soll denn das?« sagte MacArthur. »'n Typ gibt mir fünf Möpse und will, daß ich das für ihn abliefere, ist das 'n Verbrechen?«

»Setzen Sie sich da drüben auf die Bank«, sagte der Sergeant.

»Wieso?«

»Setzen Sie sich, bis ich Ihnen sage, daß Sie gehen können.«

Er nahm den Hörer ab und ließ es im Dienstraum summen. Ein Detective namens Santoro nahm ab.

»Wir haben noch einen«, sagte der Sergeant.

»Es gibt heute keine Postzustellung«, sagte Santoro.

»Er wurde abgegeben.«

»Wer hat ihn gebracht?«

»Ein Typ namens Pete MacArthur.«

»Halt ihn fest«, sagte Santoro.

Santoro sprach mit MacArthur, bis sie es beide satt hatten. MacArthur wiederholte immer wieder das gleiche. Ein großer blonder Typ mit einem Hörgerät hatte ihm den Umschlag gegeben und ihm fünf Dollar fürs Abliefern geboten. Er hatte den Typen noch nie im Leben gesehen. Er hatte die fünf Möpse genommen, weil er dachte, daß in einem so dünnen Umschlag keine Bombe sein könne, und weil es eine kalte, verschneite Nacht war, und er dachte, er könne vielleicht einen Schnapsladen finden, der, obwohl Thanksgiving war, offen hatte, und sich eine Flasche Wein kaufen. Santoro dachte, daß MacArthur die Wahrheit sagte. Nur ein äußerst blöder Komplize würde direkt ins

Polizeirevier reinmarschieren. Er nahm seine Adresse auf – die eigentlich eine Bank im Grover Park war –, riet ihm, sauberzubleiben, und schickte ihn davon.

Dieser Tage war Carellas Post jedermanns Post.

Santoro nahm den Umschlag in den Dienstraum hinauf und machte ihn auf.

Er schaute auf das, was drin war, zuckte mit den Achseln und befestigte ihn am Notizbrett:

8

Carella war zweimal angeschossen worden, seitdem er Cop war, davon einmal vom Tauben. Er wollte nie wieder angeschossen werden. Es tat weh, und es war peinlich. Es gab noch etwas, das peinlicher war, als angeschossen zu werden, und auch *dafür* war der Taube verantwortlich.

Das war einmal, als der Taube einen Banküberfall plante, auf den er das 87. zuvor fair und gewissenhaft vorbereitet hatte, und zwei Schlägertypen Carella und Teddy auf dem Heimweg vom Kino überfielen. Die Männer waren mit Teddys Handtasche und Armbanduhr sowie mit Carellas Uhr, seinem Portemonnaie Papieren und – was am schändlichsten war – seinem Dienstrevolver entkommen.

Die jüngste Mitteilung vom Tauben zeigte elf Colt Detective Specials.

Die Waffe, die der Taube Naomi Schneider gezeigt hatte, war ein

Colt Detective Special gewesen, wahrscheinlich der gleiche, den er für seine Collage fotografiert und dann fotokopiert hatte. Die Waffe, die Carella seit geraumer Zeit trug, war auch ein Colt Detective Special. Tatsächlich war das die bevorzugte Waffe der meisten Cops der Mannschaft.

An dem Notizbrett, links von dem Bild mit den elf Revolvern, hing das mit den sechs Dienstmarken.

Carellas Marke und sein Ausweis waren einen Tag, nachdem sie ihm gestohlen wurden, bei der Banksache benutzt worden. Der Mann, der reingegangen war und behauptet hatte, er sei Detective Carella, hatte auch die Pistole getragen, die er Carella in der Nacht davor abgenommen hatte.

Gab es irgendeine Verbindung zwischen dem jahrealten Diebstahl der Waffe und Marke und den aktuellen Botschaften, die Waffen und Marken abbildeten?

Es waren jetzt insgesamt sieben Mitteilungen, jede war in steigender numerischer Reihenfolge ans Notizbrett geheftet.

Zwei Knüppel.

Drei Paar Handschellen.

Vier Polizeimützen.

Fünf Walkie-talkies.

Sechs Dienstmarken.

Acht schwarze Pferde.

Elf Colt Detective Specials.

Eine Sache, die Carella über den Tauben mit Gewißheit wußte, war, daß er bei jedem Job mit einer anderen Bande arbeitete, etwa wie ein Jazz-Solist, der auf seiner Tour seine Begleitmusiker in den verschiedenen Städten rekrutierte. In der Vergangenheit hatten die verhafteten Bandenmitglieder die wahre Identität ihres Führers nicht gekannt; er hatte sich einmal als L. Sordo vorgestellt, ein anderes Mal als Mort Orecchio, und – anläßlich seines letzten Auftrittes – einfach als Taubman. Auf spanisch heißt *el sordo* »der Taube«. Frei übersetzt heißt *mort'orecchio* »totes Ohr« auf italienisch. Und auf deutsch bedeutet *Taubmann* eben »der taube Mann«. Wenn er überhaupt taub war. Das Hörgerät selbst hätte eine Attrappe sein können, obwohl er sich immer bemühte, deutlich zu machen, daß er schwerhörig sei. Aber was immer oder wer immer er auch war, die Verbrechen, die er sich ausdachte, hatten immer grandioses Format, und es drehte sich immer um große Summen Geld.

Aber dem Tauben genügte es nicht, Verbrechen auszuhecken und auszuführen. Ein Schlüsselelement seines *modus operandi* bestand darin, der Polizei zu sagen, was er tun würde, lang bevor er es tat. Zuerst hatte Carella das als Beweis eines monumentalen Egos verstanden, aber er hatte nach und nach mitbekommen, daß der Taube die Polizei als eine Art *zweite* Truppe benutzte, größer als die Kerngruppe, aber genauso unentbehrlich für die erfolgreiche Durchführung des Verbrechens.

Es war nur der Zufall, der seine letzten drei Vorhaben vereitelt hatte. Er war *klüger* als die Polizei, er *benutzte* die Polizei, und er ließ die Polizei *wissen*, daß sie benutzt wurde.

Da sie wußte, daß sie benutzt wurde, aber nicht, in welcher Weise, und er ihr eine ganze Menge über das Verbrechen mitteilte, aber eben nicht genug, und alles so ausführte, wie er es vorher gesagt hatte, aber eben nicht genau so, deshalb reagierte die Polizei wie ein Bauerntölpel. Ihr Benehmen bestärkte wiederum die Vorstellung des Tauben, daß sie ungewöhnlich ungeschickt war. Im Angesicht ihrer jetzt erwiesenen Uneffizienz wurde er immer unverschämter und immer kühner. Und je mutiger er wurde, desto mehr stolperte die Polizei über ihre eigenen Plattfüße.

Und dennoch spielte er das Spiel fair.

Carella dachte lieber nicht darüber nach, was passieren könnte, wenn er sich auf einmal entschloß, das Spiel *nicht mehr* fair zu spielen.

Was passierte, wenn die sieben Briefe am Notizbrett diesmal nicht mit dem Verbrechen, das er plante, zu tun hatte? Was, wenn jeder von ihnen für sich genommen nicht mit allen anderen zu tun hatte? Kurz gesagt, was passierte, wenn er diesmal *mogelte*?

Es war keine Frage – falls es je eine gewesen war –, daß der Mann, der Elizabeth Turners Leiche im Park gegenüber hinterlassen hatte, der Taube war. Josie Sears hatte kein Hörgerät in dem Ohr des Mannes gesehen, aber sie hatte ihn als groß und blond beschrieben. Unter den gegebenen Umständen war die Beschreibung präzise genug. Damit konnten sie zwar keinen Blumentopf gewinnen, aber es genügte.

Es war auch offensichtlich, daß jemand mit der gleichen Beschreibung, der diesmal definitiv ein Hörgerät trug, sich bei Naomi Schneider als Detective Steve Carella vom 87. Revier ausgegeben hatte.

Der Taube hatte in der Nacht, in der Josie ihn gesehen hatte, einen gestohlenen blauen Buick Century gefahren und eine graue Jaguar-Limousine in der Nacht, als er Naomi nach Hause gebracht hatte. Schon bevor Carella die Abteilung, die sich um gestohlene Autos kümmerte, anrief, hatte er den Verdacht, daß der Jaguar auch gestohlen war.

Sein Anruf beim Dezernat enthüllte, daß ein Dutzend Jaguars, die bei Dieben anscheinend sehr beliebt waren, in dieser Stadt seit Anfang November gestohlen worden waren. Vier davon waren Limousinen gewesen. Eine davon war grau gewesen. Er war noch nicht gefunden worden. Carella hatte jetzt die Zulassungsnummer von dem Wagen, den der Taube vielleicht noch fuhr. *Falls* das gleiche Nummernschild noch daran war. Und falls der Wagen nicht schon auf einem leeren Grundstück im nächsten Staat abgestellt worden war.

Der Taube war eine Ein-Mann-Verbrecherwelle.

Aber was hatte er vor?

Was war die gottverdammte Bedeutung von diesen Bildern, die er ihnen immer wieder zuschickte? Bedeuteten die Nummern an sich etwas? Warum die ganzen Polizeiutensilien, auch noch mit acht schwarzen Pferden obendrauf?

Na komm, dachte Carella, spiel fair, bitte. Hilf uns ein bißchen.

Der nächste kleine Hinweis – wenn es rückblickend als Hinweis betrachtet werden konnte – kam am dritten Dezembertag, an einem Samstag. Er kam durch einen Anruf von Naomi Schneider um zwanzig nach drei.

»Haben Sie mich eben angerufen?« fragte sie Carella.

»Nein«, sagte er. Und dann sofort: »Haben Sie wieder von ihm gehört?«

»Nun, jemand namens Steve Carella hat mich eben angerufen«, sagte sie.

»Klang es nach ihm?«

»Ich glaube es. Ich habe seine Stimme nie am Telefon gehört.«

»Was wollte er?«

»Er sagte, er will mich wiedersehen.«

»Hat er gesagt, wann?«

»Heute.«

»Wo? Kommt er vorbei?«

»Na ja, wir haben eigentlich nichts ausgemacht. Ich dachte, ich sollte lieber zuerst Sie anrufen.«

»Wie sind Sie verblieben?«

»Ich habe ihm gesagt, ich würde zurückrufen.«

»Er hat Ihnen eine Nummer gegeben?«

»Ja.«

»Wie ist sie?«

Naomi gab ihm die Nummer.

»Bleiben Sie dort«, sagte Carella. »Falls er wieder anruft, sagen Sie ihm, daß Sie es sich noch überlegen. Sagen Sie ihm, Ihre Gefühle seien verletzt, weil Sie so lange nichts von ihm gehört haben.«

»Na ja, das habe ich ihm schon gesagt«, sagte Naomi.

»Sie haben ihm gesagt...?«

»Na ja, meine Gefühle *waren* wirklich verletzt«, sagte Naomi.

»Naomi«, sagte Carella, »dieser Mann ist ein sehr gefährlicher Verbrecher. Spielen Sie nicht mit ihm, hören Sie? Falls er wieder anruft, sagen Sie ihm, Sie würden es sich noch mal überlegen, ob Sie ihn wiedersehen wollen, und dann rufen Sie mich hier sofort an. Wenn ich nicht da bin, dann hinterlassen Sie eine Nachricht bei einem der anderen Detectives. Haben Sie das verstanden?«

»Ja, natürlich habe ich das verstanden. Ich bin kein Kind«, sagte Naomi.

»Ich rufe Sie später noch mal an«, sagte er und legte auf. Er schaute in seinem Personalverzeichnis nach, wählte eine Nummer im Hauptquartier, identifizierte sich bei der Beamtin, die abnahm, und sagte ihr, er brauche eine Adresse zu einer Telefonnummer, die er habe. Die neue Hotline im Hauptquartier war eingerichtet worden, weil sämtliche Polizisten der Stadt Schwierigkeiten hatten, von der Telefongesellschaft Informationen zu bekommen, denn deren Grundsatz verbot die Bekanntgabe von Kundenadressen, sogar dann, wenn ein Detective erklärte, daß er an einem Mordfall arbeitete. Carella glaubte machmal, daß die Telefongesellschaft entweder von der Mafia oder dem KGB geleitet wurde. Die Beamtin kam drei Minuten später zurück an den Apparat.

»Das ist die Nummer einer Telefonzelle«, sagte sie.

»Auf der Straße oder wo?« fragte Carella.

»Sie ist unter etwas eingetragen, das *The Corners* heißt, an der Ekke Detavoner und Ash.«

»Danke«, sagte Carella und legte auf. »Artie!« brüllte er. »Hol deinen Hut!«

Als es an ihrer Tür klopfte, dachte Naomi, daß es vielleicht Carella war. Er hatte ihr ja gesagt, daß er in Verbindung bleiben würde, nicht wahr? Sie ging zur Tür.

»Wer ist da?« fragte sie.

»Ich bin's«, sagte die Stimme. »Steve.«

Es klang nicht wie der *echte* Carella. Es klang wie der *falsche* Carella. Und der *echte* Carella hatte ihr gesagt, daß der *falsche* Carella ein sehr gefährlicher Mann war. Als ob sie es nicht selbst wußte.

»Augenblick«, sagte sie, schloß die Tür auf und nahm die Sicherheitskette ab.

Da stand er.

Groß, blond, gutaussehend, der Kopf zur Seite geneigt, ein Lächeln im Gesicht.

»Hi«, sagte er.

»Lange nicht mehr gesehen«, sagte sie. Sie fühlte sich plötzlich schwach. Schon sein Anblick machte sie schwach.

»Ist es okay, wenn ich reinkomme?«

»Klar«, sagte sie und ließ ihn in die Wohnung.

The Corners war an diesem Samstagnachmittag um halb vier – dank dem Footballspiel im Fernsehapparat, der über der Bar hing – eigentlich noch voller, als es zur gleichen Zeit an einem Wochentag gewesen wäre. Carella und Brown suchten das Lokal nach jemandem ab, der dem Tauben auch nur entfernt ähnelte.

Nur ein blonder Mann saß an der Bar, und er war klein und dick. Sie gingen sofort zur Männertoilette. Leer. Sie klopften an die Tür der Damentoilette, und da sich niemand meldete, überprüften sie sie auch. Leer. Sie gingen wieder raus in die Bar. Carella zeigte dem Barmann seine Marke. Der Barmann nickte.

»Ein großer, blonder Mann«, sagte Carella. »Hat die Telefonzelle vor etwa vierzig Minuten benutzt.«

»Was ist mit dem?« fragte der Barmann.

»Haben Sie ihn gesehen?«

»Ich habe ihn gesehen. Ein Typ mit 'nem Hörgerät?«

»Ja.«

»Ich habe ihn gesehen.«

»Er ist hier schon mal gewesen, nicht wahr?«

»Ein paarmal.«

»Wissen Sie seinen Namen?«

»Ich glaube, Dennis, aber ich bin mir nicht sicher.«

»Dennis wie?«

»Ich weiß nicht. Er war an einem Abend mit einem Typen da; ich habe gehört, wie der Typ ihn Dennis nannte.«

»Es gibt bloß diesen einen Raum, wie?« sagte Brown.

»Bloß den einen.«

»Keine kleinen Nebenzimmer oder so was.«

»Bloß diesen.«
»Noch andere Toiletten? Außer denen dahinten?«
»Das ist alles«, sagte der Barmann. »Falls Sie ihn suchen, er ist schon gegangen.«
»Irgendeine Idee, wo er hingegangen ist?«
»Nee.«
»Ist er gegangen, gleich nachdem er telefoniert hatte?«
»Nee. Er saß noch zehn Minuten an der Bar und trank seinen Drink aus.«
»Was hat er getrunken?« fragte Carella.
»Jim Beam und Wasser.«
Carella sah Brown an. Brown zuckte mit den Schultern. Carella ging zur Telefonzelle und wählte Naomi Schneiders Nummer.

»Laß es klingeln«, sagte der Taube.
Sie war nackt. Sie lagen auf ihrem Bett. Sie hätte es weiter klingeln lassen, selbst wenn es die Feuerwehr gewesen wäre, die anrief, um ihr zu sagen, daß das Haus brenne. Das Telefon klingelte weiter. Sie lag unter ihm, die Beine weit gespreizt, die Augen geschlossen, und hörte das Klingeln nur aus der Entfernung, ein weitentferntes Geräusch, das sich mit dem Klopfen ihres Herzen und dem Toben ihres Blutes vermischte. Endlich hörte das Telefon auf.
Auf einmal hörte *er* auch auf.
»He«, sagte sie, »nicht ...«
»Ich will reden«, sagte er.
»Steck ihn wieder rein«, sagte sie.
»Später.«
»Komm schon«, sagte sie.
»Nein.«
»Bitte, Baby, ich komme bald«, sagte sie. »Tu ihn wieder rein.
Er erhob sich von dem Bett. Sie sah ihn an, während er zur Kommode ging, sah ihm zu, während er eine Zigarette aus der Schachtel, die auf der Kommodeplatte lag, schüttelte. Er benutzte ein goldenes Feuerzeug und stieß einen Rauchring aus. Alles an ihm war golden. Golduhr, goldenes Feuerzeug, goldenes Haar, großer, prächtiger, goldener ...
»Es gibt etwas, das wir besprechen müssen«, sagte er. »Etwas, das du für mich machen kannst.«
»Bring's her, ich werde dir zeigen, was ich für dich machen kann.«

»Später«, sagte er und lächelte.

Sie saßen in der ungekennzeichneten Limousine und fuhren in Richtung Revier. Die Heizung funktionierte wie üblich nicht. Die Fenster waren beschlagen. Brown rieb ständig mit seiner behandschuhten Hand an der Windschutzscheibe und versuchte, sie vom Eis zu befreien.

»Ich habe ihr gesagt, sie soll zuhause bleiben«, sagte Carella. »Ich habe ihr ausdrücklich gesagt . . .«

»Sie gehört uns nicht«, sagte Brown.

»Wem gehörst du?« fragte der Taube.

»Dir.«

»Sag's.«

»Ich gehöre dir.«

»Noch mal.«

»Ich gehöre dir.«

»Und du wirst alles tun, was ich will, nicht wahr?«

»Alles.«

»Meinst du, wir sollten mal vorbeischauen?« fragte Brown. »Es liegt auf dem Rückweg.«

»Wozu?«

»Vielleicht ist sie bloß rausgegangen, um 'ne Zeitung oder sowas Ähnliches zu holen.«

»Halt bei dieser Telefonzelle an«, sagte Carella. »Ich werde es noch mal probieren.«

Das Telefon klingelte wieder.

»Du bist eine gefragte kleine Dame«, sagte der Taube.

»Soll ich rangehen?«

»Nein.«

Das Telefon klingelte weiter.

Carella kam aus der Zelle und ging zurück zum Auto. Brown schlug mit der Faust auf die Heizung.

»Glück gehabt?« fragte er.

»Nein.«

»Was willst du also machen?«

»Laß uns da vorbeischauen«, sagte Carella.

»Ich brauche dich an Heiligabend«, sagte der Taube.

»Ich brauche dich jetzt«, sagte Naomi.

»Ich will, daß du an Heiligabend ein sehr braves Mädchen bist.«

»Ich schwöre, ich werde ein sehr braves Mädchen sein«, sagte sie und faltete ihre Hände im Schoß wie eine Achtjährige. »Aber du schuldest mir wirklich eine Entschuldigung, weißt du.«

»Ich schulde dir nichts«, sagte er schlankweg.

»Ich meine, weil du mich die ganze Zeit nicht ...«

»Für *nichts*«, sagte er. »Vergiß das nie.«

Sie sah ihn an. Sie nickte. Sie würde alles tun, was er ihr befahl, sie würde ewig auf seine Anrufe warten, sie würde nie Erklärungen oder Entschuldigungen von ihm verlangen. Jemand wie er war ihr noch nie im Leben begegnet. Fast hätte sie gesagt, »ich wette, du hast Mädchen überall in dieser Stadt, die alles machen würden, was du von ihnen verlangst«, aber sie hielt sich rechtzeitig zurück. Sie wollte nicht, daß er sie verließ. Sie wollte nicht, daß er wieder aus ihrem Leben verschwand.

»Ich will, daß du dich für mich verkleidest«, sagte er.

»Wie ein braves, kleines Mädchen?« fragte sie. »In einem kurzen Rock? Und Kniestrümpfen? Und Buster-Brown-Lackschuhen? Und einem weißen Baumwollslip?«

»Nein.«

»Na ja, wie auch immer«, sagte sie. »Klar.«

»Eine Heilsarmeeuniform« sagte er.

»Okay, klar.«

Das könnte spaßig werden, dachte sie, eine Heilsarmeeuniform. Überhaupt nichts unter dem Rock. Bißchen schräg. Das kleine jungfräuliche Tambourin-schlagende Unschuldslamm, das den Rock über den nackten Arsch hochgeschoben hatte.

»Wo soll ich eine Heilsarmeeuniform herkriegen?« fragte sie.

»Ich besorge sie dir. Du brauchst dir keine Sorgen darum machen.«

»Klar«, sagte sie. »Weißt du meine Größe?«

»Du kannst sie mir geben, bevor ich gehe.«

»Gehen?« sagte sie aufgeregt. »Ich bringe dich um, wenn du hier weggehst, ohne ...«

»Ich gehe hier nicht weg. Nicht ehe wir das ausführlich besprochen haben.«

»Und nicht ehe du ...«

»Sei ruhig«, sagte er.

Sie nickte. Sie mußte sehr vorsichtig mit ihm sein. Sie wollte ihn nicht verlieren, nie wieder.

»Wo soll ich diese Uniform tragen?« sagte sie. »Wirst du hierher kommen?«

»Nein.«

»Also wo? Bei dir?«

»In Uptown«, sagte er. »In der Nähe des Reviers.«

»Aha«, sagte sie und sah ihn an. »Ist das dort, wo du wohnst? In der Nähe des Reviers?«

»Nein, dort wohne ich nicht. Da wirst du die Uniform tragen. Auf der Straße da oben. Ein paar Blocks entfernt von meinem Arbeitsplatz.«

»Wir werden es auf der Straße treiben?« fragte sie und lächelte.

»Du hast eine dreckige Fantasie«, sagte er und küßte sie. Sie spürte den Kuß bis hinunter in ihre Zehen. »Das ist eine Überwachung«, sagte er. »Polizeiarbeit. Wir beide in Heilsarmeeuniformen.«

»Oh, *du* wirst auch eine tragen.«

»Ja.«

»Hört sich spaßig an«, sagte sie. »Aber was hast du vor?«

»*Das* habe ich vor«, sagte er.

»Eine Überwachung?«

»Ja, eine Überwachung.«

»Obwohl du kein Cop bist?«

»Wie meinst du das?«

»Ich meine, ich weiß, daß du kein Cop bist.«

»Wirklich nicht?«

»Ich weiß, daß du nicht Steve Carella bist.«

Er sah sie an.

»Und woher weißt du das?«

»Weil ich den *echten* Steve Carella kenne«, sagte sie.

Er sah sie weiter an.

»Wirklich«, sagte sie und nickte. »Ich habe das Revier angerufen. Ich habe das siebenundachtzigste Revier angerufen.«

»Warum hast du das gemacht?«

»Weil du mir gesagt hattest, daß du dort arbeitest.«

»Du hast dort mit jemandem namens Carella gesprochen?«

»Steve Carella, ja. Ich habe ihn tatsächlich kennengelernt. Später.«

»Du hast ihn kennengelernt«, sagte er.

»Und?«

»Er hat mir gesagt, daß du nicht er bist. Als ob ich das nicht wüßte. Ich meine, in dem Augenblick, als ich ihn sah, wußte ich ...«

»Was hat er dir sonst noch gesagt?«

»Er hat gesagt, daß du sehr gefährlich bist«, sagte Naomi und kicherte.

»Das bin ich«, sagte er.

»Oh, ich weiß«, sagte sie und kicherte wieder.

»Und was hast du ihm erzählt?«

»Oh ... wie wir uns kennengelernt haben ... und was wir gemacht haben ... so ähnlich.«

»Hast du ihm gesagt, *wo* wir uns kennengelernt haben?«

»Ja, klar, *The Corners*«, sagte sie.

Er war sehr still.

»Was hast du ihm sonst noch erzählt?« fragte er endlich.

Eine gute Methode, mit der ein Statistiker entdecken kann, wieviele Polizisten in irgendeinem Teil der Stadt im Dienst sind, ist, eine 10-13 Meldung durch Funk durchzugeben. Jeder Cop in der Gegend wird sofort antworten. Manchmal antworten auch Cops aus anderen Revieren. Das liegt daran, daß der 10-13 Funk-Code POLIZEIBEAMTER IN NOT bedeutet, und eine höhere Priorität gibt es nicht.

Carella und Brown waren einen Block von Naomis Wohnung entfernt, als 10-13 aus dem Walkie-talkie auf dem Sitz zwischen ihnen ertönte. Keiner der Männer fing deswegen eine Diskussion an oder sträubte sich dagegen. Der Cop, der in Not war, war zehn Blocks von ihnen entfernt, in der entgegengesetzten Fahrtrichtung. Aber Brown wendete den Wagen sofort, und Carella schaltete die Sirene ein.

Der Taube richtete sich kerzengerade auf, als er die Sirene hörte. Wie ein Tier, das Gefahr spürt, dachte Naomi. Gott, er ist *so* schön. Aber die Sirene entfernte sich von ihrer Straße, und als sie in der Ferne verschwand, schien er sich zu entspannen.

»Was hast du ihm sonst noch erzählt?« fragte er wieder.

»Na ja ... nichts«, sagte sie.

»Bist du sicher?«

»Na ja ... ich habe ihm gesagt, wie du aussiehst und was du getragen hast ... er hat mir Fragen gestellt, weißt du.«

»Ja, das kann ich mir denken. Wie hat er auf diese Information reagiert?«

»Er schien interessiert zu sein.«

»Oh, ja, das glaube ich.«

»Er sagte mir, ich soll in Verbindung bleiben.«

»Und bist du in Verbindung geblieben?«

»Na ja . . .«
»Bist du?«
»Schau, meinst du nicht, daß du mir sagen solltest, wer du *wirklich* bist?« sagte sie.
»Ich will wissen, ob du mit Steve Carella in Verbindung geblieben bist.«
»Was er wirklich sagte, war, daß du ein gefährlicher Verbrecher seist. Bist du ein Verbrecher?«
»Ja«, sagte er. »Sag mir, ob ihr in Verbindung geblieben seid.«
»Welche Art Verbrecher bist du?«
»Ein sehr guter.«
»Ich meine . . . ein Einbrecher . . . oder ein Räuber . . . oder . . .« Sie hob ihre Augenbrauen, so wie ihre Zeitschriften sie gelehrt hatten. »Ein Vergewaltiger?«
»Wann hat er dir gesagt, daß ich ein Verbrecher bin?« fragte er.
»Tja, als ich ihn sah, glaube ich. Bei ihm.«
»Oh, du warst bei ihm, was?«
»Nun, ja.«
»Wann war das?«
»An Thanksgiving.«
»Und dann hat er dir gesagt, daß ich ein Verbrecher bin?«
»Ja. Und heute noch mal. Ein *gefährlicher* Verbrecher hat er . . .«
»Heute?« sagte der Taube. »Du hast heute mit ihm gesprochen?«
»Nun, eigentlich ja.«
»Wann?«
»Kurz nachdem du angerufen hattest.«

Vier Streifenwagen standen schon schräg am Bordstein, als Carella und Brown den Tatort erreichten. Mindestens ein Dutzend Streifenpolizisten mit gezogenen Waffen waren hinter den Wagen in Deckung gegangen, und noch mehr Streifenbeamte näherten sich im Laufschritt, wobei ihre Waffen wie durch Zauberkraft in ihren Händen erschienen, sobald sie sahen, was los war. Für Carella und Brown gab es nichts zu diskutieren. Sie zogen sofort ihre Waffen und stiegen aus dem Wagen.

Ein Sergeant erklärte ihnen, daß ein Polizist da drin war. »Da drin« war eine Arztpraxis. Der Cop und sein Partner hatten einen einfachen 10-10 Ruf empfangen – VERDÄCHTIGE PERSON – und waren in den

Warteraum hereinspaziert, wo sie einen Mann mit einem 357er Magnum in der Hand vorfanden. Der Mann eröffnete sofort das Feuer, verfehlte beide Cops, schoß aber einen großen Brocken Gips aus der Wand und erschreckte die Patienten halb zu Tode. Der erste Cop hatte sich flach auf den Boden geworfen. Dem Partner gelang es, rauszukommen und den 10-13-Code durchzugeben. Der Sergeant hielt den Mann da drin für einen Fixer, der Stoff suchte. Arztpraxen waren bevorzugte Ziele für Junkies. Carella fragte den Sergeant, ob er glaubte, daß er sie da brauchen würde. Der Sergeant sagte, »nein, ich denke, was ich hier brauche, sind die Spezialisten für Geiselnahme.«

Carella und Brown steckten ihre Waffen ins Halfter und gingen zum Auto zurück.

Der Taube zog seine Kleider wieder an. Naomi sah ihm vom Bett aus zu.

»Ich habe ihm nicht gesagt, daß du hierher kommst, wenn dich das stört«, sagte sie.

»Nichts stört mich«, sagte er.

Aber er stopfte sein Hemd in die Hose. Er setzte sich wieder hin, zog seine Socken und Schuhe an und ging dann zur Kommode, um seine Manschettenknöpfe zu holen. Er legte die Knöpfe an und hob dann das Halfter mit der Waffe auf. Er legte das Halfter an und kam dann zum Stuhl zurück, um sein Sakko zu holen.

Sie sah ihm noch zu, aber sie hatte Angst davor, noch irgend etwas zu sagen. Bei so einem Mann läuft man Gefahr, ihn zu verlieren, wenn man zuviel sagt. Statt dessen spreizte sie ihre Beine ein bißchen weiter auseinander und verschaffte ihm einen besseren Anblick, er war ja auch nur ein Mensch, nicht wahr? Er ging zum Kleiderschrank, nahm seinen Mantel von einem Bügel und schlüpfte hinein.

Er ging zum Bett zurück. Er lächelte, griff unter Mantel und Sakko und zog die Pistole aus ihrem Halfter.

Naomi erwiderte sein Lächeln und spreizte ihre Beine noch weiter.

»Noch ein Spiel mit der Pistole?« fragte sie.

Carella und Brown brauchten fünf Minuten, um aus der unmittelbaren Umgebung der Arztpraxis herauszufahren. Die Polizei hatte den Schauplatz abgesperrt, also mußten sie an der Barrikade halten, um sich auszuweisen. Sie brauchten weitere zehn Minuten, um nach Uptown zu Naomis Wohnung zu gelangen.

Sie kamen zwölf Minuten zu spät.

Die Tür zu Naomis Wohnung stand weit offen.

Naomi lag auf dem Bett mit einem Einschußloch zwischen den Augen.

Das Kissen unter ihrem Kopf war sehr rot.

Tja, jetzt hatten sie eine Kugel.

Die Kugel war knapp über Naomi Schneiders hergerichteter Nase in ihren Schädel eingedrungen. Sie hatte eine schräg nach oben gerichtete Flugbahn und war an ihrem Hinterkopf ausgetreten. Dann war sie durch das Daunenkissen unter ihrem Kopf gegangen und in der Matratze steckengeblieben, aus der die Labortechniker sie herausfischten.

Durch die Kugel erfuhren sie, daß die Mordwaffe ein Colt Detective Special war – genau wie einer auf dem Bild, das der Taube ihnen geschickt hatte.

Aber das war alles, was sie hatten.

Und bis sie eine Waffe in ihrem Besitz hatten, die sie zu Vergleichszwecken probefeuern konnten, war die Kugel praktisch wertlos für sie.

Am Montagmorgen, dem 12. Dezember, kam noch eine Mitteilung des Tauben mit der Post:

Sie sahen sich die sieben Steckbriefe an.

»Schöne Leute, jeder einzelne von ihnen«, sagte Meyer.

»Vielleicht sagt er uns, wer zur Bank gehört«, sagte Brown.

»*So* verrückt ist er nicht, oder?« sagte Carella. »Daß er uns ihre Namen gibt?«

»Warum nicht?« sagte Brown. »Wenn diese Typen noch auf freiem Fuß sind, dann sind ihre Fotos in jedem Revier der Stadt.«

Und genau das war das Problem.

Noch ehe sie die jüngste Mitteilung ans Notizbrett hefteten, waren die Bilder schon da. Alle sieben. Und noch ein Dutzend ähnlicher. Die Detectives sahen jetzt *all* die Mitteilungen des Tauben an, die in einer einzelnen, rätselhaften, horizontalen Linie auf dem Notizbrett aufgereiht waren:

Zwei Knüppel. Drei Paar Handschellen. Vier Polizeimützen. Fünf Walkie-talkies. Sechs Dienstmarken. Sieben Steckbriefe. Acht schwarze Pferde. Elf Colt Detective Specials.

»Was fehlt?« fragte Carella.

»*Alles* fehlt«, sagte Brown.

»Ich meine ... es gibt keine *Eins*, stimmt's? Nichts für die Nummer Eins. Und auch nichts für Neun oder Zehn.«

»Angenommen, er plant bei elf aufzuhören«, sagte Meyer. »Nehmen wir an, er plant, bis zwanzig zu gehen. Oder bis hundertzwanzig. Was ist, wenn er diese verdammten Dinger *ewig* schicken will?«

»Spaß ist Spaß«, sagte Lieutenant Byrnes, »aber wir haben zufällig zwei Leichen.«

Er saß hinter einem Schreibtisch in seinem Eckbüro, die Jalousien zu dem Parkplatz hinter dem Revier hochgezogen. Innerhalb des Drahtzauns mit seiner Krone aus Stacheldraht spiegelte sich bleiches Dezembersonnenlicht an den weißen Dächern der Streifenwagen, die unten parkten. Carella fand, daß der Lieutenant müde aussah. Sein Haar wirkte ein bißchen grauer, seine blauen Augen ein bißchen bleicher. Werde ich in ein paar Jahren genauso aussehen? Ist es das, was der Job dir antut? Brennt er einen aus und zermahlt einen zu grauen Aschepartikeln?

»Technisch gesehen«, sagte Carella, »gehört der Schneider-Mord ...«

»Er ist ein Glied in der Kette, er gehört uns«, sagte Byrnes. »Wo immer zum Teufel er wirklich ...«

»Im 41.«, sagte Carella.

»Ja? Arbeiten *die* dran?«

»Nein, Pete. Sie waren froh, daß sie es uns überlassen konnten.«

»Klar. Weihnachten steht kurz ...«

Er ließ den Satz fallen. Carella wußte, daß er daran dachte, daß es in den nächsten zwei Wochen genug Kopfzerbrechen geben würde. All die Spezis, die ihre Weihnachtseinkäufe erledigten. Diese Jungs brauchten weder Bargeld noch Kreditkarten noch Zeitkaufraten. Die Jungs brauchten nur flinke Finger. Er fragte sich, ob die Kerle jemals so grau und bleich wie Byrnes aussahen. Du schickst sie ins Gefängnis, und sie beschweren sich, daß das Schwimmbekken nicht richtig gefiltert wird. Wenn du die Zeit nicht absitzen kannst, dann begehe das Verbrechen nicht, war ein altes Polizeisprichwort. Und sie lachten darüber und saßen ihre Zeit lachend ab. Sie kamen raus und sahen noch besser aus, wie sie reingegangen waren. Vom vielen Gewichtheben in der Gefängnissporthalle. Und wenn sie rauskamen, waren sie bereit, erneut Menschen zu quälen. Ah, die Festlichkeiten der Jahreszeit!

»Also, was habt ihr?« fragte Byrnes.

»Nichts«, sagte Carella.

»Sag nicht *nichts*«, sagte Byrnes, »ich fange an, deswegen den Druck von oben zu spüren. Die Cops in New York kriegen einen toten Harvardabsolventen und lösen den Fall in achtundvierzig Stunden. Wir haben *zwei* tote Mädchen, und du sagst zu mir *nichts.*«

»Na ja, wir wissen, daß es der Taube ist, aber ...«

»Also findet ihn.«

»Das ist das Problem, Pete. Wir ...«

»Was soll der ganze Scheiß, den er uns schickt? Was hat es mit den Opfern zu tun?«

»Wir wissen es noch nicht.«

»Laut dem hier ...« Er hob den DA-Bericht von seinem Schreibtisch. »Nach diesem Bericht kannte ihn das zweite Mädchen, ist das richtig?«

»Ja, Sir. Aber nur als Steve Carella. Das ist der Name, den er ihr gesagt hat.«

»Er hat deinen Namen benutzt?«

»Ja, Sir.«

»Warum hat sie ihn in die Wohnung reingelassen? Du hast ihr gesagt, daß er gefährlich ist, nicht?«

»Doch, Sir.«

»Also warum hat sie ihn reingelassen? War sie verrückt oder so was? Einen Mann wie den in ihre Wohnung zu lassen?« Er schüttelte den Kopf. »Was ist mit dem ersten Opfer? Hat diese ... wie war ihr Name?« Er fing an, die anderen DA-Berichte durchzublättern.

»Elizabeth Turner, Sir.«

»Hat sie ihn auch gekannt?«

»Wir wissen es nicht, Pete. Wir nehmen es an.«

»Ihr wißt immer noch nicht, wo sie gearbeitet hat, was?«

»Nein, Sir.«

»Aber ihr nehmt an, daß es eine Bank war?«

»Das ist die Richtung, die wir einschlagen, ja.«

»Und das wäre eine Verbindung. Zu seinem *modus operandi*, meine ich.«

»Ja.«

»Vielleicht plant er einen Insider-Job, ist es das, was ihr glaubt?«

»So was Ähnliches.«

»Das Mädchen ausnutzen.«

»Ja.«

»Aber ihr wißt nicht, welche Bank.«

»Wir haben sie alle überprüft, Pete.«

»Wenn er vorhatte, sie auszunutzen, warum hat er sie umgebracht?«

»Wir wissen es nicht.«

»Die gleiche Waffe?«

»Wir wissen es nicht.«

»Das Bild mit den Waffen ... das er geschickt hat. Alles Colt Detective Specials?«

»Ja, Sir.«

»Und das Schneider-Mädchen wurde mit einem Colt Detective Special getötet, was?«

»Ja, Sir.«

»Elf davon, was? Auf dem Bild.«

»Elf, ja, Sir.«

»Glaubst du, daß er plant, *elf* Mädchen zu töten?«

»Wir wissen es nicht, Sir.«

»Was zum Teufel *wißt* ihr denn überhaupt?« sagte Byrnes, und dann sofort: »Tut mir leid, Steve« und fuhr sich mit der flachen Hand über sein Gesicht und seufzte schwer. »Ich habe heute morgen einen Anruf von Inspektor Cassidy bekommen«, sagte er. »Der Vater des Mädchens – des Schneider-Mädchens – ihr Vater ist ein hohes Tier in irgendeiner Synagoge in Calm's Point, und der schreit, als wäre es ein neuer Holocaust. Meinst du, daß es hier einen antisemitischen Aspekt gibt?«

»Ich bezweifle das.«

»Das andere Mädchen war nicht jüdisch, oder?«

»Nein, Sir.«

»Ja, okay ... das Schneider-Mädchen hat auch bei CBS gearbeitet, und die Zeitungen halten das für einen Glamour-Job ...«

»Sie war dort Empfangsdame, Pete.«

»Glaubst du, daß er einen Überfall auf CBS plant?«

»Na ja ... um ganz ehrlich zu sein, das ist uns nie eingefallen.«

»Ich weiß nicht, haben die da viel Bargeld herumliegen?«

»Das bezweifle ich.«

»Trotzdem, du hast ein Mädchen, das bei einem Fernsehsender arbeitet, und die Medien machen eine große Sache daraus. Tja, du hast die Zeitungen und das Fernsehen gesehen.«

»Ja, Sir.«

»Was ich sagen will ist, daß wir wegen des Ganzen hier unter einem großen Druck stehen, Steve. Der von der Departmentführung *und* den Medien ausgeht. Ich möchte jemandem *etwas* erzählen können. Und zwar *bald.*«

»Wir tun unser Bestes, Pete.«

»Ja, ich weiß, ich weiß. Es ist bloß ... es wird bald Weihnachten ...«

Wieder ließ er den Satz verebben.

9

In der Tat rückte Weihnachten immer näher.

Und was Detective Lloyd Andrew Parker betraf, so kam es verdammt noch mal zu bald. Eigentlich kam es jedes Jahr immer früher. Dieses Jahr waren die Läden schon ein paar Tage vor Thanksgiving für Weihnachten geschmückt. Du wachst eines Morgens auf, es ist noch nicht mal Truthahn-Zeit, und schon steht der Weihnachtsmann in den Schaufenstern.

Parker haßte Weihnachten.

Er haßte auch seinen Vornamen. Er zweifelte, daß jemand in der Mannschaft wußte, daß er mit Vornamen Lloyd hieß. Er selbst hatte fast vergessen, daß er mit Vornamen Lloyd hieß. Na ja, vielleicht wußte Miscolo in der Schreibstube Bescheid, weil er derjenige war, der alle zwei Wochen die Lohnabschnitte ausfüllte. Lloyd war ein Wischiwaschiname. Andrew war besser, weil Andrew einer der zwölf Jünger war, und jeder mit einem Zwölf-Jünger-Namen war ein guter Kerl. Wenn du ein Buch liest – was Parker selten tat – und du findest einen Typen namens Lukas, Matthias, Thomas, Peter, Paul, Jakob, sowas, dann weißt du sofort, daß er ein guter Kerl ist. In Wirklichkeit begegnet dir manchmal der Abschaum der Menschheit und nennt sich nach den Jüngern, Verbrecher, die dir für fünf Cent die Kehle durchschneiden.

Parker haßte Verbrecher.

Er haßte es auch, Andy genannt zu werden. Es klang nach Scheiß-Andy Hardy oder so was. Kleiner Schwachmann, der rührende Gespräche mit seinem Vater, Richter Hardy, führte. Parker haßte Richter. Es waren Richter, die die Verbrecher laufen ließen. Er hätte Andrew vorgezogen, was sein echter und ehrbarer zweiter Name war. Andrew klang irgendwie würdevoll. Andy klang nach Bauerntölpel, einem, den du auf den Rücken haust: He, Andy, wie geht's denn, Andy? Parker haßte seine Mutter dafür, daß sie ihn erstens Lloyd genannt hatte und dann seinen zweiten Namen, den er bei seiner Konfirmation bekommen hatte, zu Andy verstümmelt hatte. Parker haßte seinen Vater, weil er seiner Mutter nicht Paroli geboten hatte, als die sich entschloß, ihn zuerst Lloyd und dann erst Andrew zu nennen. Parker war froh, daß sowohl seine Mutter als auch sein Vater tot waren.

Parker wünschte sich, auch der Weihnachtsmann wäre tot.

Parker wünschte sich, Rudolph das rotnasige Rentier würde an einem sternübersäten Heiligabend erschossen und zu Weihnachten als Wildbretsteak aufgetischt. Oder noch besser, als Wildbretragout. Wenn er diesen blöden Song nur noch einmal im Radio hörte, würde er seine Pistole ziehen und das Scheißradio *erschießen*. Die Person, die Parker zur Weihnachtszeit am liebsten mochte, war Ebenezer Scrooge. Scrooge hätte einen guten Cop abgegeben. Parker betrachtete sich als guten Cop, aber er wußte, daß ihn die meisten Typen der Mannschaft für einen lausigen Cop hielten. Er wußte auch, daß sie ihn nicht besonders mochten. Die konnten ihn am Arsch lecken. Schließlich ging es nicht um einen Scheißbeliebtheitswettbewerb.

Die Weihnachtslieder hatten vor ein paar Tagen im Radio angefangen, als ob die ganzen Discjockeys es einfach nicht abwarten könnten, sie zu spielen. Jedes Jahr die gleichen alten Songs. Es war erst der fünfzehnte Dezember, und er hatte die ganzen Weihnachtslieder schon hundertmal gehört. »Stille Nacht« und »God Rest Ye Merry Gentlemen« und »Little Drummer Boy« – er wünschte sich, daß der kleine Trommlerjunge zusammen mit Rudolph dem rotnasigen Rentier erschossen würde – und »The First Noël« und »Joy to the World« und »White Christmas« und »I'll be Home for Christmas« und »Deck the Halls« und »Jingle Bells« und das schlechteste Scheißweihnachtslied, das je in der Weltgeschichte geschrieben wurde: »All I Want For Christmas is My Two Front Teeth.« Wenn Parker jemals dem Typen, der diesen Song geschrieben hatte, begegnen sollte, sollte er seine beiden Vorderzähne bekommen, jawohl, auf einem Teller serviert, nachdem er sie ihm aus dem Mund geschlagen hatte.

Parker haßte Weihnachtslieder.

Zur Weihnachtszeit haßte er alles an dieser Stadt.

Er haßte diese Stadt zu *jeder* Zeit, aber zur Weihnachtszeit haßte er sie am meisten.

All die falschen Weihnachtsmänner, die an den Straßenecken standen, mit Glocken klingelten und um Spenden baten. All die Schwachköpfe von der Heilsarmee, die Trompete bliesen und Tambourin schlugen. All die falschen Scheißbettler, die die Bürgersteige verstopften, Typen mit Schildern, auf denen stand, sie seien blind oder taubstumm wie Carellas Frau, oder Typen auf kleinen Wägelchen mit Schildern, auf denen stand, sie hätten die Beine verloren; sie alle waren Schwindler wie die falschen Weihnachtsmänner. Der Scheißschwindelblinde geht abends nach Hause, und plötzlich kann er sehen, während er das Geld in seiner Blechtasse zählt. Parker haßte die Straßenmusiker und die Breakdancers. Er haßte die Typen, die ihre Waren draußen vor den Kaufhäusern verkauften. Wenn es nach ihm gegangen wäre, würde er selbst die mit Gewerbeschein einlochen. Sie verstopften nur die Bürgersteige, und die meisten von ihnen verkauften ohnehin gestohlene Waren. Parker haßte die Auswärtigen, die vor Weihnachten in Scharen in diese Stadt einfielen. Ooh, schau mal die großen Häuser an, Mama. Scheißunschuldslämmchen, jeder einzelne von ihnen, mit knipsenden Kameras, ooh und ah sagend; die Lieblingsopfer von Taschendieben; die machten mehr Ärger, als sie wert waren. Leichte Beute für die ganzen Typen, die die Droschken im Grover Park fuhren. Er haßte die Art, wie diese Typen ihre Droschken für die Feiertage schmückten, mit Kiefergirlanden überall und Kränzen und Bannern, auf denen FROHES FEST stand, mit dem ganzen falschen Drum und Dran von Weihnachten, wo sie doch in Wirklichkeit nur hinter der Kohle her waren. Er haßte auch Pferde. Alles, was sie taten, war auf die Straße scheißen, den Straßenreinigern den Job schwieriger machen. Er haßte die Vorstellung, daß es immer noch einige berittene Cops in dieser Stadt gab, noch mehr Pferde, die die Straßen vollschissen; die hatten Stallungen gleich hier im 87., im alten Zeughaus an der Ecke First und Saint Sab's; er sah sie jeden Morgen auf dem Weg nach Downtown, eine Scheißparade von Pferden in jeder Farbe, die Cops, die auf ihnen saßen, als ob sie eine römische Legion wären. Er haßte Pferde, und er haßte berittene Cops, und er haßte Touristen, die zuhause in Elephant Shit, Iowa, hätten bleiben sollen.

Aber mehr als alles andere haßte Parker Alice Patricia Parker.

Keiner der Typen der Mannschaft wußte, daß Parker mal verheiratet gewesen war. Die konnten ihn am Arsch lecken, es ging sie nichts an.

Um die Weihnachtszeit fragte er sich immer, wo Alice Patricia war. Er haßte sie, aber fragte sich, wo sie war, was sie trieb.

Wahrscheinlich immer noch irgendwo auf dem Strich.

Wahrscheinlich in L.A. Sie hatte immer darüber geredet, nach Kalifornien zu fahren. Vielleicht San Francisco. Auf dem Strich da irgendwo in Kalifornien.

An Thanksgiving hatte er allein in seiner Gartenwohnung in Majesta gesessen und die Gruber's Thanksgiving Day Parade angeguckt. Er hatte sie auf einem der regionalen Sender gesehen. Nicht so groß oder so berühmt wie die Macy's Parade in New York, aber was soll's, zumindest gehörte sie zu dieser Stadt. Er hatte ein tiefgekühltes Truthahngericht gegessen, das er in seinem Mikrowellenherd aufgewärmt hatte. Und er hatte sich gefragt, wo sich Alice Patricia aufhielt.

Und hatte sich gefragt, was sie trieb.

Blonde Haare und blaue Augen.

Eine Figur zum Heulen.

Wann immer ein blondes, blauäugiges Mordopfer auftauchte – wie jenes, das Carella und Brown im Oktober gekriegt hatten –, fragte sich Parker, wo Alice Patricia war, er fragte sich, ob sie irgendwo tot in einem Hinterhof lag, ihre Kehle von einem kalifornischen Zuhälter aufgeschlitzt.

Ich mach's nur nebenbei, hatte sie ihm gesagt.

Na ja, hör mal, sie hatten ihn gewarnt. Das war noch damals gewesen, als er im 31. im Downtown gearbeitet hatte, kein schlechtes Revier, da unten noch in Uniform, als er erfuhr, was es bedeutete, ein Scheißcop in dieser Scheißstadt zu sein. Dreck und Müll, damit hatte man zu tun. Abends ging er mit dem Gestank an seinen Händen und in seiner Nase nach Hause. Er hatte sie in einer Bar kennengelernt, sie hatte da oben ohne getanzt. Die Jungs hatten ihn alle gewarnt. Diese Topless-Tänzerinnen, sagten sie, du weißt, was die sind. Entweder gehen sie schon auf den Strich, oder sie fangen nach und nach an, nebenbei in Massage-Salons zu arbeiten, und eh du dich versahst, waren sie Vollzeitnutten. Er hatte sie gebeten, ihn am Arsch zu lecken. Vielleicht tanzte Alice Patricia oben ohne, aber sie hatte Ehrgeiz und Ziele, sie wollte eines Tages in einem richtigen Musical tanzen, sie wollte es hier schaffen und dann weiter an den Broadway gehen und den großen Erfolg haben. Sie nahm Ballettstunden und Gesangsunterricht und Schauspielunterricht, sie wollte ein Star werden. Sie war nicht das, wofür sie sie hielten. Parker wußte es. Als er sie heiratete, hatte er keinen der Typen vom 31. zur Hochzeit eingeladen.

Es ging alles gut; er dachte, daß alles wirklich gutging.

Dann eines Nachts – er hatte Zwischendienst –, ging er zum Club, wo sie arbeitete, einem Lokal, das Champagne Bubbles oder ähnlich beschissen hieß, und eins von den Mädchen erzählte ihm, daß Alice Patricia für eine Stunde oder so ausgegangen wäre, und er sagte: »Was heißt das, sie ist für eine Stunde oder so ausgegangen?« Das war um halb eins, ein Uhr morgens, das Lokal war fast leer, abgesehen von ein paar Matrosen, die am Tresen saßen und einem Mädchen zuguckten, daß Alice Patricia das tittenlose Wunder nannte. »Zu dieser nächtlichen Stunde ist sie für eine Stunde oder so ausgegangen?« sagte Parker. Er wußte, wie diese Stadt nach Mitternacht wurde. Eine verdammte Mondlandschaft voller Raubtiere, die sich auf der Suche nach Opfern durch die Straßen schlichen. Dreck und Müll und deren Gestank. »Wo ist sie hingegangen?« fragte er.

Das Mädchen sah ihn an.

Das Mädchen war topless. Sie spielte andauernd mit einer Perlenkette an ihrem Hals.

»Wo ist sie hingegangen?« fragte er noch mal.

»Laß es sein, Andy«, sagte das Mädchen.

Er griff nach der Perlenkette und riß sie ihr vom Hals. Die Perlen rasselten zu Boden und rollten auf dem Boden umher. Das Geräusch der Perlen war lauter als die Tonbandmusik, zu der das Mädchen auf der Bühne tanzte.

»Wo?« fragte er.

Also, wißt ihr, er hatte sie gefunden, in einem Hotbed-Hotel drei Blocks vom Club entfernt. Er trug Zivil, er hatte sich nach seiner Tour im Umkleideraum umgezogen, und der Portier hielt ihn für einen Detective, als er seine Marke zeigte. Das war ein Jahr, bevor er Detective dritten Grades geworden war. Er war Detective dritten Grades nach der Scheidung geworden, als ihm nichts anderes mehr blieb, worauf er sich konzentrieren konnte, als Polizeiarbeit. Der Portier sagte ihm, daß ein blondes, blauäugiges Mädchen vor ungefähr fünfzehn Minuten mit einem schwarzen Mann hereingekommen war. Der Portier erzählte ihm, daß sie im Zimmer 1301 waren. Parker würde sich für immer an die Zimmernummer erinnern. Und an den Gestank des Desinfektionsmittels im Gang.

Er schlug den schwarzen Mann halb tot. Trat ihn die Treppe hinunter. Sagte ihm, er solle machen, daß er aus der Stadt kam. Er ging zurück ins Zimmer. Alice Patricia lag noch nackt auf dem Bett und rauchte eine Zigarette.

Er sagte: »Warum?«

Sie sagte: »Ich mach's nur nebenbei.«

Er sagte: »Warum?«

»Aus Jux«, sagte sie und zuckte mit den Achseln.

»Ich habe dich geliebt«, sagte er.

Es war schon die Vergangenheitsform.

Alice Patricia zuckte noch mal mit den Achseln.

Er hätte sie umbringen sollen.

Er sagte: »Das war's, weißt du.«

»Klar«, sagte sie und drückte die Zigarette aus.

Er ging aus dem Zimmer und aus dem Hotel und in die Stadt. Er schlug zwei Besoffene zusammen, die auf der Hastings Street aus vollem Hals sangen. Er warf eine Mülltonne durch ein Schaufenster in der Jefferson Avenue. Er zog durch die Stadt. Er war selbst betrunken, als er um vier Uhr morgens in die Wohnung zurückkehrte. Er dachte, er würde Alice Patricia vielleicht dort finden. Er dachte, wenn sie da wäre, würde er sie umbringen. Aber sie war schon weg, hatte ihre ganzen Kleider mitgenommen. Nicht mal ein Zettel. Sein Anwalt brauchte drei Monate, um sie zu finden. Die Scheidung wurde sechs Monate später rechtskräftig. Und drei Monate danach wurde er Detective dritten Grades.

Er dachte immer noch an sie, immer wenn die Feiertage näherrückten.

Haßte sie, aber dachte an sie. Haßte die Scheißfeiertage.

Haßte den Gedanken, daß es vielleicht zu Weihnachten schneien würde.

Er haßte Schnee. Er war anfänglich weiß und pur und am Ende dreckig.

Er haßte auch Christbäume. Sie waren nichts anderes als ein Müllabfuhrproblem, noch mehr Arbeit für die Straßenreiniger, wie die Pferdescheiße überall auf den Straßen. Gleich nach Weihnachten hatte man einen toten Wald aus lauter Scheißchristbäumen, die draußen vor den Häusern mit dem Müll gestapelt waren. Der Müll war schon schlimm genug in dieser Stadt, er dachte manchmal, es wäre eine Stadt aus nicht abgeschleppten schwarzen Müllbeuteln. Die übriggebliebenen Christbäume machten es nur noch schlimmer. Man sah sie überall in der Stadt. Tot. Sie hinterließen Lamettaspuren. Sie hatte früher mit diesem winzigen Schlüpfer getanzt, der aussah, als wäre er aus Christbaumlametta, alles flitternd und hell, ihre Hüften rollten, Dollarnoten in den Bund gestopft. Ich mach's nur nebenbei. Hätte ein großer Scheißstar sein können. Er wäre hinter die Bühne gegangen, hätte mit den anderen Leuten der Besetzung gesprochen. Alice Patricia ist meine Frau, hätte er gesagt. Ja, echt? Ja, ich bin Cop. Ja, echt?

Er haßte es, Cop zu sein.

Haßte die Briefe von diesem Typen, der den Dienstraum total auf den Kopf gestellt hatte. Der Taube. Wer kümmerte sich schon einen Dreck um den Tauben? In Parkers Welt waren sie *alle* Diebe, manche von ihnen waren kluge Diebe und manche dumme. Vielleicht war der Taube einer von der klugen Sorte, aber er war trotzdem noch ein Dieb. Also wieso die ganze Aufregung über die Briefe, die er schickte. Er war nichts als ein klugscheißerischer Dieb.

Parker fragte sich, wie es war, jung zu sein.

Fragte sich, wie es wäre, wieder Andrew genannt zu werden.

Alice Patricia hatte ihn immer Andrew genannt.

Er haßte sie.

O Gott, wie er sie liebte!

Am Montagmorgen, dem 19. Dezember, kam noch ein Brief vom Tauben.

Sie wurden seiner allmählich leid. In sechs Tagen war es Weihnachten. Sie hatten noch andere Sachen zu tun, als sich um seine Albernheiten zu kümmern. Sie wußten nicht, warum er Elizabeth Turner umgebracht hatte – falls er sie umgebracht hatte –, und sie wußen nicht, was seine gottverdammten Mitteilungen zu bedeuten hatten. Sie glaubten, daß er Naomi Schneider umgebracht hatte, weil er ihr vielleicht etwas erzählt hatte, das sie ihnen gegenüber noch nicht wiederholt hatte, und dieses Etwas wäre gefährlich gewesen, wenn es bekannt geworden wäre. Der Taube ließ sie nur wissen, was er sie wissen lassen wollte. Alles andere war ein Risiko, und er ging keine unvorhersagbaren Risiken ein. Also tschüß, Naomi.

Beide Fälle waren so tot, wie es der Kalender für dieses Jahr bald sein würde, und die jüngste Mitteilung von ihm war nur ärgerlich. Sie sahen sie nur flüchtig an, und hefteten sie dann zu den anderen ans Notizbrett:

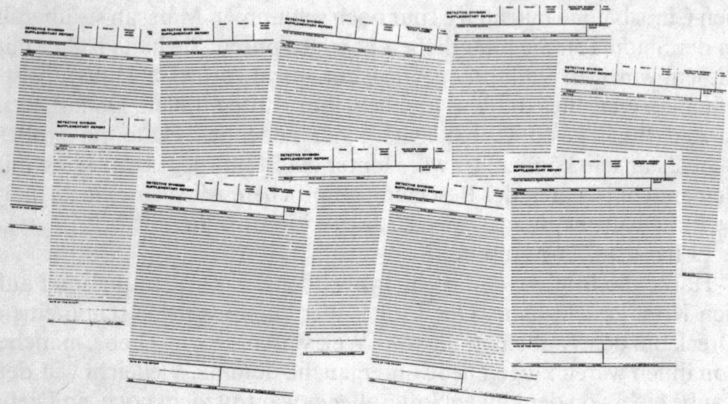

Cotton Hawes war in Verlegenheit.

Er hätte am liebsten einen 10-13 gemeldet.

Statt dessen sagte er: »Doch, ich habe eine Gruber's Kreditkarte.«

Die ganze Sache war ihm peinlich. Er hatte Annie Rawles gerade für zweihundert Dollar Dessous als Weihnachtsgeschenk gekauft. Zweihundertdreizehn Dollar und fünfundzwanzig Cent inklusive Steuer. Er hoffte, daß er dieser Dame in der sechsten Etage von Gruber's neuem Uptown-Kaufhaus nicht erklären müßte, daß er diese Unterwäsche für einen Detective ersten Grades gekauft hatte. Der Laden, keine sechs Blocks vom Revier, war ein Bestandteil des neuen Stadtsanierungsprogramms des Bürgermeisters. Der *eigentliche* Gruber's war ganz unten im Downtown am Messenger Square. Hawes hätte nach Downtown fahren sollen. Er hätte es besser wissen sollen, als irgendwo im Revier einkaufen zu gehen, obwohl das neue Kaufhaus sehr nett war und – zumindest laut dem Amt des Bürgermeisters – ein sehr gutes Geschäft machte und als Beispiel für die Erneuerung von all den beschissenen Gegenden in der Stadt diente.

»Laut unseren Akten nicht«, sagte die Frau hinter dem Schalter.

Hawes fragte sich, ob sie sich in der Sorte von Unterwäsche, die er für Annie gekauft hatte, jemals blicken lassen würde.

»Ich habe jetzt seit drei Jahren eine Gruber's Kreditkarte«, sagte er.

»Lassen Sie mich Ihre Karte noch mal sehen, bitte«, sagte die Frau.

Er gab ihr die Karte.

Er befand sich im Kreditbüro im sechsten Stock. Die Frau unten im ersten Stock – wo die Dessousabteilung war – hatte ihn gebeten, in den sechsten Stock zum Kreditbüro hinaufzugehen, weil bei ihr ein UNGÜLTIG erschienen war, als sie versucht hatte, seine Karte in den Computer einzugeben. Er war mit der Rolltreppe in den sechsten Stock gefahren und hatte eine verwirrende Anzahl von Schildern gesehen, die in verschiedene Richtungen zielten: MANAGERBÜRO. KASSENBÜRO. KREDITBÜRO. REKLAMATIONEN. PERSONALBÜRO. SPIELZEUGABTEILUNG. WEIHNACHTSMANN. TELEFON. TOILETTEN. Er hatte sich fast verlaufen, als guter Detective, der er war. Aber hier war er, im Kreditbüro, und er reichte seine Karte über den Schalter an eine Frau mit einer Nase wie ein Besenstiel. Und Augen wie Dreck. Ihre Augen waren dreckig. Nicht braun, nicht schwarz – einfach dreckig. Sie sah seine Karte mit ihren dreckigen Augen an. Sie schnupperte mit ihrer Besenstielnase fast daran.

»Ich habe die neue Karte«, sagte er.

»Wo ist die neue Karte, Sir?« fragte sie.

»Zuhause«, sagte er. »Ich habe sie noch nicht in mein Portemonnaie gesteckt.«

Während er das sagte, erkannte er, daß seine Behauptung, er habe die Karte zuhause, der Behauptung eines bewaffneten Diebes glich, der sagte, er habe seinen Waffenschein irgendwo in einer Schreibtischschublade gelassen.

Hawes öffnete sein Portemonnaie. »Hier sollte die neue Karte sein«, sagte er. »Aber ich habe sie zuhause vergessen.«

In Wirklichkeit hatte er sein Portemonnaie geöffnet, damit sie die gold- und blauemaillierte Detective-Marke sehen konnte, die darin befestigt war. Sie sah die Marke mit ihren dreckigen Augen an.

»Sie sollten die neue Karte jederzeit bei sich haben«, sagte sie.

»Ich wußte nicht, daß ich heute einkaufen würde«, sagte er.

»Ich habe eine Menge Sachen, die ich in meinem Portemonnaie tragen muß«, sagte er. »Meine Polizeimarke«, sagte er. »Meinen Polizeiausweis. Ich bin Detective«, sagte er. »Ich trage nicht gern mehr Sachen im Portemonnaie, als überhaupt nötig sind.«

»Aber Sie tragen die *alte* Karte in Ihrem Portemonnaie«, sagte sie.

»Ja, das stimmt. Unabsichtlich. Die neue sollte da sein.«

»Die alte Karte ist von unserem Computer als ungültig bezeichnet worden.«

»Ja, ich weiß. Deshalb bin ich hier oben im sechsten Stock. Aber wenn Sie einen Blick auf Ihre Computerdatei werfen, werden Sie sehen, daß ich im Mai eine neue Karte erhalten habe. Und vergessen habe, sie in meine Brieftasche zu stecken.«

»Kein Wunder, daß in dieser Stadt Mörder entwischen können«, sagte sie und verließ den Schalter.

Er wartete.

Zehn Minuten später kam sie zurück.

»Sie haben tatsächlich eine neue Karte erhalten«, sagte sie.

»Ja, ich weiß«, sagte er. »Danke«, fügte er hinzu.

»Sie werden verstehen, Sir«, sagte sie, »daß es unmöglich ist, Dessous im Wert von zweihundert Dollars ungeprüft in Rechnung zu stellen, wenn sich eine Karte als ungültig erweist.«

»Ja, das verstehe ich«, sagte er.

Sie wußte, daß es sich um Dessous handelte. Sie hatte unten angerufen. Er fragte sich, ob sie wußte, um was für eine Art von Dessous es sich handelte.

»In dieser Stadt gibt es viele Gauner, wissen Sie«, sagte sie.

»Ja, dessen bin ich mir bewußt«, sagte er.

»Wenn Sie wieder nach unten in die Wäscheabteilung gehen«, sagte sie, »wird die Karte jetzt akzeptiert. Ich hoffe, Sie wissen, Sir, daß die Höschen nicht umgetauscht werden können.«

»Das wußte ich nicht«, sagte er.

»Doch. *Vor allem* unsere Open-City-Serie, die viele Frauen nur zu bestimmten Gelegenheiten tragen. Ich hoffe, daß Sie die richtige Größe haben.«

»Ja, ich habe die richtige Größe«, sagte er.

»Nun dann«, sagte sie und schnupperte in der Luft, als ob sie etwas Ranziges riechen würde, und warf ihm einen letzten Blick aus ihren dreckigen Augen zu und ließ ihn da am Schalter stehen.

Während der ganzen Fahrt nach Hause dachte er über seinen Besuch in Gruber's nach. Er wünschte sich, daß Gruber's bis auf die Grundmauern niederbrannte. Er wünschte sich, daß der Bürgermeister sein Stadterneuerungsprogramm nach Dallas, Texas, verlegte. Oder Wladiwostok. Gruber's lieferte nur noch mehr Anreiz für Verbrechen in einer Gegend, in der es schon von Verbrechen wimmelte. Seit seiner Eröffnung im letzten Februar gab es in dem Kaufhaus mehr Verhaftungen wegen Laden- und Taschendiebstahl als in allen anderen Läden am Stem. Okay, es machte eine Menge Geld. Und lockte vielleicht andere Geschäfte in die Gegend. Aber dachte der Bürgermeister jemals daran, wieviel Zeit die Cops hier oben in Gruber's verbrachten? Wegen beschissenen kleinen Verhaftungen? Für die sie die ganze Strecke zum Hauptquartier fahren mußten, um die Leute einzuliefern?

Als er seine Wohnung in Downtown erreichte, war er immer noch wütend. Er betrat das kleine Foyer, nahm seine Schlüssel aus der Tasche und schloß seinen Briefkasten auf. Es befand sich ein Stapel Briefe, *einschließlich* einer Rechnung von Gruber's, darin. Er schaute die Post nicht näher an, bis er in seiner Wohnung war. Er war versucht, Annie anzurufen, ihr von dem Ärger in der Stadt zu erzählen, aber das würde die Überraschung ruinieren. Statt dessen mixte er sich einen Drink und setzte sich dann hin und blätterte die Briefe durch. Einer davon schien eine Weihnachtskarte zu sein. Er riß den roten Umschlag auf. Er war keine Weihnachtskarte. Es war eine Einladung. Sie lautete:

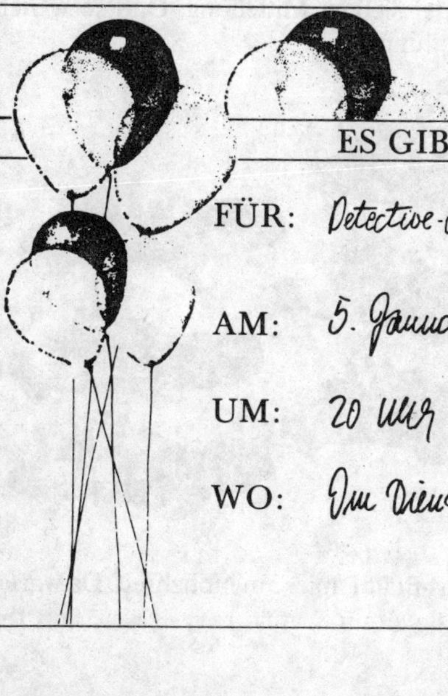

ES GIBT EINE PARTY!

FÜR: Detective-Lieutenant Peter Byrnes

AM: 5. Januar

UM: 20 Uhr

WO: Im Dienstraum des 87. Reviers

In der gleichen Handschrift war folgendes auf die Klappe der Karte gekritzelt:

Cotton – Ich konnte nicht alle einladen, also halten Sie das bitte geheim, ja? Harriet

Harriet war Harriet Byrnes, die Frau des Lieutenants. Warum zum Teufel wollte sie für ihn eine Party im Dienstraum schmeißen? War es Petes Geburtstag? Ein Jubiläum? Zwanzig Jahre bei der Polizei? Dreißig? Einhundert?

Hawes zuckte mit den Schultern und schrieb das Datum und die Zeit in seinen Terminkalender.

Am Dienstagmorgen, dem 20. Dezember, kam die zehnte Mitteilung des Tauben.

Sie wußten mittlerweile, daß die Anzahl der Gegenstände, die auf jedes leere Blatt Papier geklebt waren, überhaupt nichts mit der Reihenfolge, in der die Mitteilungen eintrafen, zu tun hatte. Die acht schwarzen Pferde, zum Beispiel, waren auf der allerersten Mitteilung. Die sechs Dienstmarken waren auf der vierten Mitteilung. Die elf Colt Detective Specials waren auf der siebten Mitteilung. Und so weiter. Und jetzt auf der zehnten Mitteilung:

Die Detectives befestigten das Blatt Papier am Notizbrett. Da waren jetzt:

Zwei Knüppel. Drei Paar Handschellen. Vier Polizeimützen. Fünf Walkie-talkies. Sechs Dienstmarken. Sieben Steckbriefe. Acht schwarze Pferde. Neun Streifenwagen. Zehn DA-Formulare. Und elf Detective Specials.

Sie wußten immer noch nicht, was jedes einzelne davon zu bedeuten hatte.

Hatte er vor, mit elf aufzuhören?

Oder würde er noch weiter gehen?

Wenn er bei elf aufhörte, dann fehlte noch die Nummer eins der Zahlenfolge.

Zum Teufel damit, dachten sie.

Weihnachten war schon in fünf Tagen.

Bert Kling sah gerade seine Post durch, als Eileen Burke mit dem Schlüssel, den er ihr gegeben hatte, hereinkam.

Es war fast halb fünf nachmittags, und die Lichter an der Calm's-Point-Brücke – für die Feiertage geschmückt und von seinen Fenstern aus sichtbar – blinkten rot und grün in der purpurnen Dämmerung. Er saß am Fenster unter einer Stehlampe in einem Lehnsessel, den er nach seiner Scheidung in einem Trödelladen gekauft hatte. Er hatte mit Andy Parker nie über seine Scheidung gesprochen. Er hatte mit Parker nie über irgend etwas anderes als Polizeiarbeit gesprochen, und auch darüber nur selten. Er wußte nicht, daß Parker auch geschieden war. Er wußte nicht, daß die zwei Männer vielleicht gemeinsame Gedanken zum Thema gehabt hätten, wußte nicht, daß Parker, genau wie er, die Scheidung als eine Art Tötung betrachtete.

Die Feiertage, selbst jetzt und selbst mit Eileen, waren die schwierigste Zeit für Kling. Augusta geisterte durch seine Gedanken, wann immer er einkaufen ging, selbst wenn er für Eileen einkaufte. Nun ja, die körperlichen Ähnlichkeiten, dachte er. Wenn er versuchte, sich für eine Farbe zu entscheiden, sagte er einem Ladenverkäufer, daß seine Freundin ein grünäugiger Rotschopf war – natürlich eine Beschreibung von Eileen –, und sofort fiel ihm Augusta ein. Wenn er versuchte, sich zu erinnern, welche Größe Eileen trug, sagte er, sie war eins-siebzig groß, und sofort ging ihm das Bild von Augusta durch den Kopf, ungebeten, geisterhaft. Augusta, wie er sie zum ersten Mal gesehen hatte, als er gerade wegen eines Einbruchs in ihrer Wohnung ermittelte...

Langes rotes Haar und grüne Augen und grüne Augen und eine dunkle Sonnenbräune. Dunkelgrüner Pulli, kurzer brauner

Rock, braune Stiefel. Hohe Backenknochen, über denen leicht schräg nach oben gerichtete Augen saßen, ein intensives Grün im Kontrast zur Sonnenbräune, die Nase leicht spitz nach oben zulaufend, wodurch die Oberlippe ein wenig von den teilweise entblößten, ebenmäßigen weißen Zähnen weggezogen wurde. Der Pulli saß stramm über den Brüsten, die ohne einen BH fest waren, der Wollstoff mit einem braunen messingverzierten Gürtel eng an ihre Taille geschnallt, die Hüfte, die einen sanften Bogen an der Sofalehne formte. Der Rock enthüllte einen verstecken Oberschenkel, als sie sich ihm richtig zuwandte . . .

Augusta.

»Hallo«, sagte Eileen und kam dahin, wo er saß.

Sie küßte ihn auf den Scheitel. Rote und grüne Lichter von der Brükke blinkten in das Rot und Grün ihres Haars und ihrer Augen.

»Du siehst aus wie Weihnachten«, sagte er.

»Ach, ja?« sagte sie. »Ich fühlte mich eher wie Halloween. Wann bist du nach Hause gekommen? Ich habe vor kurzem angerufen.«

»Kurz nach vier«, sagte er. »Ich habe ein bißchen was eingekauft. Was hat der Arzt gesagt?«

»Er sagte, daß die Zeit alle Wunden heilt.«

Sie streifte ihren Mantel ab, warf ihn auf das Bett, setzte sich auf die Bettkante, schlüpfte aus ihren hochhackigen Schuhen und fing an, einen Fuß zu massieren. Lange Beine, wohlgeformt, mit vollen Waden, die in schlanken Knöcheln zusammenliefen. Eileen. Augusta. Der Messerstich hätte Augusta ruiniert. Sie war Modell, ihr Gesicht war ihr Geschäftskapital. Eileen war nur ein Cop. Aber sie war eine Frau. Und eine schöne Frau. Und sie war im Gesicht geschnitten worden. Es war am 21. Oktober, vor zwei Monaten, geschehen. Im Krankenhaus hatten sie zwölf Stiche machen müssen. Die Narbe an ihrer linken Wange stand noch auffallend heraus.

»Er hat gesagt, daß ich die plastische Chirurgie vielleicht nicht brauchen werde«, sagte Eileen. »Er hat gesagt, daß der Notarzt gute Arbeit geleistet hat. Er hat gesagt, daß die Narbe jetzt scheußlich aussehen mag . . .«

»Es sieht wirklich nicht schlecht aus«, sagte Kling.

»Ach, Quatsch«, sagte Eileen. »Aber sie wird zu einem dünnen weißen Strich abheilen, hat er gesagt, falls ich damit leben kann. Er hat gesagt, es komme alles auf mein ›Abfindungsvermögen‹ an. Wie gefällt dir so eine Beschönigung?«

»Wann mußt du wieder hin?« fragte Kling.

»Nächsten Monat. Er meint, ich soll im Moment nicht mal an eine kosmetische Operation *denken.* Er hat gesagt, daß die Wunde in sechs bis zwölf Monaten völlig verheilt sein sollte, und ich soll bis dann warten, um zu sehen, wie ich mich fühle. Das meint er mit ›Abfindungsvermögen‹, denke ich. Wieviel Eitelkeit ich besitze. Wie häßlich ich für den Rest meines Lebens aussehen will.«

»Du siehst nicht häßlich aus«, sagte Kling. »Du könntest unmöglich ...«

»Ich gewinne momentan keine Schönheitswettbewerbe, soviel steht fest«, sagte Eileen. »Glaubst du, daß es irgendwelche Vergewaltiger da draußen gibt, die auf Narben scharf sind? Glaubst du, die würden es mit einem Lockvogel mit einer vernarbten linken Wange versuchen?«

»Irgendwie gefällt mir der Ausdruck, den sie dir gibt«, sagte er, um sie mit Witz aus ihrer schlechten Laune zu reißen. »Es läßt dich irgendwie gefährlich aussehen.«

»Klar, gefährlich«, sagte sie.

»Verwegen. Wie eine Seeräuberin.«

»Wie ein dreihundert Pfund schwerer bewaffneter Räuber«, sagte Eileen. »Ich brauche nur noch eine Tätowierung an meinem Arm, Mutti in einem Herzen.«

»Hast du heute abend Lust auf Chinesisch?« fragte er.

»Ich habe Lust, mich im Bett zu verkriechen und einen Monat lang zu schlafen. Es macht mich fertig, da hinzugehen. Er hat immer die beschissene Tröstertour drauf, weißt du, was ich meine? Es ist nicht sein Scheißgesicht, also denkt er ...«

»He«, sagte Kling leise.

Sie sah zu ihm hinauf.

»Komm schon«, sagte er und ging zu ihr. Er küßte sie auf den Scheitel. Er legte seine Hand unter ihr Kinn und küßte sie auf die Stirn und die Nasenspitze. Er küßte die Narbe. Leicht, zärtlich.

»Davon geht sie nicht weg, Bert«, sagte sie, und hielt inne. »Ich hoffe, du hast mir nichts sehr Weibliches zu Weihnachten gekauft.«

»Was?«

»Ich fühle mich nicht hübsch«, sagte sie. »Ich möchte keine Geschenke, die ...«

»Du bist schön«, sagte er. »*Und* weiblich. *Und* sexy. *Und* ...«

»Süßholzraspler«, sagte sie.

»Also, wo willst du essen?« fragte er. »McDonald's?«

»Auch noch mit Spendierhosen«, sagte sie und hielt wieder inne.

»Und was?« fragte sie.

»Häh?«

»Schön und weiblich und sexy und was?«

»Und ich liebe dich«, sagte er.

»Wirklich?«

»Wirklich.«

»Trotz all der Zigmillionen anderen Frauen in dieser Stadt . . .?«

»Du bist die einzige Frau in dieser Stadt«, sagte er.

Sie sah ihn an. Sie nickte.

»Danke«, sagte sie leise und erhob sich vom Bett. »Laß mich duschen und mich umziehen«, sagte sie. »Danke«, sagte sie noch mal und küßte ihn auf den Mund und ging dann ins Badezimmer.

Er hörte die Dusche, als sie sie aufdrehte.

Er hob den Stapel Post wieder auf. Er öffnete einige Weihnachtskarten und hob dann einen roten Umschlag auf und riß ihn auf. Die Karte darin lautete:

In der gleichen Handschrift war folgendes auf der Klappe der Karte gekritzelt:

Bert – Ich konnte nicht alle einladen, also halten Sie das bitte geheim, ja? Harriet.

Die Tür zum Badezimmer öffnete sich.
Eileen steckte den Kopf durch den Türrahmen.
»Willst du mit mir duschen?« fragte sie.

Der erste Weihnachtstag war dieses Jahr ein Sonntag.

Das war gut für die Kaufhäuser. Normalerweise ließ das Geschäft an Heiligabend etwas nach. Es gab natürlich die Letzten-Augenblick-Käufer, und die Läden blieben bis sechs Uhr offen, um selbst den spätesten entgegenzukommen, aber der Umsatz war auf keinen Fall so hoch wie zu irgendeiner anderen Zeit während jener letzten hektischen Woche vor dem großen Ereignis. Es sei denn, Heiligabend war ein Samstag. Dann, wie durch ein Wunder, verbesserte sich das Geschäft. Das mochte daran liegen, daß berufstätige Leute es *gewöhnt* waren, samstags einkaufen zu gehen.

Vielleicht kam es ihnen nur wie noch ein weiterer Samstag vor, genau wie jeder andere im Jahr, Zeit, zuzugreifen und das Freitagsgehalt auszugeben. Oder vielleicht hatten die Weihnachtszulagen etwas damit zu tun, du kriegst die dicke Extrakohle am Freitag, und Samstag ist eine gute Zeit, sie auszugeben, stimmt's? Es war seltsam, wie Heiligabend, der auf einen Samstag fiel, die Kunden in Scharen herauslockte. Die Statistik zeigte, daß es nicht so war, wenn Heiligabend ein Sonntag war. Nicht so viel Kunden.

Selbst Gott ruhte sich am Sonntag aus.

Dieses Jahr, da der Wohlstand noch ein bißchen länger vorhielt und da Heiligabend ein Samstag war, erwarteten Ladeninhaber überall in der Stadt einen sehr ertragreichen Tag.

Am Donnerstag, den 22. Dezember, bekamen die Detectives der 87. Mannschaft etwas, von dem sie vermuteten, daß es beinahe die letzte Mitteilung des Tauben sein könnte. In der Tat war es Arthur Brown, der erriet, daß es die vorletzte war.

Das einzelne weiße Blatt Papier in dem jetzt vertrauten maschinebeschriebenen Umschlag zeigte:

»Nummer zwölf«, sagte Brown.

»Zwölf gebratene Schweine«, sagte Carella.

»Nur noch eine übrig«, sagte Brown.

»Wieso glaubst du das?«

»Es sind die zwölf Weihnachtstage, verstehst du nicht?« sagte Brown. »Zwei Knüppel, drei Paar Handschellen, vier Polizeimützen ... die zwölf Weihnachtstage, wie das Lied.«

»Er wünscht uns also nur ein frohes Fest«, sagte Carella.

»Kaum«, sagte Brown. »Aber was noch fehlt, ist der erste Tag. Es sind die zwölf Weihnachtstage, Steve. Ich werde meinen nächsten Monatslohn darauf wetten.«

»Also was wird der *erste* Tag sein?«

»Rate mal«, sagte Brown und grinste.

Brown schmückte den Christbaum nicht gern.

Ihm gefiel auch nicht, wieviel Christbäume heutzutage kosteten. Als er ein Kind war, konntest du einen Riesenbaum für fünf Mäuse kriegen. Der zwei Meter zwanzig hohe Baum, den er dieses Jahr gekauft hatte, hatte ihn fünfunddreißig Dollar gekostet. Diebstahl. Er hätte auf keinen Fall einen Baum gekauft, wenn Connie, seine achtjährige Tochter, nicht darauf bestanden hätte. Connie glaubte noch an den Weihnachtsmann. Es gab keinen Kamin und folglich keinen Schornstein in der Brown'schen Wohnung, aber Connie ließ immer ein Glas Milch und einen Teller mit Chocolate-Chip-Plätzchen für den Weihnachtsmann unter dem Baum. Jedes Weihnachten mußte Brown das gottverdammte Glas Milch trinken, bevor er ins Bett ging. Er mußte auch einige der Chocolate-Chip-Plätzchen essen.

Das erste, was er am Christbaumschmücken nicht mochte, waren die Kerzen. Brown dachte, daß, wenn die Vereinigten Staaten einen Mann zum Mond schicken konnten, dann irgendein brillanter Wissenschaftler irgendwo auch einen Weg finden konnte, Christbaumkerzen ohne Drähte herzustellen. Brown war kein brillanter Wissenschaftler, aber er hatte sich persönlich einen sehr einfachen Weg ausgedacht, dies zu machen, und wenn irgendein hungernder Erfinder auf der Welt sich ein Vermögen verdienen wollte, dann war er bereit, seine Idee gegen einen großen Anteil am Unternehmen herzugeben. Er wußte genau, wie es im Prinzip funktionierte, aber er hatte nicht das elektrotechnische Know-how, um es zu Papier zu bringen. Er hatte seine Idee nie mit jemandem laut besprochen, weil er nicht wollte, daß sie ihm gestohlen wurde. Es gab eine Menge Schwindler auf der Welt, wie er nur zu gut wußte, und es schien ihm wahrscheinlich, daß seine Multimillionendollar-Idee ihm gestohlen wurde, sobald er mit jemandem darüber sprach. Er hatte schon einen Namen für das Produkt: Problemlos. Wenn er jemanden als Partner hätte, dann könnten sie jedes Jahr Milliarden und Milliarden von Christbaumkerzen verkaufen. Problemlos. Keine Drähte, die um die Zweige gewickelt werden mußten. Jedes Christbaumlicht eine einzelne Einheit, die überall an den Baum gehängt werden konnte. Man brauchte sich nur mit ihm in Verbindung zu setzen, ihm zu Händen des 87. Reviers zu schreiben, ihm ein Angebot zu machen. Er war bereit zuzuhören.

In der Zwischenzeit kämpfte er mit den verdammten Kerzen.

Niemand half ihm.

Das war das *zweite*, was er am Christbaumschmücken nicht mochte.

Seine Frau Caroline war in der Küche und backte die Chocolate-Chip-Plätzchen, die Connie am Heiligabend unter den Baum stellte und von denen Brown später eines essen mußte, während er das verdammte Glas Milch trank. Connie saß im Vorzimmer und guckte fern. Ganz allein im Wohnzimmer kämpfte Brown zuerst mit den Kerzen und dann mit den Kugeln, die die dritte Sache waren, die er am Baumschmücken nicht mochte. Nicht die Kugeln als solches – außer, wenn eine vom Baum fiel und in tausend Stücke zerbrach und die ganzen silbernen Splitter hinterließ, die unmöglich zu entfernen waren –, sondern die kleinen Haken, die die Kugeln am Baum hielten. Wie kam es, daß, egal, wie vorsichtig du die ganzen Kugeln nach Weihnachten wegpacktest, es immer mehr Kugeln als Haken gab? Brown hatte den Verdacht, daß es eine internationale Christbaumkugelhaken-Diebesbande gab.

Der Geruch von backenden Plätzchen breitete sich in der Wohnung aus.

Die Geräusche von Zeichentrickfilmfiguren breiteten sich in der Wohnung aus.

Brown arbeitete am Baum.

Nur noch zwei Tage, dachte er.

Seine Tochter Connie tauchte plötzlich in der Tür auf.

»Wieso gibt es keine schwarzen Weihnachtsmänner?« fragte sie.

Brown seufzte.

Die zwölf Tage von Weihnachten.

Die zwölfte Nacht.

Das Dreikönigsfest.

Am ersten Weihnachtstag würden die Detectives der 87. Mannschaft zweifellos feiern, ihre eigenen ärmlichen Geschenke öffnen und nicht einen Augenblick das erste *seiner* Geschenke erwarten. Aber sie würden es bekommen und vielleicht endlich begreifen, worum es bei seinen Vorankündigungen gegangen war. Sie würden aber nicht – wenn seine Briefe unverständlich genug gewesen waren – erkennen, was ihnen für den 5. Januar, die zwölfte Nacht, den Dreikönigsabend, auch Epiphanienfest genannt, vorbehalten war.

Kleingeschrieben bedeutete das englische Wort »epiphany« die plötzliche Offenbarung einer grundlegenden Wahrheit über eine Person oder Situation. Das englische Wort stammte natürlich vom griechischen *epiphaneia*, die Offenbarung der Götter vor sterblichen Augen, aber der irische Schriftsteller James Joyce – einer der Lieblinge des Tauben – hatte das Wort zuerst in der modernen Literatur popularisiert, als er seine frühen experimentellen Prosastücke »epiphanies« nannte. Ein plötzlicher Gedankenblitz. Würden die Männer des 87. endlich begreifen? Vor dem plötzlichen Blitz? Währenddessen? Es würde nachher für Erkenntnisse keine Zeit mehr geben.

Er lächelte wieder.

Der Dreikönigstag. Der 6. Januar. Zur Ehrung der ersten Offenbarung Jesu Christi vor den Heiden. Am Dreikönigsabend, der Zwölften Nacht, wie sie genannt wurde – oh, was für einen Spaß hatte Shakespeare in seinem Stück »Was ihr wollt« damit gehabt – würde sich der Taube den Detectives zu erkennen geben, ihnen zum ersten, letzten und einzigen Mal klarmachen, daß er keinen weiteren Eingriff in seinen gewählten Beruf duldete. Bei drei vorangegangenen Anlässen hatte er ihnen jede Gelegenheit gegeben, seine Pläne zu vereiteln, hatte sie ihnen praktisch im voraus vorgelegt – aber nie hätte er geahnt, daß seine Pläne wirklich schiefgehen würden. Oh, nicht durch irgendeine brillante Schlußfolgerung ihrerseits, nein, das würde ihnen viel zuviel Intelligenz unterstellen. Sondern eher durch plumpe Zufälle. Zufälle. Der Fluch im Leben des Tauben.

Zufälle.

Das erste Mal war es ein Cop gewesen, der ein Eis von dem gestohlenen Flucht-LKW des Tauben kaufen wollte. Wollte ein Eis am Stiel. Eins von der Extraklasse mit den Walnußstücken. Hatte nicht einmal den Verdacht, daß das Tiefkühlfach mit gestohlenem Geld der Mercantile Trust vollgestopft war. Aber vermasselte den Job nichtsdestotrotz – durch Zufall.

Das nächste Mal waren es zwei kleine Gauner, die einen Überfall auf eine Schneiderei an genau dem gleichen Abend machten, als der Taube ein kleines überraschendes Schnippchen, das zu seinem großen Erpressungsplan gehörte, plante. Hinten im Laden waren zwei Detectives, die auf die Gauner warteten. Der Taube und seine Komplizen waren genau im gleichen Augenblick zur Vordertür hereingekommen. Greifer! Eine Falle für die zwei Gauner, und der Taube kam zufällig hereinspaziert. Carella hatte ihn bei dieser Gelegenheit angeschossen; er würde nie vergessen, daß Carella ihn angeschossen hatte, würde ihm das nie verzeihen.

Das letzte Mal – na ja, er konnte es wohl Carella als Verdienst anrechnen, daß er es ausgetüftelt hatte, obwohl er ihm sicherlich genug Hilfstellung gegeben hatte. Das war sein Fehler gewesen. Er hatte es allzu deutlich dargestellt, zu fair. Er hatte Carella praktisch gesagt, daß er plante, dieselbe Bank zweimal am gleichen Morgen auszurauben, das A-Team in eine Falle schicken und dann mit seinem B-Team hereinspazieren – und einen wartenden Carella vorzufinden.

Carella war klüger, als der Taube gedacht hatte.

Er war vielleicht sogar klüger, als er *selbst* dachte.

Zufälle, nicht Fehler.

Aber jetzt – genug der Nettigkeiten.

Es gab keine Regeln, die besagten, daß er fair spielen mußte.

Sie konnten sich glücklich schätzen, daß er überhaupt spielte.

Am Abend vor Weihnachten würde der Taube eine halbe Million Dollar stehlen, vielleicht noch mehr.

Und es würde ihm diesmal gelingen, weil er diesmal die Polizei nicht im voraus gewarnt hatte. Also, ja, er hatte nicht widerstehen können, Elizabeths Leiche im Park gegenüber vom Revier zu lassen. Aber nackt und daher nicht identifizierbar. Und das war der einzige Hinweis gewesen, wenn es überhaupt als solcher gedeutet werden konnte, den er zu dem Job am Heiligabend gegeben hatte.

Am Dreikönigsabend, der zwölften Nacht, würde er die Detectives – zumindest die meisten von ihnen –, die im alten Gebäude gegenüber dem Grover Park arbeiteten, vernichten.

Und auch *das* würde ihm gelingen.

Weil, obwohl er sie gewarnt hatte, er sie nicht richtig gewarnt hatte.

Sie würden sterben.

Auf schreckliche Weise.

Der Gedanke ließ ihn lächeln.

Heute abend war der 23. Dezember.

Heute abend gab es noch etwas zu tun.

In dieser Gegend mußtest du vorsichtig sein, auch wenn es kurz vor Weihnachten war. In der Tat vielleicht sogar noch vorsichtiger zu dieser Jahreszeit; die Leute machten komische Dinge um die Weihnachtszeit. Viele Leute hier in der Gegend konnten sich an eine Zeit erinnern – nun, es war nicht zur Weihnachtszeit gewesen, es war irgendwann vor Jahren im März gewesen –, sie konnten sich daran erinnern, daß einige junge Typen Penner angezündet hatten, die in Türeingängen schliefen. Säufer. Sie hatten die Säufer mit Benzin überschüttet und sie angesteckt. Doug Hennesy hatte damals nicht in dieser Stadt gewohnt, aber er hatte eine Menge über jenen weit zurückliegenden Sport gehört, und er wußte, daß du in dieser Stadt vorsichtiger sein mußtest als in vielleicht sonst jeder Stadt auf der Erde. Nicht, daß Doug sich als Penner betrachtete. Oder sogar als Säufer. Doug war eine Straßenperson, jawohl, das war er.

Er genoß die Festtage nicht sonderlich, weil die Straßen immer zu voll waren, jeder hetzte herum, jeder selbstsüchtig und nur mit sich beschäftigt, geschweige denn drückte jemand eine Münze in die Hand eines Notleidenden, wie Doug einer war. Heute hatte er ganze vier Dollar und zweiundzwanzig Cent gekriegt – zwei Tage vor Weihnachten, kannst du dir das vorstellen? Wo blieb der Geist des Gebens? –, und das hatte auch von acht Uhr morgens bis fast sieben Uhr abends gedauert. Er fragte sich immer wieder, wer ihm die zwei Cent gegeben hatte. War es der gutgekleidete Typ im Waschbärenfellmantel und Biberhut gewesen?

Zwei Cent. Aber das Geld, das Doug eingesackt hatte, hatte für drei

Flaschen exzellenten Wein zu ein Dollar vierzig pro Flasche, inklusive Steuer, gereicht, und er hatte die zwei Cent noch übrig. Er hatte schon eine der Flaschen getrunken, und er hatte vor, die zwei restlichen Flaschen während der Nacht zu genießen, in den Türeingang hier in der Mason Avenue gekauert.

Den Nutten in der Mason Avenue gefiel die Vorstellung nicht, daß Straßenleute in den Türeingängen schliefen. Sie fanden, daß es das Viertel schäbig aussehen ließ, als ob es irgend etwas gab, das es noch schäbiger aussehen lassen könnte. Sie dachten, es wäre schlecht für das Geschäft. Wenn Downtown-Kunden hier rauffuhren, um sich einen schwarzen oder puertoricanischen Arsch zu besorgen, dann wollten sie keine in den Türeingängen herumkriechenden Saufbrüder sehen. Die Nutten der Mason Avenue dachten daran, eine Petition gegen Straßenleute, die ihre Gegend schäbig aussehen ließen, einzureichen. Na ja, Doug konnte es ihnen wohl nicht verübeln. Die arbeiteten schwer, diese Mädels. Er versuchte, sich zurückzuerinnern, wann er zuletzt mit einer Frau ins Bett gegangen war, ob Nutte oder sonstwie. Konnte sich um alles in der Welt nicht erinnern. Damals in Chicago, oder? Damals, als er Buchhalter in Chicago gewesen war? In einem anderen Leben.

Einige der männlichen Straßenleute, die mißbrauchten die Frauen, die genau wie sie auf der Straße wohnten. Sie fanden eine Pennerin, die mit ihren Einkaufstüten zusammengerollt in einem Türeingang lag, hoben ihren Rock hoch, mißbrauchten sie. Doug würde nicht in einer Million Jahren sowas tun, das Unglück eines anderen Menschen ausnützen. Er hatte jemanden gesehen – das war gestern gewesen, es hatte ihm fast das Herz gebrochen. Er hatte diese junge Straßenperson gesehen, sie mochte nicht älter als acht- oder neunundzwanzig gewesen sein, sie trug einen rosa Pullover über einem dünnen Baumwollkleid, wollene Handschuhe mit abgeschnittenen Fingern, Jesus Christus, sie hatte ihm fast das Herz gebrochen. Sie stand in einem Türeingang. Betrachtete sich in der Glasscheibe der Tür. Die Hände über ihren Bauch gefaltet. Untersuchte ihren Bauch. Die Finger in den abgesägten Handschuhen gespreizt. Berührte ihren Bauch. Er war so groß wie eine Wassermelone. Und in ihrem Gesicht ein Ausdruck totaler Verwirrung. Einen Augenblick stellte sich Doug vor, wie sie irgendwo in einem Schlafzimmer stand, die Tür zur Garderobe offen, ein langer Spiegel, stellte sich vor, wie sie in einem seidenen Nachthemd dastand, ihre Hände auf ihrem schwangeren Bauch ausgebreitet, genauso, wie sie in dem Türeingang auf ihrem Bauch ausgebreitet waren, nur mit einem anderen Ausdruck in ihrem Gesicht. Ein Blick des Stolzes, der Zufriedenheit. Eine junge schwangere Frau, die von dem Wunder eingeschüchtert ist, mit leuchtendem Gesicht. Statt dessen, ein Türeingang an einem kalten Tag kurz vor Weihnachten – und ein Blick totaler Verwirrung.

Ach Gott, die armen Elenden dieser Welt.

Er schraubte die zweite Flasche Wein auf.

Es würde eine weitere kalte Nacht werden.

Vielleicht würde er an Weihnachten zu der Heilsarmee-Volksküche herübergehen.

Na ja, er würde sehen. Es hatte keinen Zweck, im voraus Pläne zu machen.

Er hielt die Flasche an seinem Mund, als der Mann plötzlich aus der Dunkelheit auftauchte. Die Straßenlaterne war hinter dem Mann: Doug konnte sein Gesicht nicht sehr deutlich sehen. Nur das blonde Haar, das im Wind wehte. Und etwas in seinem rechten Ohr, das wie ein Hörgerät aussah.

»Guten Abend«, sagte der Mann freundlich.

Doug hielt ihn für einen Freier aus der Downtown, der hier oben auf Mösenfang war.

»Guten Abend«, erwiderte er, und dann – vom Geist festlicher Großzügigkeit durchdrungen – hob er die Weinflasche und fragte: »Möchten Sie etwas Wein, Sir?«

»Nein, danke«, sagte der Mann. »Ich möchte Ihr Ohr.«

Zuerst dachte Doug, daß der Mann reden wollte, Mitbürger, Freunde, Landsleute, leiht mir die Aufmerksamkeit eurer Ohren. Aber dann, plötzlich und furchterregend, sah er ein Schnappmesser in der Hand des Mannes aufspringen. In der Klinge spiegelte sich das Licht der Verkehrsampel an der Ecke, der Stahl blitzte rot und dann grün, als die Ampel umschaltete, kleine zwinkernde Weihnachtslichter, und auf einmal hatte der Mann die linke Hand an Dougs Kehle, zwang ihn im Türeingang auf den Rücken. Die Weinflasche fiel auf den Bürgersteig – ein Dollar vierzig! – zersplitterte in Tausende von Scherben aus grünem Glas, als der Mann ihn auf seine linke Seite dreht, das Messer blitzte gelb und dann rot, als die Ampel wieder umschaltete.

Doug spürte eine brennende Feuerlinie unmittelbar über seinem rechten Ohr.

Und dann zog sich das Feuer nach unten, breitete sich aus, der Schmerz so scharf, daß Doug schrie und sofort seine Hand zu seinem rechten Ohr hob.

Sein rechtes Ohr war weg.
Seine Hand fuhr blutbeschmiert zurück.
Er schrie noch mal.
Der blonde Mann mit dem Hörgerät verschwand so plötzlich, wie er aufgetaucht war.
Doug schrie weiter.
Eine Nutte in rotem Weihnachtssatin und Kunstpelz raschelte auf dem Weg zur Bar weiter oben in der Straße vorbei. Ihre Stöckelabsätze klapperten auf dem Bürgersteig, und sie sah in den Türeingang hinein und schüttelte ihren Kopf und rollte mit ihrer Zunge.

10

An Heiligabend dämmerte es hell und klar und strahlend kalt. Der Taube war erfreut. Schnee hätte seine Pläne keineswegs gestört, aber er zog diese Art von Wetter vor. Es ließ das Blut summen.

Er liebte die Weihnachtszeit. Liebte die ganzen Weihnachtsmänner, die an fast jeder Ecke mit ihren Glocken läuteten. Liebte die Pferdedroschken in den Straßen. Liebte den großen Christbaum am Andover Square. Liebte die ganzen kleinen rotznasigen Kinder, die alles, was sie sahen und hörten, mit Oohs und Aahs bewunderten. Liebte den Gedanken an all das Geld, das darauf wartete, gestohlen zu werden.

Die Straßen waren mit Feiertagseinkäufern überflutet.

Das war gut.

Mehr Geld in der Kasse.

Der Taube lächelte.

Er hatte Charlie Henkins in einem Hotel etwa zehn Blocks vom 87. Reviergebäude entfernt untergebracht. Nichts Berühmtes und wahrscheinlich ein Haus, das von einer großen Anzahl Prostituierten frequentiert wurde, aber das beste, das sich in der Gegend finden ließ. Er selbst hatte ein Ziegelsteinhaus weit entfernt vom Revier gemietet. Charlie war nie dort gewesen. Es war wichtig, daß er nicht wußte, wo der Taube wohnte. Nach dem Job, wenn Charlie merkte, daß niemand mit dem ganzen schwer erworbenen Bargeld ins Hotel kommen würde, wollte der Taube nicht, daß ihm jemand einen unerwarteten Besuch abstattete. Aber selbst wenn Charlie herumschnüffelte, würde er das Haus nie finden. Der Taube hatte es als Dr. Pierre Sourd gemietet. Kleingeschrieben hieß *pierre* Stein auf französisch. *Sourd* bedeutete taub. Zusammen mit ein bißchen dichterischer Freiheit – die Redewendung hätte eigentlich *complètement sourd* heißen müssen, oder, etwas geläufiger, *sourd comme un pot* – die Worte bedeuteten »taub wie ein Stein«.

Elizabeth war Anfang Oktober mit ihm in das Haus eingezogen. Er hatte sie im September im Isola Modern Art Museum kennengelernt, das die Einwohner der Stadt liebevoll IMAM nannten. In muselmanischen Ländern war ein Imam ein islamischer Gebetführer, aber in dieser Stadt war es ein Museum und ein guter Ort, um empfängliche junge Frauen kennenzulernen. Sprich sie vor den Matisses und Chagalls an – möchten Sie etwas Tee im Garten? Schüchtern war sie, die Elizabeth. Eine Jungfrau, hatte er zuerst gedacht – aber es gab Überraschungen. Es gab immer Überraschungen.

Hatte erfahren, daß sie seit ungefähr August als Chefkassiererin arbeitete. Ah, tatsächlich. Hatte erfahren, daß sie mit großen Geldsummen zu tun hatte. Wirklich, Elizabeth? Nannte sie Elizabeth, was sie liebte. Sie haßte es, wenn Leute sie Lizzie oder Liz nannten. Drei-, vierhunderttausend Dollar am Tag, hatte sie gesagt. Ach du meine Güte, hatte er gesagt. Er hatte sie gleich an dem Abend gefickt. Sie schrie. Die Stillen schrien immer.

Das Hotel, das Charlie bewohnte, hieß Excelsior, ein erstklassiges Beispiel von Übertreibung, vielleicht weil das Wort vom lateinischen *excelsus* stammte, von der Vergangenheitsform von *excellere*, was »sich hervortun« bedeutete. Vielleicht hatte das Excelsior sich einst, in einer längst vergessenen Vergangenheit, in der Tat hervorgetan – aber der Taube zweifelte daran. Andererseits war »excelsior« das Wort, das man benutzte, um die dünnen, gekringelten Hobelspäne zu beschreiben, die zum Verpacken und auch – in den Händen eines Brandstifters – um Brände anzustecken benutzt wurden. Also war das Gebäude vielleicht angemessen benannt worden, schließlich stellte es mit Sicherheit eine Brandgefahr dar. Das Wort »excellent« stammte auch vom lateinischen – *excellens*, welches das Participium präsens des gleichen Wortes *excellere*, »sich hervortun«, war.

Der Taube liebte Wörter.

Der Taube liebte es auch, sich hervorzutun.

Manchmal glaubte er, daß er sich als Romanschriftsteller hervorgetan hätte, obwohl es außerhalb seines Gesichtskreises lag, warum jemand einer solch trivialen Beschäftigung nachgehen wollte.

Charlie Henkins lernte gerade die Kombinationen, als der Taube das Zimmer betrat.

»Ich habe die Kombinationen noch mal angeguckt«, sagte er.

»Laß sie mich hören«, sagte der Taube. »Äußere Tür.«

»Sieben-sechs-eins, zwo-drei-acht.«

»Und die innere Tür?«

»Neun-zwo-vier, drei-acht-fünf.«

»Gut. Und der Safe selber?«

»Zwo-vier-sieben, vier-sechs-drei.«

»Gut. Noch mal.«

»Äußere Tür, Tastatur rechts, sieben-sechs-eins, zwo-drei-acht. Innere Tür, Tastatur wieder rechts, neun-zwo-vier, drei-acht-fünf. Führt gleich in den Tresorraum, die Chefkassiererin und ihre Assistentin an zwei Schreibtischen, das Geld im Safe, Tastatur rechts, zwo-vier-sieben, vier-sechs-drei.«

»Du erschießt sie sofort«, sagte der Taube.

»Weil es an beiden Schreibtischen Alarmknöpfe gibt.«

»*Unter* beiden Schreibtischen, ja. Mit Fußbetätigung. Du sagst, ›Frohes Fest, meine Damen‹, und erschießt sie.«

»Dieser Schalldämpfer wird funktionieren, was?«

»Er wird funktionieren, ja.«

»Weil ich noch nie eine Kanone mit Schalldämpfer benutzt habe.«

»Er wird funktionieren, du brauchst dir keine Sorgen zu machen.«

»Nachdem ich das Geld in den Sack gepackt habe . . .«

»Nicht nur das Geld. Alles, was in dem Safe ist.«

»Schecks, alles, weil es keine Zeit zum Sortieren gibt. Ich werfe halt alles in den Sack.«

»Korrekt.«

»Und dann verlasse ich das Gebäude durch den Personaleingang.«

»Korrekt.«

»Und du wirst draußen auf dem Bürgersteig warten.«

»Und ›Stille Nacht‹ spielen.«

»Ja, ›Stille Nacht‹«, sagte Charlie und lächelte.

Detective Richard Genero öffnete die obere Schublade seines Schreibtisches und blickte noch mal auf die Einladung:

ES GIBT EINE PARTY!

FÜR: Detective-Lieutenant Peter Byrnes

AM: 5. Januar

UM: 20 Uhr

WO: Im Dienstraum des 87. Reviers

In der gleichen Handschrift war folgendes auf die Klappe der Karte gekritzelt:

Richard – Ich konnte nicht alle einladen, also halten Sie das bitte geheim, ja? Harriet.

Er hatte die Einladung vor zwei Tagen bekommen. Er hatte eine ganze Weile gebraucht, um herauszukriegen, daß Harriet Harriet Byrnes, die Frau des Lieutenants, war. Er hatte Hal Willis eine vorsichtige Frage gestellt – »He, wer ist denn Harriet?« –, und Hal Willis hatte ihm zugezwinkert und gesagt: »Petes Frau.« Genero hatte den Verdacht, daß auch Hal Willis zur Party eingeladen worden war, aber er war zur Verschwiegenheit verpflichtet und hatte also kein weiteres Wort gesagt. Jetzt fragte er sich, was der Anlaß der Party war. Es kam ihm komisch vor, daß Mrs. Byrnes nicht erwähnt hatte, was der Anlaß war. Und wie sollte er Mrs. Byrnes am Abend der Party nennen? Sie hatte die Einladung mit »Harriet« unterschrieben, nicht? Sollte er sie Harriet nennen? Sollte er den Lieutenant Pete nennen? Er hatte ihn nie im Leben Pete genannt.

Genero haßte es, wenn eine Sache kompliziert wurde.

Zum Beispiel, warum hatte Mrs. Byrnes ihn Richard genannt. Die einzige Person auf der Welt, die ihn Richard nannte, war seine Mutter. Niemand in der Bereitschaft nannte ihn Richard. Niemand in der Bereitschaft nannte ihn Dick. Niemand auf der Welt nannte ihn Dick. Im Team nannten sie ihn Genero. Immer seinen Nachnamen, Genero. Sie nannten Carella »Steve«, und sie nannten Hawes »Cotton«, und Kling »Bert«, aber sie nannten ihn immer »Genero«. Seinen Nachnamen. Natürlich nannten sie Meyer »Meyer«, aber das lag daran, daß sein Vorname und sein Nachname genau gleich waren. Seine Mutter sagte ihm, daß es ein Zeichen des Respekts sei, wenn sie ihn mit Nachnamen ansprachen. Er sagte seiner Mutter, daß sie ihn nicht *Mr.* Genero nannten, sie nannten ihn bloß Genero. Sie beharrte darauf, daß es ein Zeichen des Respekts sei.

Sie beharrte auch darauf, daß er mehr über diese Party in Erfahrung brachte, weil er vielleicht ein Geschenk mitbringen mußte. Wenn es erwartet wurde, daß er ein Geschenk mitbrachte, und er brachte *kein* Geschenk, würde ihn das in des Lieutenants Augen schlecht dastehen lassen.

»Il mondo è fatto a scale«, sagte seine Mutter. *»Chi le scende e chi le sale.«*

Dies bedeutete: »Die Welt besteht aus Treppen, und es gibt Leute, die hinaufsteigen, und Leute, die hinabsteigen.«

Dies bedeutete ferner: Wenn Genero es zu irgend etwas bei der Polizei bringen wollte, dann sollte er gefälligst ein Geschenk auf die Party des Lieutenants mitbringen, wenn ein Geschenk erwartet wurde.

»Ognuno cerca di portare l'achqua al suo molino«, sagte seine Mutter.

Das hieß: »Jeder Mann versucht, Wasser zu seiner eigenen Mühle zu tragen.«

Welches ferner hieß: Es lag in Generos eigenem Interesse, ein Geschenk auf die Party des Lieutenants mitzubringen, wenn er es bei der Polizei zu irgend etwas bringen wollte.

Aber Harriet Byrnes hatte ihn gebeten, die Party geheimzuhalten.

Wie also konnte er jemanden fragen, ob ein Geschenk erwartet wurde? Es war alles sehr kompliziert.

Genero seufzte und sah aus dem Fenster zu dem Parkplatz hinter dem Revier hinaus. Frühnachmittagssonnenlicht glänzte auf den weißen Dächern der dort geparkten Streifenwagen.

Die Vorhersager versprachen Schnee zu Weihnachten, aber bei dem heutigen Wetter sollte man das nicht glauben. Es gab Tage, an denen man sich fragte, warum sich jemals jemand die Mühe machte, an den sogenannten Sonnengürtel zu ziehen. Kalt, ja, der Tag war kalt, man konnte das nicht verleugnen. Aber die Kälte beschleunigte einfach den Schritt, und man fühlte sich lebendiger. Und der Himmel war so blau, daß man ihn am liebsten umarmte. Und der strahlende Sonnenschein ließ alles sommerlich erscheinen, trotz der Kälte.

Die großen Geschäfte hatten ganzseitige Anzeigen in die Zeitungen gesetzt, die verkündeten, daß sie heute abend wie üblich bis sechs geöffnet waren. Es war ein prächtiger Tag zum Einkaufen. Die wohlwollende Sonne, die scharfe klare Luft, die einen daran erinnerte, daß es tatsächlich der Tag vor Weihnachten war, die Straßen, die von einer Atmosphäre der Vorfreude und Erwartung erfüllt waren, die willkommenheißende Wärme der Läden mit ihren glitzernden Auslagen, selbst die Kunden höflicher und liebenswürdiger als sonst, wenn sie nicht eins waren in dem Wissen, daß gerade Heiligabend war.

Im sechsten Stock von Gruber's Uptown-Filiale, nicht weit vom 87. Revier, war der Weihnachtsmann – oder vielmehr der Mann, der sich für den Weihnachtsmann *ausgab* –, erstaunt, eine Schlange von Kindern zu sehen, die um fünf Uhr nachmittags noch darauf warteten, ihn zu sehen. Er sagte all den Jungs, die auf seinen Schoß kletterten, daß sie ihre Spielzeugbestellungen schnell loswerden müßten, weil er hoch zum Nordpol eilen mußte, um die Rentiere zu füttern und sich auf seine lange Fahrt heute abend vorzubereiten. Die kleinen Jungs hatten alle Ehrfurcht vorm Weihnachtsmann, und sie plapperten ihre Bitten mit der Geschwindigkeit von Tabakauktionären herunter. Die kleinen Mädchen ließen sich soviel Zeit, wie sie konnten, vielleicht, weil das ihre letzte Chance war, beim Weihnachtsmann zu sein, bevor er morgen früh den Schornstein herunterkam, oder weil der Weihnachtsmann sie ermutigte, sich soviel Zeit zu nehmen, wie sie brauchten.

In Wirklichkeit hieß der Mann, der sich für den Weihnachtsmann ausgab, Arthur Drits, und das Castleview-Gefängnis im Norden des Staates war der dem Nordpol am nächsten gelegene Ort, an dem er jemals gewesen war. Dort hatte er eine schöne Latte von Jahren wegen Vergewaltigung ersten Grades verbracht, ein Verbrechen der Klasse B, das wie folgt definiert wird:

Ein Mann, der eine Frau zum Geschlechtsverkehr bringt:

1. durch gewaltsamen Zwang; ODER
2. die aufgrund körperlicher Hilflosigkeit unfähig zur Einwilligung ist; ODER
3. die jünger als elf Jahre ist.

Der Personaldirektor, der Drits angestellt hatte, um den Weihnachtsmann für Gruber's-Uptown-Filiale zu spielen, wußte nicht, daß er vorbestraft war oder daß er Kinder wirklich so sehr liebte, wie er behauptete, sie zu lieben – besonders kleine Mädchen unter elf Jahren. Der Personaldirektor sah nur einen lustig aussehenden Kerl mit einem kleinen Dickbauch und zwinkernden blauen Augen, und er dachte sich, daß er einen guten Weihnachtsmann abgeben würde. Auch nachdem Drits anfing, für den Laden zu arbeiten, merkte der Personaldirektor nie, daß der Weihnachtsmann die meisten kleinen Jungs kurz abfertigte, während er sogar häßliche kleine Mädchen ungebührlich lang auf seinem Schoß behielt.

Heute, um kurz nach fünf und obwohl der Laden offiziell die Türen um sechs schloß, behielt Drits ein kleines achtjähriges Mädchen mit blonden Locken fast fünf Minuten lang auf seinem Schoß, während er mit glasigen Augen ihre verschiedenen Forderungen anhörte. Er erinnerte sie daran, eine Tasse heißen Kakao für ihn zu hinterlassen, bevor sie ins Bett ging, und dann half er ihr von seinem Schoß, seine große, fleischige rechte Hand an ihre dicke rechte Hinterbacke geklammert, als er sie auf den Boden setzte und sich dem nächsten kleinen Mädchen in der Schlange zuwandte – einem lieben kleinen spanischen Mädchen mit glänzenden kleinen Augen und einem Mund wie ein Engel –, und er sagte: »Komm, Herzchen, setz dich hier auf meinen Schoß und sag mir, was du dir zu Weihnachten wünscht.«

Drits wünschte sich *sie* zu Weihnachten.

Er sah auf die Uhr an der gegenüberliegenden Wand und wünschte sich, daß dieser Job nie endete.

So was nannten Einbrecher einen Versteckjob.

Ein Typ ging in den Laden, er versteckte sich irgendwo im Laden, blieb da, bis sie alles abgeschlossen hatten und nach Hause gingen. Dann setzte der versteckte Mann die Alarmanlage außer Betrieb, ließ seinen Partner herein, und zusammen raubten sie den Laden aus. Nur würde dies kein Einbruchsdiebstahl sein, sondern ein bewaffneter Überfall. Und Charlie würde nicht warten, bis der Laden abgeschlossen war, weil er sich dann nicht mehr verpissen konnte. Aber in jeder anderen Beziehung war es ein Versteckjob. Während Charlie hier in der Herrentoilette im sechsten Stock von Gruber's wartete, bis die ganzen Kunden aus dem Laden gescheucht waren. Dann den Flur entlang zum Kassenbüro und frohes Fest, meine Damen.

Nicht viele Leuten wußten, daß viele Kaufhäuser genau wie Banken einen eigenen Tresorraum hatten. Der Tresorraum war notwendig, weil Kaufhäuser einen großen Bargeldumsatz machten und die meisten länger als die Banken geöffnet waren. Was machte man also mit dem ganzen Bargeld, wenn die Banken schon geschlossen waren? Man hatte einen eigenen Tresorraum und Sicherheitsbeamte, genau wie eine Bank, und bewahrte das Geld über Nacht da auf, bis man es bei einer Bank einzahlen konnte. *Manche* Kaufhäuser ließen das Geld von einem Panzerwagen abholen, um es über Nacht in einen Sicherheitstresor zu bringen, aber Lizzie Turner hatte ihnen erzählt, daß Gruber's keine Panzerwagen hatte, die kamen, um irgend etwas abzuholen. Gruber's hatte einen eigenen Tresorraum mit einem eigenen Safe.

Morgen war Sonntag.

Unter normalen Umständen wurden die Bareinnahmen vom Samstag Montag früh im Kassenbüro kontrolliert und dann von zwei bewaffneten Wächtern von Gruber's zur Einzahlung auf die Bank gebracht.

Aber morgen war nicht nur Sonntag, sondern auch der erste Weihnachtstag.

Und das hieß, daß Montag, der 26. Dezember, der zweite Feiertag war und die Banken auch dann geschlossen waren. Wenn alles glattging, dachte Dennis, würde bis Dienstagmorgen, wenn das Kassenbüro öffnet, niemand bemerken, daß das Geschäft überfallen worden war.

Charlie saß mit bis zu den Knöcheln heruntergelassener Hose auf der Toilette. Er hatte seit fast einer halben Stunde auf der Toilette gesessen und dem Durchgangsverkehr in der Herrentoilette in Gruber's sechstem Stock zugehört. Er sollte nicht vor sechs Uhr fünfundvierzig anfangen.

Lizzie hatte ihnen gesagt, daß die Sicherheitsvorkehrungen im Kassenbüro sehr gut waren, besser als die, die manche Banken hatten. Zwei verschiedene Kombinationen für die zwei Stahltüren, die in den Tresor führten, und noch eine für den Safe selbst. Keine Fenster im Tresorraum. Nur die zwei Schreibtische, die verschiedenen Rechenmaschinen und Computer und dergleichen und der große Safe an der gegenüberliegenden Wand. Nach dem Ladenschluß um sechs benötigte jeder Abteilungsleiter in jeder Etage höchstens eine halbe Stunde, um seine Kassenbons zusammenzurechnen, sie in eine Plastiktasche mit Reißverschluß zu stecken und sie ins Kassenbüro im sechsten Stock hinaufzutragen.

Lizzie sagte, daß sie und ihre Assistentin dann die Plastiktaschen voller Bargeld in den Safe stellten, die Safealarmanlage und die Alarmanlage für beide Tresortüren einschalteten, bevor sie das Büro jeden Abend um kurz vor sieben verließen. Es kam selten vor, daß ein Angestellter oder ein Manager nach sieben noch im Gebäude war. Die Angestellten gingen alle durch den Personaleingang im Erdgeschoß hinaus. Dort beobachtete sie der Sicherheitsbeamte, während sie ihre Kontrollkarten in der Stempeluhr abstempelten. Nachdem alle Angestellten gestempelt hatten, stellte der Wächter die externe Alarmanlage des Ladens ein.

Sie hatte ihnen das alles erzählt, während sie den Job planten.

Nettes Mädchen, Lizzie. Auch klug. Kündigte bei Gruber's Anfang Oktober und blieb jetzt versteckt, bis es Zeit war, das Geld aufzuteilen. Das würde morgen früh sein. Weihnachten für alle drei. Weihnachten in Charlies Zimmer im Excelsior, sobald Dennis mit dem ...

Aus einem Lautsprecher an der Wand dröhnte plötzlich der Klang einer Frauenstimme, was hier in der Herrentoilette überraschte.

»Meine Damen und Herren, Gruber's schließt in zwanzig Minuten«, sagte die Frauenstimme. »Wir bitten Sie, Ihre Einkäufe vor sechs Uhr zu erledigen. Wir danken Ihnen und wünschen ein frohes Fest.«

Charlie sah auf seine Uhr.

Er erhob sich dann, zog seine Unterhose und seine Hose hoch, schnallte den Gürtel zu und langte nach dem Koffer, den er an eine Seite des Abteils gestellt hatte.

Ein riesiges rotes Banner mit einem vergoldeten Rand hing von einer Flaggenstange und wehte im Wind über Gruber's Seiteneingängen. Grüße waren in Gold untereinander auf das Banner gestickt:

FROHES FEST
FELIZ NATAL
JOYEUX NOËL
BUON NATALE

Unter dem Banner, und näher am Bordstein, stand ein Mann in einer Heilsarmeeuniform neben einem eisernen Kessel, der an einem Dreifuß hing. Ein Schild, das am Dreifuß befestigt war, lautete:

Aus einem Kassettenrecorder heulte »Stille Nacht«.

Der Mann in der Heilsarmeeuniform trug ein Hörgerät in seinem rechten Ohr, aber niemand konnte es sehen, denn er trug auch Ohrenschützer.

»Gott segne Sie«, sagte er zu einem Mann, der ein Vierteldollarstück in den Kessel warf.

»Meine Damen und Herren, Gruber's schließt in fünfzehn Minuten«, sagte die Frauenstimme. »Wir bitten Sie, Ihre Einkäufe vor sechs Uhr zu erledigen. Wir danken Ihnen und wünschen ein frohes Fest.«

In der Herrentoilette im sechsten Stock sah Charlie noch mal auf seine Uhr. Er hatte das Kissen schon an seinem eigenen, nicht zu verachtenden Bauch befestigt, und er hatte die rote Hose und die schwarzen Stiefel schon angezogen, und jetzt schlüpfte er in den roten Mantel. Er knöpfte den Mantel zu. Er schnallte den breiten schwarzen Gürtel fester um seine Taille und legte sich dann den Bart und die rote Mütze mit dem weißen Fell am Rand an. Er würde den Bart ein letztes Mal vor den Spiegeln über dem Waschbecken zurechtrücken, bevor er die Toilette verließ. Er griff noch mal in den Koffer, entnahm, den großen Drillichsack, auf dem grün und rot FROHES FEST stand, und nahm dann die Pistole mit dem Schalldämpfer. Er steckte die Pistole unter den Mantel, über das Kissen und seinen eigenen Dickbauch.

Draußen vor dem Abteil urinierte jemand in eines der Pissoirs.

»Meine Damen und Herren, Gruber's schließt in fünf Minuten«, sagte die Frauenstimme. »Wir bitten Sie, Ihre Einkäufe vor sechs Uhr zu erledigen. Gruber's wird am Dienstag, dem siebenundzwanzigsten Dezember, wieder geöffnet haben, und dann werden alle Waren im Laden zwischen dreißig und fünfzig Prozent im Preis reduziert sein. Wir danken Ihnen und wünschen ein frohes Fest.«

Die Bürgersteige vor Gruber's wirkten wie ein orientalischer Basar.

Der Tatsache bewußt, daß der Laden um sechs Uhr zumachte, und desweiteren bewußt, daß heute Heiligabend war und daß die letzten Spätkäufer vielleicht bereit waren, im letzten Augenblick ein paar Mäuse für ein Geschenk hinzulegen, waren die Straßenhändler in Scharen vertreten, und was da keinen Platz fand, breitete sich von den bevorzugten Standorten an den Haupteingängen bis hier in die Seitenstraßen aus. Rechts von dem Heilsarmeekessel stand ein puertoricanischer Mann mit einer großen Auswahl von Armbanduhren, die in einem zerlegbaren Kasten ausgelegt waren, der auf einen Klappständer gestellt war. Falls Polizei auftauchte und der Mann keine Verkaufserlaubnis hatte, würde er den Kasten und den Ständer zusammenklappen, wie ein Araber sein Zelt zusammenfaltet, und in die Nacht verschwinden, genauso rasch, wie er gekommen war. Der Taube nahm an, daß all die Uhren gestohlen waren. Warum sonst würde der Mann sie für fünf Dollar das Stück verkaufen?

»Fünf Dollar!« schrie der Mann. »Nagelneu' Armbanduhre', fünf Dollar!«

Links vom Tauben schrie ein anderer Bürgersteigentrepreneur über die Klänge von »Stille Nacht« aus dem Kassettenrecorder des Tauben eine Werbeparole für seine Waren heraus: mehr als zwei Dutzend Schals in verschiedenen leuchtenden Farben, die auf einer von Motten zerfressenen Armeedecke ausgelegt waren.

»Reine Seide!« schrie er den Passanten zu. »Freie Auswahl, drei Dollar das Stück, vier für zehn Dollar, reine Seide!«

An der Ecke, wo die Seitenstraße und Avenue sich kreuzten, verkaufte ein Mann Hot dogs von einem Karren. Ein anderer Mann verkaufte Brezeln. Ein dritter Mann verkaufte frischgepreßten, hundertprozentigen Orangensaft und italienisches Eis.

Etwas weiter oben in der Avenue begann die Glocke im Turm der Christi-Himmelfahrt-Kirche zwei Minuten zu früh die Stunde zu schlagen.

Der Personaldirektor kam um zwei Minuten vor sechs in die Spielzeugabteilung im sechsten Stock. Der Weihnachtsmann saß alleine auf seinem Thron. Der Personaldirektor – dessen Name Samuel Aronowitz war – ging zu ihm und sagte: »Wir werden heute keine kleinen Mädchen und Jungen mehr empfangen, Weihnachtsmann. Kommen sie, trinken wir einen.«

Der Weihnachtsmann seufzte hoffnungslos.

Sie gingen den Flur entlang an der verwirrenden Sammlung von Schildern vorbei, die in jede Kompaßrichtung zielten: MANAGERBÜRO. KASSENBÜRO. KREDITBÜRO. REKLAMATIONEN. PERSONALBÜRO. SPIELZEUGABTEILUNG. WEIHNACHTSMANN. TELEFON. TOILETTEN.

Als sie das Personalbüro betraten, hörte Aronowitz wieder die Frauenstimme aus den Lautsprechern.

»Meine Damen und Herren, es ist jetzt sechs Uhr. Falls Sie noch im Laden sind, bitten wir Sie, den Fourth-Street-Ausgang zu benutzen. Wir möchten diese Gelegenheit nützen, Ihnen ein frohes Fest zu wünschen, von Gruber's Uptown, Downtown und in der ganzen Town. Allen ein frohes Fest und einen schönen Abend.«

»Das ist aus unserer Radiowerbung«, sagte Aronowitz.

»Sir?« sagte Drits.

»Die ›Uptown, Downtown und in der ganzen Town‹-Zeile. Sehr wirksam. Kommen Sie rein, kommen Sie rein, was möchten Sie trinken? Ich habe Scotch und Gin.«

»Etwas Scotch, bitte«, sagte Drits.

Im Kassenbüro sahen Molly Driscoll und Helen Ruggiero beide in genau dem gleichen Moment auf die Uhr. Molly war Chefkassiererin. Sie war seit Mitte Oktober Chefkassiererin. Helen war Kassenassistentin und wütend, daß sie nicht befördert worden war, als Liz Turner den Job aufgab.

Es war jetzt Viertel nach sechs, und alle Abteilungen außer Modische Frau, Hausrat, Große Haushaltsgeräte, Junge Leute und Koffer und Taschen hatten ihre Reißverschlußtaschen mit Rechnungsbons sämtlicher Kassen des Kaufhauses abgeliefert. Die Taschen wurden durch eine kleine Stahlschublade, die in die Wand eingelassen war, die im rechten Winkel zu der äußeren Tresortür stand, durchgegeben. Beide Stahltüren zum Tresor waren geschlossen und verriegelt. Die Safetür stand offen. Sie würden sie abschließen und die Alarmanlage daran einschalten, nachdem die letzten Bons eingereicht worden waren.

Helen und Molly waren sehr erpicht darauf, hier abzuzischen.

Molly wollte nach Hause zu ihrem Mann und den drei Kindern. Helen drängte es zur Wohnung ihres Freundes. Er hatte ihr erzählt, daß er heute nachmittag erstklassiges Koks gekauft hatte.

»Wo bleiben die anderen nur?« fragte sie.

»Mr. Drits, ich möchte Ihnen persönlich für die wunderbare Arbeit danken, die Sie für Gruber's geleistet haben«, sagte Aronowitz. »Ihre Wärme, Ihre Geduld, Ihr offensichtliches Verständnis für Kinder – ergaben zusammen den besten Weihnachtsmann, den wir je gehabt haben. Möchten Sie noch einen Drink?«

»Ja, Sir, danke«, sagte Drits.

»Ich hatte gehofft, Mr. Drits, daß Sie nächstes Jahr wiederkommen, um für uns zu arbeiten. Ehrlich gesagt, haben wir Schwierigkeiten mit der Einstellung von überzeugenden Weihnachtsmännern.«

»Es wäre mir ein Vergnügen, nächstes Jahr wiederzukommen«, sagte Drits und nahm den Drink entgegen.

Vorausgesetzt, daß ich nicht wieder in Castleview sitze, dachte er.

In der verriegelten Kabine sah Charlie noch mal auf seine Uhr.

Halb sieben.

Fünfzehn Minuten, bis er loslegte.

Er fing an, unter seinem falschen Bart zu schwitzen.

Auf dem Bürgersteig vor dem Kaufhaus sah der Taube auf seine Uhr.

Fünfundzwanzig Minuten vor sieben.

»Vier Dollar!« schrie der Puertoricaner. »Nagelneu' Uhre'!«

»Seidene Schals, sie sind ganz aus Seide, zwei Dollar das Stück, vier für sechs Dollar!« brüllte der andere Mann.

»Still-äh Nacht«, plärrte der Kassettenrecorder, »heil-ig-äh Nacht...«

Der Mann am Waschbecken der Toilette sang »Stille Nacht« aus vollem Halse.

In der verriegelten Kabine sah Charlie noch mal auf seine Uhr.

Sechs Uhr zweiundvierzig.

»Allllll-es schläääääft«, sang der Mann, »ein-samm wacht...«

Im Kassenbüro sah Helen auf ihre Uhr und sagte: »Also wo bleibt die Abteilung Modische Frau?«

Es war sechs Uhr fünfundvierzig.

Charlie mußte handeln.

Der Mann an den Waschbecken sang noch.

»Nur das trau-täh hoch-heil-ig-äh Paar...«

Charlie wartete. Der Mann hörte auf zu singen. Charlie hörte das Geräusch das Wasserhahns, als er aufgedreht wurde. Er sah wieder auf seine Uhr. Er konnte keinen Augenblick länger warten.

Er trat aus der Kabine.

Er sah sich dem Weihnachtsmann gegenüber.

Der Weihnachtsmann wusch sich das Gesicht.

Sein Bart lag auf dem Waschbeckenrand.

Der Weihnachtsmann wandte sich vom Waschbecken weg.

Charlie sah sich Arthur Drits gegenüber, der in Castleview gesessen hatte, als Charlie auch da oben ansässig gewesen war. Ein Kindervergewaltiger.

»He, Mann«, sagte Drits und sah überrascht aus.

Drits war überrascht, weil er sich einem Weihnachtsmann gegenüber fand, genau wie er selber einer war. Er hatte nicht gewußt, daß es *zwei* Weihnachtsmänner im Kaufhaus gab. Charlie, der vergessen hatte, daß er einen Bart trug, dachte, daß Drits überrascht aussah, weil er ihn erkannte. Charlie lief aus der Herrentoilette, bevor Drits einen genaueren Blick auf ihn werfen konnte.

Molly schloß die Safetür und drückte die Tasten, die die Alarmanlage einschalteten.

Zwei-vier-sieben, vier-sechs-drei.

»Also, das war's«, sagte sie.

»*Finalmente*«, sagte Helen.

Als Drits aus Gruber's Personaleingang kam, trug er seinen Bart wieder. Er fühlte sich gut mit dem Bart, wie der Weihnachtsmann angezogen, bester verdammter Weihnachtsmann, den der Laden je hatte – wer war dieser Scheißbetrüger auf dem Männerklo? Was ihm ein besseres Gefühl noch verschaffte, war die Menge Scotch, die er im Büro von Aronowitz getrunken hatte. Sehr guter Scotch. Schön warm in seinem kleinen runden Dickbauch.

Da war ein Mann, der Zwei-Dollar-Uhren auf dem Bürgersteig verkaufte.

Da war ein Mann, der Schals zu ein Dollar das Stück verkaufte.

Da war ein Bursche von der Heilsarmee, der neben einem großen schwarzen Kessel stand.

»Hier!« sagte der Bursche von der Heilsarmee.

Drits sah ihn an.

»Ho, ho, ho«, sagte Drits.

»Wo ist der Sack?« flüsterte der Bursche von der Heilsarmee.

Drits dachte sich, daß er ein Spinner war.

Er zeigte ihm den Vogel und lief die Straße hinauf.

Molly und Helen wollten gerade das Kassenbüro verlassen, als sich die innere Stahltür öffnete.

Sie standen dem Weihnachtsmann gegenüber.

»Frohes Fest, meine Damen«, sagte er und schoß den beiden zwischen die Augen.

Der Schalldämpfer funktionierte bestens.

Der Taube war nur kurze Zeit verwirrt.

Natürlich, dachte er, der *echte* Weihnachtsmann. Oder zumindest der Weihnachtsmann des Geschäfts.

Er sah auf seine Uhr.

Fünf Minuten vor sieben.

Charlie mußte jede Minute aus der Tür kommen.

Er blickte zu der Ecke, wo die Seitenstraße die Avenue kreuzte. Ein uniformierter Polizist kam gerade um die Ecke.

»Du!« schrie der Cop dem Puertoricaner zu, der die heißen Uhren verkaufte.

Der Sicherheitsbeamte beim Personaleingang dachte, daß er gesehen hatte, daß der Weihnachtsmann gerade eben gegangen ist.

»Zwei von euch, was?« sagte er zu Charlie.

Charlie stand an der Kontrolluhr. Der Drillichsack mit FROHES FEST in roter und grüner Schrift an der Seite hatte von dem Geld, das er aus dem Safe genommen hatte, tiefe Ausbuchtungen.

Er nahm Helen Ruggieros Karte aus dem Ständer und stempelte sie ab.

Es war fast sieben Uhr.

»Genau, zwei von uns«, sagte er.

»Na ja, frohes Fest, Weihnachtsmann«, sagte der Wächter und lachte über seinen eigenen kleinen Witz.

»Ebenfalls, Kumpel«, sagte Charlie und betrat den Bürgersteig, auf dem plötzlich die Hölle los war.

Der Cop wollte einen Gewerbeschein sehen.

Der Puertoricaner hatte keinen Gewerbeschein.

Der Cop sagte, daß er ihm eine Vorladung aufhalsen würde.

Jemand aus der Menge auf dem Bürgersteig schrie: »Komm schon, du Scheißer, es ist Heiligabend!«

Der Cop schrie zurück: »Wollen Sie auch eine Vorladung?«

Die ganze Menge fing an, den Cop zu hänseln.

Da beschloß der Puertoricaner abzuhauen.

Und das war im selben Moment, als Charlie mit dem Geldsack aus dem Geschäft kam.

Der Plan war, den Sack neben den Kessel zu stellen, wo er wie eine Heilsarmeeutensilie aussehen würde.

Der Plan war, daß Charlie ohne Sack und Beute in die Nacht verschwinden sollte.

Der Plan war, daß der Taube fünf Minuten warten würde, bevor er den Sack aufhob und mit ihm weglief.

Das war der Plan.

Aber der Puertoricaner stieß mit Charlie zusammen, als er aus dem Laden trat.

Und der Sack fiel auf den Bürgersteig.

Und die Plastikgeldtaschen mit den Reißverschlüssen ergossen sich über den Bürgersteig.

Und die Menge dachte, daß der Weihnachtsmann zu Weihnachten Geld verteilte.

Und der Cop dachte, daß der Weihnachtsmann ein verfluchter Dieb war.

Die Menge drängte sich in Richtung des Geldes, das auf dem Bürgersteig lag.

Der Cop hatte seine Pistole schon aus dem Halfter gezogen.

»Halt oder ich schieße!« schrie er dem Weihnachtsmann zu.

Die Leute dachten, daß er ihnen befahl aufzuhören, das Geld aufzuheben.

Die Leute brüllten: »Leck uns am Arsch, Bulle!«

Zu dem Zeitpunkt war der Puertoricaner schon einen halben Block entfernt.

Eine Pistole erschien plötzlich in der Hand des Weihnachtsmannes.

Der Taube zuckte zurück, als der Cop auf Charlie schoß.

Charlie fiel mit dem Arsch auf den Bürgersteig, ein Loch in seiner rechten Schulter.

Eine Frau ließ ein Zehn-Cent-Stück in den Heilsarmeekessel fallen.

»Gott segne Sie«, sagte der Taube.

»Schlaf in himm-lisch-er Ruh-uh«, schmetterte der Kassettenrecorder, »Schla-af in himm-lisch-er Ruh . . .«

Scheiße, dachte der Taube.

Und dann verschwand er in der Menge.

11

Weder Carella noch Brown wollten am ersten Weihnachtsfeiertag arbeiten.

Sie hatten beide absichtlich die Zwischenschicht an Heiligabend gewählt, damit sie den großen Tag mit ihren Familien verbringen konnten. Aber um ungefähr sieben Uhr gestern abend hatte ein Mann namens Charlie Henkins rücksichtslos Gruber's Kaufhaus überfallen und es dabei geschafft, zwei Frauen umzubringen. Carella und Brown hatten Telefondienst, als ein aufgelöster Streifenbeamter anrief, um zu melden, daß er eben den Weihnachtsmann angeschossen habe. Der Fall fiel offiziell in ihren Zuständigkeitsbereich, und deshalb befragten sie – um zehn am Weihnachtsmorgen – Henkins in seinem Zimmer im Saint Jude's Krankenhaus.

»Ich bin ein unschuldiger Gimpel«, sagte Henkins.

Eigentlich sah er sehr unschuldig aus, dachte Brown. Mit seinem weißen Krankenhauspyjama, seiner linken bandagierten Schulter, seinen zwinkernden blauen Augen, seinem kleinen runden und weichen Dickbauch unter dem Laken sah er aus wie ein alter bartloser Sankt Nikolaus, der sich für einen langen Winterschlaf bereithielt.

»Der andere Weihnachtsmann war es«, sagte Henkins.

»Welcher andere Weihnachtsmann?« fragte Carella.

»Arthur Drits«, sagte Henkins.

Carella sah Brown an.

»Ich verstehe nicht richtig«, sagte Carella.

»Ich bin ein unschuldiger Gimpel«, sagte Henkins noch mal.

»Was hatten Sie in dieser Nikolausverkleidung vor?« fragte Carella.

»Ich war auf dem Weg zu einem Waisenhaus, um die Kinderchen da zu überraschen.«

»Welches Waisenhaus«, sagte Brown. »Wir haben keine Waisenhäuser hier oben.«

»Ich dachte, es gäbe ein Waisenhaus hier oben.«

»Haben Sie eine Pistole zum Waisenhaus mitgenommen?«

»Die Pistole gehört mir nicht, Officers.«

»Wessen Pistole ist es denn?«

»Sie gehört dem Weihnachtsmann«, sagte Henkins. »Dem *anderen* Weihnachtsmann.«

»Ich verstehe das alles nicht richtig«, sagte Carella noch mal. Er hatte Schwierigkeiten, alles richtig zu verstehen. Er wußte nur, daß Henkins mit einem Sack voll verschließbarer Plastiktaschen aus Gruber's herausgekommen war, die – der Abrechnung zufolge, die durchgeführt wurde, bevor das Geld am Aufbewahrungsort abgeliefert wurde – achthunderttausendzweihundertzweiundfünfzig Dollar in bar plus eine große Anzahl Schecks enthielten. Henkins hatte eine Waffe gezogen – identifiziert und gekennzeichnet als eine 32er Smith & Wesson Regulation Police –, und ein Schalldämpfer, der zu der Waffe paßte, war in dem Kassenbüro von Gruber's gefunden worden, neben der Leiche eines der Opfer, einer Frau namens Helen Ruggiero, die, nebenbei bemerkt, vier Marihuana-Joints in ihrer Handtasche hatte. Der Polizeibeamte vom Dienst hatte die übliche Warnung ausgerufen und ihn dann angeschossen. Er befand sich momentan im Hauptquartier in Downtown, wo er all die Fragebögen ausfüllte, die erklärten, warum er erstens seine Dienstwaffe gezogen und warum er zweitens geschossen hatte.

»Lassen Sie mich erklären«, sagte Henkins.

Brown wußte, daß er im Begriff war, eine faustdicke Lüge zu erzählen.

»Ich ging in Gruber's, um die Einrichtungen zu benutzen«, sagte Henkins.

»Welche Einrichtungen?«

»Ich bin in den sechsten Stock gefahren, um zu pissen.«

»Und dann?«
»Habe ich Drits im Männerklo getroffen.«
»Arthur Drits.«
»Arthur Drits, den ich von früher her kannte.«
»Ja, nur weiter«, sagte Brown.
»Drits war als Weihnachtsmann verkleidet. Er hatte auch die Waffe, von der Sie jetzt sagen, daß sie meine Waffe sein soll.«
»Wie hast *du* die Waffe gekriegt?«
»Drits hat sie mir gegeben.«
»Warum?«
»Er sagte ›frohes Fest‹ und gab sie mir.«
»Also hast du sie genommen.«
»Es war ein Geschenk.«
»Also, als du aus Gruber's herausgekommen bist, hattest du die Waffe.«
»Genau.«
»Und du hast die Waffe gezogen.«
»Nur, um sie dem Polizeibeamten zu geben, weil ich's mir dann noch mal überlegt hatte.«
»Was hast du denn überlegt?«
»Wer konnte wissen, ob die Waffe nicht vielleicht bei irgendeinem Verbrechen benutzt worden war?«
»Tja, wer denn wohl?« sagte Brown.
»Wo haben Sie den Sack voll Geld aufgetrieben?« fragte Carella.
»Der gehört dem Puertoricaner.«
»Welchem Puertoricaner?«
»Dem mit den ganzen Armbanduhren. Er hatte die Uhren im Sack. Als er gegen mich prallte, fielen die Uhren und das Geld aus dem Sack.«
»Also gehörte die Waffe Drits, und der Sack gehörte dem Puertoricaner?«
»Da haben Sie's«, sagte Henkins. »Ich bin ein unschuldiger Gimpel.«
Carella sah Brown noch mal an.
»Es gibt Barbaren in dieser Stadt«, sagte Henkins. »Sie hätten die ganzen Leute sehen sollen, die sich ums Geld gerissen haben.« Er schüttelte den Kopf. »An *Heiligabend*!«
»Laß uns über diesen Kerl Arthur Drits sprechen«, sagte Brown.
»Ja, Sir«, sagte Henkins.
»Du sagst, er war ein Freund von dir?«

»Ein Bekannter, Sir«, sagte Henkins.

Brown wußte von den ganzen »Sirs«, daß er ihm langsam auf die Schliche kam.

»Du sagtest, du kanntest ihn von früher.«

»Ja, Sir.«

»Wie lange ist das her?«

»Oh, vier oder fünf Jahre.«

»Und du hast ihn zufällig in der Herrentoilette in Gruber's getroffen.«

»Das ist genau das, was passiert ist, Sir«, sagte Henkins. »Ich schwöre es bei den Augen meiner Mutter.«

»Laß deine Mutter aus dem Spiel«, sagte Brown.

»Meine Mutter ist zufällig tot«, sagte Henkins.

»Das sind auch zwei Leute im Kassenbüro in Gruber's«, sagte Brown. »Die mit der Waffe getötet worden sind, die du bei dir hattest.«

»Die Waffe von Drits«, sagte Henkins.

»Den du vor Jahren kennengelernt hast.«

»Vor vier, fünf Jahren.«

»Wo?« fragte Brown.

»Wo was, Sir?«

»Wo hast du ihn kennengelernt?«

»Tja, Sir, daran kann ich mich kaum erinnern.«

»Versuch's«, sagte Brown.

»Ich kann es wirklich nicht sagen.«

Brown sah Carella an.

»Sie kapieren«, sagte Carella, »daß hier die Rede von zwei Anklagen wegen Mord ist, nicht wahr? *Plus*...«

»Drits muß die zwei Leute umgebracht haben«, sagte Henkins.

»Wo haben Sie Drits kennengelernt?« sagte Carella. »Wenn er wirklich existiert.«

Henkins zögerte.

»Vergiß es«, sagte Brown zu Carella und wandte sich dann Henkins zu. »Sie sind verhaftet, Mr. Henkins. Wir bezichtigen Sie des zweifachen Mordes und auch des bewaffneten Überfalls. Gemäß der Entscheidung des Supreme Court in der Sache Miranda-Escobedo...«

»He, warten Sie einen Moment«, sagte Henkins. »Ich bin ein verdammt unschuldiger Gimpel.«

»Es waren Drits und der Puertoricaner, wie?« sagte Carella.

»Es war Drits, der mir die Waffe gab. Ich weiß nicht, wo der Puertoricaner das ganze Geld her hatte, um das diese Tiere sich gerissen haben.«

»Wo hast du ihn kennengelernt?« sagte Brown.

»Draußen auf dem Bürgersteig. Er ist gegen mich geprallt . . .«

»Nicht den Puertoricaner«, brüllte Brown, »*Drits!* Wo hast du ihn verdammt noch mal kennengelernt? Steckt er mit dir unter einer Dekke? Hatten die zwei Weihnachtsmannkostüme etwas damit zu tun . . .«

»Ich hab's Ihnen schon mal gesagt, ich sag's Ihnen noch mal. Ich war auf dem Männerklo pissen, als Drits . . .«

»Das *erste* Mal!« brüllte Brown. »Wo hast du ihn zum *ersten* Mal getroffen?«

»Na ja . . .«

»Mach schnell«, sagte Brown. »Meine Weihnachtsfeier wartet.«

»Castleview, okay?« sagte Henkins.

»Du hast in Castleview gesessen?«

»Nur kurz.«

»Wie lang?«

»Zwanzig.«

»Wofür?«

»Na ja . . . ich habe eines Nachts Durst gekriegt.«

»Was heißt das?«

»Ich bin in diesen Schnapsladen gegangen.«

»Wo?«

»Calm's Point.«

»Und?«

»Ich verlangte eine Flasche Gordon's.«

»Und?«

»Der Bursche wollte sie mir nicht geben.«

»Ja und?«

»Ich mußte ihn überreden.«

»Wie hast du ihn überredet? Mit einer Waffe?«

»Tja, ich schätze, man könnte es eine Waffe nennen.«

»Wie würdest *du* es nennen?«

»Ich schätze, ich würde es eine Waffe nennen.«

»Wie hat der *Richter* es genannt?«

»Na ja, eine Waffe.«

»Also war es ein bewaffneter Überfall.«

»So haben sie es genannt.«

»Und du hast dafür zwanzig gekriegt.«

»Ich habe nur acht abgesessen.«

»Also bist du wieder am gleichen Punkt angelangt, wie?«

»Ich sag Ihnen ja immer wieder, daß es *Drits* Waffe war. Es muß Drits gewesen sein, der die zwei Damen erschossen hat. Wenn ich gewußt hätte, daß die Pistole heiß ist, hätte ich sie nie genommen.«

»Wer hat gesagt, daß es Damen waren?« fragte Brown.

»Was?«

»Wer hat gesagt, daß die zwei toten Leute im Kassenbüro Damen waren?«

Henkins blinzelte.

»Wollen Sie uns mehr darüber erzählen?« sagte Carella.

Im Zimmer wurde es still. Die Detectives warteten.

»Dennis muß die zwei Damen erschossen haben«, sagte Henkins.

»Dennis wie?«

»Dennis Dove. Er muß derjenige gewesen sein, der ins Kassenbüro ging und die zwei Damen erschoß. Ich war gar nicht in der Nähe, als der Überfall ablief. Ich wartete im Erdgeschoß. Ich wußte nicht einmal, daß ein Überfall stattfand. Ich sollte nur auf Dennis warten und die Pistole und den Sack nehmen ...«

»Warten Sie einen Moment«, sagte Carella, »ich verstehe das alles nicht richtig.« Er hatte wieder Schwierigkeiten, richtig zu verstehen.

»Dennis bat mich darum, ihm einen Gefallen zu tun, das ist alles«, sagte Henkins. Seine zwinkernden blauen Augen bewegten sich ängstlich. »Was ich machen sollte, war unten warten und diesen Sack nehmen und zum Waisenhaus bringen ...«

»Wieder das Waisenhaus«, sagte Brown.

»... um es den Kleinen dort an Heiligabend zu schenken.«

»Und die Waffe?«

»Ich weiß nicht, wie Drits an die Waffe herangekommen war. Vielleicht steckte er auch mit drin. Ein Ex-Sträfling, wissen Sie?« sagte Henkins und zuckte mit den Schultern.

»Saß er deshalb in Castleview? Wegen bewaffneten Überfalls?«

»Nö, der ist scharf auf Kinder.«

»Wie meinst du das?«

»Kurzaugen, wissen Sie?«

»Ein Kinderschänder?«

»Ja«, sagte Henkins und zuckte wieder mit den Schultern.

»Aber du glaubst, daß er mit Dove bei diesem Überfall zusammenarbeitete, wie?«

»Muß so gewesen sein, meinen Sie nicht?« sagte Henkins. »Wie ist er sonst an die Waffe herangekommen?«

»Aber du warst im Erdgeschoß.«
»Das ist richtig.«
»Nicht einmal in der Nähe des Kassenbüros.«
»Das ist richtig.«
»Das Kassenbüro ist im sechsten Stock«, sagte Brown.
»Die Herrentoilette auch«, sagte Carella.
»Schlicht und einfach Zufall«, sagte Henkins.
»Schlicht und einfach Quatsch«, sagte Brown.
»Wer ist Dennis Dove?« fragte Carella.
»Ein Typ, den ich vor einer Weile kennengelernt habe. Hat mich gebeten, ihm am Heiligabend diesen Gefallen zu tun.«
»Ist das sein ganzer Name? Dennis Dove?«
»Soweit ich weiß.«
»Wo wohnt er?«
»Ich weiß nicht.«
»Wie sieht er aus?«
»Er ist ein großer Blonder«, sagte Henkins. »Trägt ein Hörgerät.«
Beide Detectives sahen sich an.
»Wann vor einer Weile?« fragte Brown.
»Was?« sagte Henkins.
»Wann du ihn kennengelernt hast.«
»Irgendwann im Oktober. Als Lizzie uns über alles informierte.«
»Lizzie wie?« fragte Carella. Ihn beschlich das betrübliche Gefühl, daß Henkins nicht über Lizzie Borden sprach.
»So ein Weib, das er vögelte. Verrückt nach ihm. Sie hat früher bei Gruber's gearbeitet. Nicht, daß ich wußte, was sie planten. Ich war nur da, weil sie wollten, daß ich ihnen einen Gefallen tu, verstehen Sie. Was immer sonst . . .«
»Lizzie wie?« fragte Carella wieder.
»Turner«, sagte Henkins.

Da waren sie also.
Und wo sie waren . . .
Sie wußten nicht, wo sie waren.
Es sah so aus, als ob der Taube hinter dem bewaffneten Überfall auf Gruber's steckte. Es sah ferner so aus, als ob Elizabeth Turner bei Gruber's gearbeitet hatte– sie würden nachfragen, ob sie im Kassenbüro gearbeitet hatte, was in Anbetracht ihrer früheren Tätigkeit wahrscheinlich war – und daß sie mit dem Tauben intim gewesen war. Sie wußten nicht, wie sie den Tauben kennengelernt hatte. Sie wußten mit

Gewißheit, daß Henkins bezüglich des Überfalls wie gedruckt log – die Mordwaffe hatte sich in seinem Besitz befunden, und nur *seine* Fingerabdrücke waren auf der Waffe gewesen – aber sie wußten nicht, ob er auch bezüglich dieser Person namens Dennis Dove log, dessen Beschreibung auf den Tauben paßte. Er hatte sich aber den Namen Lizzie Turner ja nicht aus dem Ärmel zaubern können. Und in der Nacht ihrer Ermordung war ein Mann, auf den die Beschreibung des Tauben passte, gesehen worden, als er eine Frau trug, auf die Elizabeth Turners Beschreibung paßte. Es schien logisch zu sein. Halbwegs.

Aber was hatte das Ding bei Gruber's mit den Briefen zu tun, die der Taube ihnen geschickt hatte?

Nichts, was ersichtlich war.

Zwei Knüppel.

Drei Paar Handschellen.

Vier Polizeimützen.

Fünf Walkie-talkies.

Sechs Dienstmarken.

Sieben Steckbriefe.

Acht schwarze Pferde.

Neun Streifenwagen.

Zehn DA-Formulare.

Elf Detective Specials.

Zwölf gebratene Schweine.

Und dann, um elf am Morgen des ersten Feiertages, als Carella den Bericht über ihre Befragung von Henkins tippte und Brown mit einem Bewährungshelfer telefonierte, um die letzte bekannte Adresse von Arthur Drits zu erfahren, trat ein Lieferjunge an die Holzschranke, die den Dienstraum von dem außenliegenden Gang trennte. Er trug ein Paket, das in grünes Papier gewickelt war. Es war ein ziemlich unhandliches Paket, und es fiel ihm schwer, es mit beiden Armen zu halten.

»Ist hier ein Detective Stephen Louis Carella?« fragte er.

»Ich bin Carella«, sagte Carella.

»Di Fiore-Blumenladen«, sagte der Lieferjunge.

»Kommen Sie rein«, sagte Carella.

»Na ja ... könnte mir jemand mit dem Riegel helfen?« sagte der Lieferjunge.

Carella war ihm behilflich. Der Lieferjunge mühte sich ab, das Paket in den Dienstraum zu schaffen, sah sich nach einem Platz um, wo er es absetzen konnte, und setzte es auf Generos leerem Schreibtisch ab. Carella fragte sich, ob er dem Lieferjungen ein Trinkgeld geben sollte. Es grub in seiner Tasche und gab ihm einen Vierteldollar.

»Können Sie es entbehren?« sagte der Lieferjunge. »Frohes Fest«, fügte er sauer hinzu und ging raus.

Carella riß das grüne Papier vom Paket.

Er erblickte etwas, das seiner Vermutung nach ein Birnbaum sein sollte. Er wußte nicht, ob es ein *echter* Birnbaum war, aber es hingen zumindest Birnen dran. Es waren keine *echten* Birnen, aber es waren offensichtlich Birnen. Kleine Holzbirnen, die überall am Baum hingen.

Ein Umschlag hing auch am Baum.

Der Umschlag war an Detective Stephen Louis Carella adressiert.

Er riß den Umschlag auf.

Die Karte drin lautete:

Carella suchte den Baum nach einem Rebhuhn ab.

Ein kleines, in rote Folie gewickeltes Päckchen hing am Baum. Carella öffnete das Päckchen. Ein mit Federn geschmücktes Etwas war darin. Es war kein Rebhuhn, aber es sah aus wie irgendein Vogel, überall waren Federn aufgeklebt. Wie Hühnerfedern sahen sie aus. Aber es war auch kein Huhn, zu klein für ein Huhn. Er sah es näher an.

Das Ding war ein abgetrenntes menschliches Ohr.
Carella ließ es sofort fallen.

Am 26. Dezember, dem zweiten Weihnachtstag, kamen zwei Holzknüppel im Dienstraum an. Sie waren in Weihnachtsgeschenkpapier gewickelt, und sie waren an Carella adressiert.

Die Detectives sahen die Knüppel an.

Sie schienen nicht neu zu sein. Beide waren verschrammt und abgenutzt.

»Er könnte sie trotzdem gekauft haben«, sagte Kling.

In dieser Stadt war ein Polizeibeamter für den Kauf von jedem Ausrüstungsartikel, den er trug oder benutzte, verantwortlich, mit Ausnahme der Dienstmarke, die kostenlos bei Dienstantritt überreicht wurde – die Stecknadel, die benutzt wurde, um die Marke an der Uniform zu befestigen, kostete ihn fünfzig Cent. Jeder Beamte bekam eine jährliche Zulage von dreihundertsiebzig Dollar für seine Uniform. Er kaufte selbst Waffe – für gewöhnlich einen 38er Colt oder einen Smith & Wesson des gleichen Kalibers – und Patronen – sechs in der Waffe und zwölf am Gürtel – und die Trillerpfeife, die heutzutage zwei Dollar kostete. Er kaufte auch selbst die Schuhe. Ein Streifenbeamter lief mindestens zwei Paar Schuhe im Jahr ab. Ein sechzig Zentimeter langer Holzknüppel kostete den Polizeibeamten zwei Dollar und fünfzig Cent, plus weitere vierzig Cent für die Lederschnur. Sein kurzer Gummiknüppel kostete drei Dollar und fünfzig Cent und – wieder – vierzig Cent für die Schnur. Handschellen wurden zur Zeit für fünfundzwanzig Dollar verkauft.

Die meisten Polizisten kauften ihre Ausrüstung in der Geschäftsstelle für Polizeizubehör in der Nähe der Polizeiakademie Downtown, aber es gab derlei Läden überall in der Stadt. Kling trug selber einen Detective Special, den er in einem solchen Laden gekauft hatte. Er hatte sich ausweisen müssen, als er die Pistole gekauft hatte, aber er hatte Uniformhemden und sogar Handschellen gekauft, als er Streifenbeamter war, und keiner hatte ihn auch nur nach seinem Namen gefragt. Er trug im Moment auch einen der Schlipse, die ihm Eileen Burke zu Weihnachten gekauft hatte. Es war ein sehr greller Schlips, aber niemand achtete darauf. Sie sahen immer noch die Knüppel an.

»Wir sollten sie lieber nach Abdrücken untersuchen lassen«, sagte Meyer.

»Es werden keine drauf sein«, sagte Brown.

»Ich verstehe es nicht«, sagte Carella.»Er schickt uns eine Mitteilung mit zwei Fotos von einem Knüppel drauf, und dann schickt er uns zwei Knüppel. Versteht *ihr* das?«

Er sprach zu ihnen allen, aber nur Hawes antwortete.

»Er ist verrückt«, sagte er. »Was er tut, muß keinen Sinn ergeben.«

»Also morgen kriegen wir drei Paar Handschellen, richtig? Und am Tag danach . . .«

»Laßt uns sehen, was morgen passiert«, sagte Meyer.

Am 27. Dezember hatten sie Arthur Drits.

Carella und Brown sprachen mit ihm im Vernehmungsraum.

Drits war schon mal in Vernehmungsräumen gewesen. Er wußte, daß der Spiegel, dem er gegenübersaß, ein Einwegspiegel war, und er hatte den Verdacht, daß jemand im benachbarten Zimmer saß und jene seiner Bewegungen beobachtete. In Wirklichkeit war das benachbarte Zimmer leer.

Brown kam sofort zur Sache.

»Was haben Sie am Abend des Überfalls in Gruber's Kaufhaus gemacht?«

»Das ist das erste Mal, daß ich von einem Überfall höre«, sagte Drits.

»Sie lesen keine Zeitungen?« sagte Carella.

»Nicht sehr oft«, sagt Drits.

Was er las, waren die Anzeigen für Kinderbekleidung, diejenigen, die kleine Mädchen in kurzen Kleidern zeigten.

»Schauen Sie fern?« fragte Brown.

»Ich habe keinen Fernseher«, sagte Drits.

»Also wissen Sie nicht, daß Gruber's an Heiligabend überfallen wurde, ist das richtig?«

»Ich habe es gerade vor einer Minute von Ihnen erfahren.«

»Kennen Sie jemanden namens Elizabeth Turner?«

»Nein.«

»Sie hat früher im Kassenbüro bei Gruber's gearbeitet.«

Sie hatten sich das schon vom Personaldirektor bestätigen lassen. Elizabeth Turner hatte am 8. August angefangen dort zu arbeiten und den Job am 7. Oktober aufgegeben – siebzehn Tage vor ihrer Ermordung.

»Nie von ihr gehört«, sagte Drits.

»Was ist mit Dennis Dove?«

»Von ihm auch nicht.«

»Charlie Henkins?«

Drits blinzelte.

»Ist Ihnen das ein Begriff?« fragte Brown.

»Ja«, sagte Drits.

»Sie haben ihn in Castleview kennengelernt, nicht?«

»Ja.«

»Wo Sie wegen Vergewaltigung ersten Grades gesessen haben.«

»Das haben Sie gesagt.«

»Haben Sie ihn gesehen, seitdem Sie draußen sind?«

»Nein.«

»Was ist mit Heiligabend? Haben Sie Henkins an Heiligabend gesehen?«

»Nein.«

»Waren Sie an Heiligabend in Gruber's Männertoilette im sechsten Stock?«

»Ja?« sagte Drits und sah verwirrt aus.

»Haben Sie den Weihnachtsmann im Klo gesehen?«

»Ja?«

»Hat er wir Henkins ausgesehen?«

»Nein, er hat wie ein Weihnachtsmann ausgesehen.«

»Das war Henkins.«

»Ich hätte es nie erraten«, sagte Drits.

»Was haben Sie in der Herrentoilette in Gruber's gemacht?« fragte Brown.

»Habe mir das Gesicht gewaschen. Dieser Typ kam aus der Kabine, dem Abteil da, und er trug ein Weihnachtsmannkostüm genau wie ich. Ich habe fast vor Überraschung in die Hose geschissen.«

»*Sie* haben auch ein Weihnachtsmannkostüm getragen?« fragte Carella.

»Ja, klar.«

Die Detectives sahen einander an. Sie hatten gedacht, daß Charlie Henkins über Drits und das Weihnachtsmannkostüm gelogen hatte, aber jetzt ...

»Als ein Teil des Jobs?« fragte Brown.

»Klar.«

»Der Überfall erforderte *zwei* Männer in Weihnachtsmannkostümen?«

»Was?« fragte Drits.

»Was zum Teufel haben Sie in dem Scheißweihnachtsmannkostüm gemacht?« fragte Brown.

»Ich habe für den *Laden* gearbeitet«, sagte Drits. »Ich war der Kaufhausnikolaus.«

Beide Detectives sahen ihn an.

»Ich war ein sehr guter Weihnachtsmann«, sagte Drits mit Würde.

»Und Sie haben nie von jemandem namens Elizabeth Turner gehört? Sie haben sie nie kennengelernt?«

»Nie.«

»Oder Dennis Dove?«

»Nie.«

»Haben Sie Charlie Henkins in der Herrentoilette von Gruber's eine Pistole gegeben?«

»Ich habe ihm nichts gegeben. Ich wußte nicht mal, daß es Henkins *war*, bis Sie's mir gesagt haben. Ich war überrascht, einen anderen Typ in einem Weihnachtsmannkostüm zu sehen, daß ist alles. *Er* sah auch überrascht aus. Er lief bloß hinaus.«

»Was haben *Sie* gemacht?«

»Ich habe mein Gesicht abgetrocknet, ich habe meinen Bart wieder befestigt, und ich verließ den Laden.«

»Um wohin zu gehen?«

»Nach Hause.«

»Und wo ist das?«

»Ich wohne in einem Hotel in der Waverly.«

»Waren Sie draußen vor dem Kaufhaus, als Henkins angeschossen wurde?«

»Ich wußte nicht, daß Henkins angeschossen wurde.«

»Sie haben die Schießerei nicht gesehen, wie?«

»Nein.«

»Was haben Sie gesehen? Als Sie aus dem Laden kamen?«

»Wie soll ich mich erinnern, was ich gesehen habe? Leute. Ich habe Leute gesehen.«

»Wen? Welche Leute?«

»Leute. Ein Typ, der Uhren verkaufte, ein anderer Typ, der Schals verkaufte, so ein verrückter Heilsarmeetyp . . .«

»Was meinen Sie mit ›verrückt‹?«

»Halt verrückt. Er hat zu mir ›Hier‹ gesagt.«

»Er hat was zu Ihnen gesagt?«

»Hier.«

»H-e-e-r?«

»Nein, ich *glaube* h-i-e-r. Wer kennt sich schon mit Verrückten aus?«

»Hier? Was hat er gemeint?«

»Ich weiß nicht, *was* er gemeint hat.«

»Was *denken* Sie, hat er gemeint?«

»Ich denke, daß er verrückt war. Er hat mich gefragt, wo der Sack war.«

»Wie hat er ausgesehen?« fragte Carella sofort.

»Großer Typ in einer Heilsarmeeuniform. Verrückt.«

»Welche Farbe hatte sein Haar?«

»Ich weiß nicht, er trug einen Hut.«

»Trug er ein Hörgerät?«

»Er hatte Ohrenschützer an.«

Carella seufzte. Brown seufzte auch.

»Schon gut, bleiben Sie sauber, ja?« sagte Brown.

»Ich kann gehen?«

»Wieso nicht?« sagte Brown. »Haben Sie was angestellt?«

»Nein, nein, he«, sagte Drits.

»Sehen Sie zu, daß sie nichts anstellen«, sagte Carella.

Am Nachmittag kamen drei Paar Handschellen.

Sie hatten George Di Fiore, den Inhaber des Di Fiore-Blumenladens, über den Mann befragt, der den Birnbaum bestellt hatte, und er hatte ihnen zuallererst erzählt, daß es kein echter Birnbaum war, sondern in Wirklichkeit ein *Ficus Benjamina*, aber sie hatten keine Birnbäume mehr gehabt, als der Mann hereingekommen war und einen verlangt hatte. Di Fiore hatte ihnen auch erzählt, daß der Mann die kleinen Holzbirnen für den Baum persönlich ausgewählt und dann auch selbst die Karte und das kleine eingepackte Geschenk an dem Baum befestigt habe. Di Fiore hatte nicht gewußt, was in dem kleinen eingepackten Päckchen gewesen war, und er glaubte nicht, daß es ihn etwas anging. Carella wollte fragen, ob Di Fiore – was auf italienisch »von den Blumen« bedeutete – seinen Beruf aufgrund seines Namens gewählt hatte. Er kannte einen Anästhesisten namens Dr. Sleepe – obwohl er es Sleh-puh aussprach – und einen Chiropraktiker namens Hands. Statt dessen fragte er, wie Di Fiores Birnbaumkunde ausgesehen hatte.

»Ein großer, blonder Mann, der ein Hörgerät trug«, sagte Di Fiore.

Und nun die drei Paar Handschellen.

Sie sahen alle nagelneu aus.

Sie konnten in jedem Polizeibedarf-Laden in der Stadt gekauft worden sein, wie Kling noch mal zu verstehen gab.

Der 27. Dezember, der dritte Weihnachtstag, und drei Paar Handschellen.

Morgen, das wußte Carella mit Gewißheit, würden vier Polizeimützen kommen.

Und so war's.

Kamen per United-Parcel-Lieferung, alle in Schachteln und in festliches Weihnachtspapier eingewickelt.

Die Mützen waren definitiv nicht neu.

Ihre Schweißbänder waren speckig, und ihre Lederschirme waren aufgrund ihres Alter gerissen. Überdies waren Polizeiabzeichen an ihnen befestigt. Und anders als auf den *Fotos*, die sie zuvor bekommen hatten, hatten *diese* Abzeichen Nummern.

Vier verschiedene Nummern waren auf den Marken.

Carella rief Mullaney in der Personalstelle an und bat ihn, die Marken für ihn zu identifizieren.

»Ist dort wieder Coppola?« sagte Mullaney.

Als er wieder ans Telefon kam, sagte er Carella, daß die Marken, und wahrscheinlich die Mützen, an denen sie befestigt waren, vier verschiedenen Polizisten in vier verschiedenen Revieren gehörten. Er fragte Carella, ob er die Namen der Schutzmänner wollte – eigentlich war einer davon eine weibliche Beamtin, aber in Mullaneys Welt waren alle Polizisten Schutz*männer*. Carella schrieb die Namen auf und rief dann in jedem Revier an. Der jeweilige Sergeant vom Dienst erzählte Carella, daß tatsächlich der und der Beamte in seinem Revier arbeitete, aber er – oder, falls es eine Frau war, sie – hatte den Verlust seiner – oder ihrer – Mütze nicht gemeldet. Einer der Sergeants fragte Carella, ob das ein Witz sei. Carella sagte ihm, er schätze, daß es kein Witz war.

Aber wenn es kein Witz war, was zum Teufel *war* es dann?

Carella grunzte und hob eine der Mützen auf.

Der Mann oder die Frau, der/die sie getragen hatte, hatte Schuppen.

»Das sind *Polizei*-Walkie-talkies«, sagte Miscolo. »Die Standardausgabe.«

Miscolo war ein Verwaltungsbeamter und kein Detective, aber man brauchte kein Detective zu sein, um zu sehen, daß jedes der Walkie-talkies, die per United-Parcel-Lieferung am fünften Weihnachtstag, dem 29. Dezember, gekommen waren, mit einem Plastikmarkierungsklebeband, das man selbst mit einer Stanzpistole beschriftete, gekennzeichnet war. Jedes der Walkie-talkies hatte zwei Klebestreifen. Der erste Streifen war in allen Fällen gleich. Er lautete:

ZUM AUFLADESTÄNDER BRINGEN

Die anderen Streifen unterschieden sich voneinander. Einer lautete:

EIGENTUM DES 21. REVIERS

Ein anderer lautete:

EIGENTUM DES 12. REVIERS

Und so weiter:

EIGENTUM DES 61. REVIERS
EIGENTUM DES MIDTOWN-OST REVIERS
EIGENTUM DES 83. REVIERS

Fünf verschiedene Walkie-talkies von fünf verschiedenen Revieren.

»Die wurden in fünf verschiedenen Revieren gestohlen«, sagte Miscolo. »Dieser Mann geht in die Reviere der ganzen Stadt.«

Die sechs Dienstmarken, die am 30. Dezember, einem Freitag und der sechste Weihnachtstag, kamen, gehörten gleichermaßen sechs verschiedenen Polizisten von wiederum sechs verschiedenen Revieren. Keiner der Beamten hatte seine Marke als verloren oder gestohlen gemeldet; ein Cop gibt nicht gerne zu, daß jemand seine gottverdammte Marke geklaut hatte. Ferner war unter den sechs Revieren, von denen die Marken gestohlen worden waren – Carella war nun sicher, daß sie gestohlen worden waren –, nicht eines der Reviere, aus denen die Walkie-talkies oder die Polizeimützen entwendet worden waren. Kurz gesagt waren fünfzehn Reviere betreten worden – vier Polizeimützen, fünf Walkie-talkies und sechs Marken ergaben eine Gesamtsumme von fünfzehn – und Polizeiausrüstung war sogar vor den Augen der Polizei entwendet worden. Allein in Isola gab es zwanzig Reviere. Einige Ausrüstungsgegenstände waren aus Revieren im Calm's Point und Majesta gestohlen worden. Nichts war aus den beiden Stadtteilen Bethtown und Riverhead entwendet worden. Aber jemand war wirklich äußerst rührig gewesen, selbst wenn man annahm, daß weder die Knüppel noch die Handschellen gestohlen worden waren, was die Zahl der Reviere, deren Sicherheit verletzt worden war, auf vierundzwanzig erhöht hätte.

Mit welcher Absicht? fragte sich Carella.

Zu welchem Zweck?

Der siebte Weihnachtstag war Silvester, ein Samstag.

Natürlich kamen sieben Steckbriefe mit der Morgenpost.

Und natürlich gab es um halb vier nachmittags einen Stromausfall, fünfzehn Minuten bevor die Tagschicht dienstplangemäß abgelöst werden sollte. Es wäre nicht Silvester gewesen, wenn nicht etwas passiert wäre, was die ablösbereite Schicht daran hinderte, nach Hause zu gehen, wie sie es eigentlich sollte. Die Detectives der Tagschicht, die begierig waren, sich aus dem Dienstraum zu verziehen und mit den Festivitäten zu beginnen, wußten nur, daß die Greater Isola Power & Light Company (früher Metropolitan Light & Power Company) es ihnen wieder einmal vermasselt hatte und sie ihre Schreibarbeiten nicht vor vier Uhr vervollständigen konnten. Was sie aber nicht wußten, war, daß die Greater Isola Power & Light – von den Millionen von unzufriedenen Kunden die Große (für Greater) Ipple (für I.P.L.) genannt – diesmal an jeglicher Missetat völlig schuldlos war.

Pack Nelson hatte den Stromausfall verursacht.

Der Stromausfall dauerte genau eine Minute.

Pack hatte ihn dadurch verursacht, daß er einen Schalter betätigte, der auf dem »Gesamt-Feederplan«, den der Taube besorgt hatte, eingezeichnet war. Der Plan war einer von vieren, die der Taube Pack mit der Erklärung gegeben hatte, daß er sie – zusammen mit einigen anderen – vor Jahren erworben hatte, als er plante, eine Bombe unter das Bett des Bürgermeisters zu legen. Pack fragte sich, warum der Taube solche merkwürdigen Dinge plante; aber er fragte ihn nicht; das Geld stimmte.

Der erste Plan trug den Stempel »Eigentum der Metropolitan Light & Power Company« und den Titel »60-Zyklus-Netzgebietbezeichnungen und Grenzen, Nord Isola«. Er zeigte die Standorte von allen Gebietsnebenstellen in dem Stadtteil. Das Gebiet, in dem sich das 87. Reviergebäude befand, war als »Grover Nord« bezeichnet. In diese Nebenstelle führten Hochspannungsversorgungskabel, auch Feeders genannt, die aus Schaltstellen kamen, die anderswo im Übertragungssystem lagen.

Der zweite Plan, ähnlich gekennzeichnet, trug den Titel »Systemverbindungen« und war eine detaillierte Vergrößerung des Feedersystems, das eine bestimmte Nebenstelle versorgte. Die Nebenstelle auf dem ersten Plan war als »Nr. 4 Fuller« bezeichnet worden. Nachdem sie diese auf dem detaillierten Plan geortet hatten, gelang es Pack und dem Tauben, die numerische Bezeichnung für den Feeder zu identifizieren: 85RL9.

Das führte sie zum dritten Plan, einfach »85RL9« betitelt und mit der Unterschrift »Nebenstelle Grover Nord« versehen. Dieser war ein ziemlich langes, schmales Diagramm der Route, die die Feeders, oder Versorgungskabel, unter den Straßen der Stadt durchführte, mit Nummern, die die Einstiegslöcher markierten, die den Zugang zu den eigentlichen Kabeln ermöglichten. Das kabelführende Einstiegsloch, das am nächsten zum 87. Revier lag, war drei Blocks entfernt, an der Kreuzung Grover Avenue/Fuller Street. Auf dem »Gesamt Feederplan« hatte es die Nummer »R2147-120-OSB-MIT.«

Das Einstiegsloch lag einhundertzwanzig Fuß östlich des nach Süden liegenden Bordsteins mitten auf der Fuller Street – daher die Bezeichnung »120-OSB-MIT« – genau gegenüber der Bronzestatue von John G. Fuller, dem bekannten Ballonflieger. Die Kabel lagen anderthalb Meter unter der Straßenoberfläche, von einem einhundertfünfzig Kilo schweren Schachtdeckel geschützt. Pack stellte die Straßenarbeit-Schilder der Großen Ipple auf, hob den Deckel mit einem Stemmeisen, stieg in den Schacht hinunter, fand den Kabelschalter, drückte ihn hoch und dann eine Minute später wieder runter. Die Lichter im 87. Reviergebäude – und in all den Wohnhäusern der Umgebung – waren tatsächlich nur so lange aus gewesen. Aber das war lange genug, um Packs Zweck zu dienen.

Es war vier Uhr fünfzehn, als er am Empfangstisch eintraf. Er trug eine G.I.P.&L.-Ausweiskarte an seinem Arbeitsanzug. Er legte dem Sergeanten seine gefälschten Papiere vor und sagte ihm, er sei gekommen, um sich um den Stromausfall zu kümmern. Der Sergeant blickte über den Schreibtisch auf diesen kleinen Typen mit dem schlappen braunen Schnurrbart und der blauen Wachmütze und sagte ihm, es habe keinen *echten* Stromausfall gegeben, die Lichter wären bloß für eine Minute oder so ausgefallen, das wäre alles. Pack sagte: »Eine Minute oder so ist für uns ein Stromausfall.«

»Also was wollen Sie machen?« fragte der Sergeant. Er dachte im Moment daran, daß ein Sergeant vom 84. heute abend eine große Party bei sich gab, und er hoffte, daß sie noch voll im Gang war, wenn er da eintraf. Er wurde um Viertel vor zwölf abgelöst. Er rechnete mit fünfzehn Minuten, um sich im Umkleideraum umzuziehen, noch einer halben Stunde, um quer durch die Stadt zu fahren ...

»Ich muß einen Spannungsmesser ans Netz anschließen«, sagte Pack.

»Warum das ganze Getue?« sagte der Sergeant. »Wir haben Licht, oder nicht?«

»Im *Moment* ja«, sagte Pack. »Wollt ihr, daß es wieder ausgeht, wenn ihr einen riesigen Beilmörder hier drin habt?«

Der Sergeant wollte nicht mal, daß es ausfiel, wenn sie einen kleinen Gauner hier drin hatten. Der Sergeant dachte im Augenblick daran, ein komisches Hütchen aufzusetzen und in ein Horn zu blasen.

»Ist das Ihr Spannungsmesser da?« fragte er und blickte über den

Schreibtisch hinunter auf den Holzkasten zu Packs Füßen. Pack hob den Kasten auf den Schreibtisch. Er war ungefähr so groß wie ein kleiner Koffer. Er sah aus wie eine größere Version von einem Kasten, den man vielleicht dazu benutzte, um Rollschuhe zu tragen, mit Metallbeschlägen und einem Griff und Haken, um den Deckel zu öffnen. Aber an der Vorderseite war eine rechteckige Einstellskala mit einem gelben Abschnitt, einem roten Abschnitt und einem grünen Abschnitt. Der gelbe Abschnitt war ganz links am Ende mit einem geprägtem Metallschildchen markiert, auf dem »60 Volt« stand. Der grüne Abschnitt war im Zentrum mit einem ähnlichen Schildchen markiert, auf dem »120 Volt« stand. Der rote Abschnitt war ganz rechts am Ende mit einem Schildchen markiert, auf dem »200 Volt« stand. Unter der Glasscheibe, die den Spannungsanzeiger schützte, befand sich ein Zeiger. Drei Drehknöpfe waren unter der Skala.

»Wofür ist das?« fragte der Sergeant.

»Es hat ein Band und einen Plotter drin«, sagte Pack. »Er mißt die einfließende Spannung, sagt uns, ob wir irgendwelche Schwingungen oder Schwankungen in der . . .«

»Ich bereue, daß ich gefragt habe«, sagte der Sergeant. »Tun Sie, was Sie tun müssen.«

Pack stieg die Eisentreppe zum Dienstraum hinauf.

Es gab weder Plotter noch Band im Holzkasten.

Das Meter wirkte echt genug – Pack hatte es von einem echten Spannungsmesser genommen –, aber es war an nichts angeschlossen, und die Drehknöpfe, die an einem echten Meßgerät benutzt wurden, um das Meter zu eichen, hatten hier überhaupt keine Funktion.

Im Innern des Kastens befand sich eine Schaltuhr mit einer sieben Tage umfassenden Wählscheibe. Die Schaltuhr wurde normalerweise benutzt, um Heizungs-, Klima- und Lüftungsanlagen zu programmieren, sowie Lichter, Pumpen, Motoren und andere Einzel- bis Dreifachphasenbelastungen. Sieben Schalterpaare, die in der Schaltuhr eingebaut waren, ermöglichten dem Benutzer, ein anderes EIN/AUS-Programm für jeden Tag der Woche einzustellen. Die Schaltuhr sah so aus:

Wenn man den Schiebedeckel nach links drehte, sahen die Klemmschrauben so aus:

Heute war der 31. Dezember, ein Samstag.

Die Schaltuhr war auf nächsten Donnerstag, den 5. Januar, gestellt.

Sie war auf 20.15 Uhr gestellt und würde um diese Zeit jedes Elektrogerät einschalten, das an ihre Drähte angeschlossen war.

Die Drähte waren an keinem Elektrogerät angeschlossen.

In dem Kasten war eine fünfpfündige Dynamitladung. Ein Plastikbeutel mit schwarzem Schießpulver befand sich in dem Kasten. Einer der Drähte der Klemmschrauben führte zur Erdung. Der andere war locker um den ersten gewickelt. Um 20.15 Uhr am nächsten Donnerstag, wenn die Schaltuhr den EIN-Schalter betätigte, würde ein heftiger Stromstoß durch die locker gewickelten Drähte fließen und einen Funken verursachen, der das Schießpulver und schließlich die Lunte der Dynamitladung entzündete. Pack brauchte jetzt nur seinen falschen Spannungsmesser in eine normale Steckdose zu stecken und die Zeit auf der Schaltuhr einzustellen.

Der Rest würde sich von allein ergeben.

Im Dienstraum oben besprachen die Detectives die Steckbriefe, die an dem Morgen mit der Post gekommen waren.

»Die müssen echt sein«, sagte O'Brien.

»Er hätte sie aus einem Postamt kriegen können«, sagte Fujiwara.

»Eine schöne Versammlung, nicht?« sagte Willis. »Vergewaltigung, Brandstiftung, bewaffneter Überfall, Entführung . . .«

»Du glaubst doch nicht etwa, daß er sie verzinken will, oder?«

»Wen verzinken?«

»Die Leute, die das Ding bei Gruber's mit ihm machten.«

»Was er macht«, sagte O'Brien, »ist uns mitzuteilen, daß er in jedes verdammte Revier in dieser Stadt gehen und darin treiben kann, was immer er will.«

»*Falls* er sie aus einem Dienstraum hat«, sagte Fujiwara.

»Da hat er sie bestimmt her«, sagte Willis.

Pack blieb an der Schranke, die den Dienstraum von dem draußenliegenden Gang trennte, stehen.

»Stromgesellschaft«, sagte er. »Ich soll einen Spannungsmesser ans Netz schließen.«

»Kommen Sie rein«, sagte O'Brien.

»Wo ist Ihr Schaltkasten?« fragte Pack.

»Wer weiß?« sagte Willis.

Pack hatte keinen Grund, den Schaltkasten zu finden. Er brauchte einfach einen Vorwand, um sich umzusehen. Er stellte den Kasten neben einem der Schreibtische ab und fing an herumzuschnüffeln. Über all im Zimmer waren genügend Steckdosen, aber er brauchte einen Platz, wo er seine Brandbombe verstecken konnte.

»Was ist hier drin?« fragte er, seine Hand auf einer Türklinke.

»Abstellkammer«, sagte Fujiwara.

Eine nackte Glühbirne mit einer Zugschnur hing in der Kammer. Pack zog an der Schnur. Eine 40-Watt-Birne, ein Wunder, daß diese Typen hier drin überhaupt was sehen konnten.

»Ist's okay, wenn ich rauche?« fragte er.

»Solange Sie den Laden nicht in Brand stecken«, sagte O'Brien.

Pack lachte.

Er suchte an der Fußleiste der Kammer nach Steckdosen. Normalerweise waren keine Steckdosen in einer solchen Kammer, aber in manchen von diesen alten Gebäuden wurde ein Raum einfach dadurch unterteilt, daß nach Belieben eine Wand eingezogen wurde. Er fand einen Doppelstecker an der Rückwand des Abstellraumes. Gut. Er konnte seinen Kasten hier anschließen, wo es eine Menge leicht entflammbares Zeugs gab. Die Brandbomben würden für einen lodernden Anfang sorgen und dann innerhalb von ein paar Minuten in ein nettes Feuerchen übergehen. Schön altes Holz überall im Zimmer. Oh, das würde ein sehr schöner Brand.

»Ich bin in einer Minute hier fertig«, sagte Pack. »Haben Sie einen Aschenbecher?«

»Werfen Sie sie einfach auf den Boden«, sagte O'Brien.

Pack benötigte nur anderthalb Minuten, um seinen Kasten in die Kammer zu tragen, ihn unter einem Regal auf den Boden zu stellen, und ihn anzuschließen.

Er brauchte drei Minuten, um die Schaltuhr nach der momentanen Zeit zu stellen, die er von der Dienstraumuhr ablas.

»Ich muß noch anderes Zeug hier raufbringen«, sagte er. »Ein paar Chemikalien, um die Kammer trocken zu halten. Sonst kriegen wir kein echtes Ergebnis. Ich werde sie auf die Regale stellen, damit Sie Ihnen nicht im Weg stehen.«

Er ging nach unten, um seine Brandbomben zu holen.

Er stellte drei harmlos aussehende Pappkartons in die Kammer, einen auf jedes der drei Regale über dem Kasten. Während er arbeitete, hörte er den Detectives zu.

»Also warum versucht er uns zu sagen, daß er in die Diensträume gehen kann?« sagte Fujiwara. »*Wenn* er überhaupt versucht, uns das zu sagen.«

»Weil er spinnt«, sagte Willis.

In den letzten Jahren war es zum Ritual geworden.

Am Silvesterabend liebten sich Carella und Teddy, bevor sie das Haus verließen, um zu irgendeiner Party zu gehen. Und wenn sie wieder nach Hause kamen, diesmal im neuen Jahr, liebten sie sich noch mal.

Einmal vor langer Zeit hatte ein Detective schottischer Herkunft Carella erzählt, daß in den nördlichen Teilen von Großbritannien immer noch der Brauch gilt, den Neujahrsbesuch am ersten Tag des neuen Jahres abzustatten. Eine dunkeläugige, dunkelhaarige Person – wahrscheinlich, weil Britanniens Feinde seit Menschengedenken blond und helläugig gewesen waren – trägt ein symbolisches Geschenk, für gewöhnlich ein Stück Kohle und eine Prise Salz, über die Türschwelle eines Freundes. Der Geschenküberbringer ist die erste Person, die das Haus im neuen Jahr betritt: daher Neujahrsbesuch. Sein oder ihr Geschenk symbolisiert den Wunsch nach Gesundheit und Gedeihen für das kommende Jahr.

Carella wußte nicht, ob er sich der Geschichte richtig erinnerte oder ob der Schotte die Wahrheit gesagt hatte. Er hatte aber den Verdacht, daß man nicht scherzen soll, wenn es um Bräuche geht. Er mochte die Geschichte, und er wollte glauben, daß ein solcher Brauch in der Tat existierte. In einer Welt, wo zu viele Leute den Tod mit sich brachten, war es tröstlich zu wissen, daß in einem abgelegenen kleinen Dorf im fernen Norden jemand – am allerersten Tag des strahlenden neuen Jahres – das Geschenk des Lebens mit sich brachte: ein Stück Kohle für den Kamin, eine Prise Salz für den Topf. In gewissem Sinne, hatte der Schotte gesagt, war der Brauch eine erneute Bestätigung des Lebens.

Für Carella war der Beischlaf gleichermaßen eine erneute Bestätigung des Lebens.

Er liebte seine Frau völlig.

Diese Frau war sein Leben.

Und als er sie am Neujahrstag in seinen Armen hielt – beides dunkeläugige, dunkelhaarige Menschen, keine Feinde hier in diesem Bett – wünschte er ihr wortlos das Beste, das das Leben zu bieten hatte.

Aber Neujahrstag war auch der achte Weihnachtstag.

Und jemand würde kommen und Botschaften des Todes mit sich tragen.

12

Vor dem Überfall auf Gruber's hatte der Taube vorgehabt, jemand anderen zu bezahlen, der das mit den Pferden erledigen sollte – genauso wie er Pack für die Wagen und den Dienstraum bezahlt hatte. Unordnung war ihm unangenehm. Auch das Abschneiden des Pennerohres, eine Notwendigkeit, wenn er den Lumpen des 87. etwas beweisen wollte, war ihm zuwider gewesen. Der Taube mochte die Dinge sauber und ordentlich. Präzise. Die Feier, die er zur Unterhaltung der Detectives, die im alten Reviergebäude in der Grover Avenue arbeiteten, geplant hatte, war anfangs als nette Beigabe zu dem Ding im Kaufhaus gedacht. Zuerst sollten sie wissen, daß er in ihrem Revier alles tun konnte, was er zum Teufel tun wollte, den Job durchziehen, einen sauberen Abgang machen und ihnen dann ein für allemal beibringen, daß er ihre Einmischung in seine Angelegenheiten nicht weiter dulden würde. Die Beziehung beenden. Tschüß, Boys.

Er hatte es sich anders überlegt, nachdem das Ding bei Gruber's in einer Katastrophe geendet hatte.

Wieder durch Zufall.

Die ganze Arbeit umsonst.

Und jetzt war er zornig.

Normalerweise war er kein Freund von emotionalen Exzessen. Eine Frau im Bett war für ihn kein Objekt der Liebe, sondern bloß jemand, den er kontrollieren konnte. In seinem Lexikon bedeutete »lieben« »riskieren«. Elizabeth Turner hatte den tödlichen Fehler begangen, sich in ihn zu verlieben und dadurch alles zu riskieren. Sie hatte ihn angefleht, das Ding bei Gruber's nicht durchzuführen, seinen Lebensstil zu ändern, mit ihr in eine andere Stadt zu ziehen, die Vergangenheit zu vergessen.

Der Hauch der Gefahr war allgegenwärtig gewesen.

Ihre Liebe zu ihm hätte sie auf gefährlich unberechenbare Pfade führen können: vielleicht zu einem Besuch bei der Polizei, um sie vor dem bevorstehenden Coup zu warnen, mit einer tränenvollen Szene später, in der sie ihm ihre Unbesonnenheit eingesteht und ihn nochmals anfleht, jetzt, da sie den Job verhindert hatte, alles aufzugeben.

Sie hatte ihm nie mit einer solchen Handlungsweise gedroht – sie wußte es besser, als ihm zu drohen – aber er spürte an ihren wechselnden Stimmungen, daß sie es jetzt bereute, ihm die Informationen gegeben zu haben und, weil sie ihn »liebte«, konnte sie eine Dummheit begehen, um ihn zu »schützen«. Wovor der Taube sich am meisten fürchtete, das waren die guten Absichten von wohlmeinenden Leuten, den Narren der Welt.

Aber er hatte nicht aus Zorn getötet.

Zorn war Verschwendung, eine alberne, energieverbrauchende Extravaganz.

In der Tat hatte er sie umgebracht, sofort nachdem er mit ihr Liebe gemacht hatte, was immer *das* zu bedeuten hatte. Zwei Leute »machen« Liebe. Zwei schweratmende Individuen – obwohl er nicht ganz so schwer geatmet hatte wie sie – errichten zusammen ein tropfendes Bauwerk, das unter – ta-*rah* – LIEBE bekannt ist. Der Architekt und der Bauunternehmer in leidenschaftlicher Zusammenarbeit, »Liebe machen«.

Machen.

Das Verb selbst so facettenreich wie ein Diamant, so wie die meisten Worte in der Sprache waren.

Machen.

Schaffen, errichten, formen, oder bauen: *Ich habe einen Stuhl gemacht* – oder eine Bombe.

Einer Sache eine neue Form oder Verwendung geben: *Ich habe eine seidene Tasche aus einem Schweineohr gemacht* – oder ein symbolisches Rebhuhn aus einem Pennerohr.

Verdienen: *Geld machen* – was mir am Heiligabend mißlungen ist.

Vorbereiten und ins Leben rufen: *Feuer machen* – was mir am Dreikönigsabend gelingen wird.

Zwingen oder nötigen: *Ich habe sie zu meinem Diener gemacht* – wo ich glaubte, Elizabeth Turner dazu gemacht zu haben, bis sie anfing, jene tödlichen Zweifel zu haben.

Verursachen oder werden: *Ich habe sie kalt gemacht.*

Aber ohne Zorn.

Der Todeskuß.

Wenn ein pickliger Teenager einen zweiten ähnlich blühenden Kumpel fragt: »Hast du sie gestern abend angemacht?« dann fragt er in Wirklichkeit: »Hast du sie gezwungen, sich zu unterwerfen?«

Der Taube hatte Elizabeth Turner nicht gezwungen, sich zu unterwerfen. Sie hatte sich ihm freiwillig angeboten, und er hatte sie nachher ungerührt erschossen – sie vor ihm auf den Knien, Kopf nach unten, in Erwartung von weiß Gott welchem Vergnügen, von hinten.

Kein Zorn.

Aber jetzt war er zornig.

Das alte Zeughaus aus Ziegelsteinen an der Ecke First Street/Saint Sebastian Avenue war länger als Pferdestall benutzt worden, als die Bewohner der Gegend sich erinnern konnten. Zu einem bestimmten Zeitpunkt in der Geschichte der Stadt wurden nicht weniger als einhundert Pferde dort untergestellt, die alle zu der damals elitären Berittenen Patrouille gehörten. Die Golden-Nugget-Abteilung, wie die Reiter vertraut, spöttisch und neidisch von ihren nicht berittenen Kollegen genannt wurden, war im Lauf der Jahre allmählich in der Zahlenstärke vermindert worden und war jetzt im Grunde ausgestorben. Zwei Bürgermeister in Folge glaubten, daß Männer zu Pferde zu sehr an Kosaken erinnerten. Cops zu Pferde wurden nur noch zu feierlichen Anlässen oder für Veranstaltungen benutzt, von denen erwartet wurde, daß sie riesige Menschenmengen anlockten. Es hatten sich, zum Beispiel, gestern abend zwölf berittene Polizisten am Stem befunden, wo Hunderttausende dem Abstieg der roten Kugel ins neue Jahr zugeschaut hatten. Die Pferde, die die zwölf Cops ritten, waren zusammen mit zwölf weiteren, alle im Zeughaus hier oben im 87. Revier untergebracht. Diese zwei Dutzend waren der letzte Überrest einer einst stolzen Legion. Die meisten dieser Pferde waren braun. Nur zehn davon waren schwarz.

Am Neujahrstag hatte nur ein Polizeibeamter Dienst im Zeughaus. Selbst an Tagen, die *keine* gesetzlichen Feiertage waren, waren höchstens drei Beamte da. Die vier Stallknechte waren Angestellte im Beamtendienst und keine Polizisten. Am Neujahrstag war nur ein Stallknecht im Zeughaus. Er und der Wachmann kurierten beide einen prächtigen Kater aus.

Es war ein kalter, regnerischer Tag – ein schleches Omen für das kommende Jahr.

Der Mann, der im Zeughaus ankam, trug eine Pizza in einem weißen Pappkarton. Er trug auch eine weiße Papiertüte. Er näherte sich der großen hölzernen Tür mit den Eisenangeln, hob den Türklopfer und wartete.

Die Wache vom Dienst öffnete die Tür und sah in den Regen hinaus. »Ja?« sagte er.

»Hab 'ne Pizza und 'n paar Colas für Sie«, sagte der Mann draußen vor der Tür.

Er trug einen schwarzen Trenchcoat. Er war blond und ohne Hut. Ein Hörgerät war in seinem rechten Ohr.

»Keiner hat 'ne Pizza bestellt«, sagte der Streifenpolizist und wollte die Tür schließen.

»Die ist vom 87.«, sagte der Mann.

»Was?« sagte der Streifenpolizist.

»Okay, wenn ich reinkomme?« sagte der Mann. »Es ist ziemlich naß hier draußen.«

»Klar«, sagte die Wache.

Der Lieferant betrat das Zeughaus. Der Polizist schloß die Tür hinter ihm. Sie donnerte – oder so kam es ihm wegen des Katers wenigstens vor – mit einem wuchtigen Schlag, der ihn zusammenzucken ließ, zu. Das Zeughaus roch nach Pferden und Pferdedung. Von irgendwo aus dem riesigen Gebäude kam das Wiehern eines Pferdes.

»Die mögen den Regen nicht«, sagte die Streife.

»Wo woll'n Sie das hingestellt hab'n?«

»Bringen Sie es hier ins Büro«, sagte der Streifenpolizist.

Das Büro war eine kleine Kabine, die noch die Regimentsflaggen an der Wand hatte. Der Stallknecht saß, seine Füße auf den Schreibtisch gelegt, im Büro.

»Das riecht gut«, sagte er.

»Ein kleines Geschenk von den Jungs im 87.«, sagte der Lieferant, als er den Karton auf den Schreibtisch legte. »Die dachten, daß Sie vielleicht, hier so ganz allein, am Neujahrstag etwas Hunger hätt'n.«

Er nahm zwei Pepsis aus der weißen Papiertüte und stellte sie auf den Tisch neben dem Pappkarton. Er griff in seine Tasche nach einem Flaschenöffner und nahm die Verschlüsse ab. Die Deckel gingen leicht und geräuschlos, ohne den sprudelnden Knall entweichender Kohlensäure, ab.

»Das ist sehr nett von ihnen«, sagte der Polizist.

Er kannte niemanden im 87. Er selbst war ein Pfeil-und-Bogen-Cop, der einst ein Reiter gewesen war. Er war offiziell noch der Berittenen Patrouille zugeteilt, aber er ritt nie mehr ein Pferd, ihm war auch nicht erlaubt, eine Waffe zu tragen – daher der Spitzname »Pfeil-und-Bogen«. Die Polizei hatte ihm vor drei Jahren sowohl sein Pferd als auch seine Waffe weggenommen, nachdem er mit einem großen schwarzen Hengst in eine Ansammlung von etwa eintausend Menschen hineingeritten war und dabei mit der Waffe in die Menge gefeuert hatte. Er war zu dem Zeitpunkt betrunken gewesen. Keiner wurde verletzt außer dem Pferd, das bei dem Pistolenknall durchgegangen war und in einen Laternenpfahl rannte, wobei es sich das Bein brach. Das Pferd mußte erschossen werden. Alle Pferdefreunde der Stadt protestierten.

»Was ist da drauf?« fragte der Knecht.

Er hatte den Kartondeckel schon hochgehoben. Der Lieferant stand noch herum, als ob er ein Trinkgeld erwartete.

»Wurst und Käse«, sagte der Lieferant.

Der Streifenpolizist und der Stallknecht sahen einander an, unschlüssig, wie hoch ein Trinkgeld für einen Typen, der eine Pizza an einem kalten, regnerischen Tag lieferte, sein sollte.

»Essen Sie lieber, bevor sie kalt wird«, sagte er.

Der Knecht nahm ein Stück Pizza aus dem Karton. Er biß hinein.

»Gut«, sagte er, während er kaute.

Er griff nach einer der Pepsi-Flaschen, setzte sie an seinen Mund und trank.

»Die ist ein bißchen schal«, sagte er.

Der Polizist nahm ein Stück Pizza.

»Noch schön warm«, sagte er. »Wollen Sie 'n Stück?« fragte er den Lieferanten.

»Nein, danke.«

»Hast du etwas Kleingeld?« fragte er den Knecht und griff nach der anderen Pepsi-Flasche.

»Klar, Augenblick«, sagte der Knecht. Er nahm noch einen Biß, spülte ihn mit der schalen Pepsi hinunter und griff dann in seine Tasche.

»Nee, das ist schon gut«, sagte der Lieferant. »Frohes neues Jahr.«

»Sind Sie sicher, daß Sie kein Stück woll'n?« fragte der Knecht.

»Will mich bloß ein bißchen aufwärmen, bevor ich wieder da raus gehe«, sagte der Lieferant.

»Setz'n Sie sich, setz'n Sie sich«, sagte der Polizist, und setzte die Flasche wieder an seinen Mund.

Der Polizist und der Stallknecht saßen und aßen Pizza und tranken Pepsi. Irgendwo im Zeughaus wieherte noch ein Pferd. Der Lieferant rieb sich die Hände, um warm zu werden.

Zehn Minuten später lagen der Wachmann und der Stallknecht beide bewußtlos auf dem Boden des Büros.

Der Taube lächelte.

Das Chloralhydrat hatte schnell gewirkt.

Er griff nach der Pistole in seiner Trenchcoattasche. Während er nach hinten zu den Ställen ging, wo die Pferde untergebracht waren, schraubte er den langen Schalldämpfer auf den Lauf.

Der achte Weihnachtstag war ein gesetzlicher Feiertag, und niemand erwartete etwas vom Tauben. Keine Postzustellungen an gesetzlichen Feiertagen. Keine United-Parcel-Zustellungen. Weder Federal-, Emory-, Purolator- noch sonstige Eilpaketzustellungen. Nur Frieden und Ruhe. Wie es sich für den Neujahrstag schickte.

Einsatzwagen Adam Eins wurde um halb zwei ins Zeughaus geschickt, weil jemand aus der Nachbarschaft die Notrufnummer 911 angerufen hatte, um zu melden, daß die Pferde schrien.

Sechzehn Pferde waren noch am Leben, als die zwei Streifenbeamten ankamen. Es war kein wirkliches Schreien. Sie waren einfach aufgeschreckt und – einer der Streifenpolizisten beschrieb es als eine Art Totenklage, aber er war Ire.

Acht Pferde waren tot.

Jedes einzelne war erschossen worden.

Es waren schwarze Pferde.

Also jetzt war es ernst.

Nun ja, vielleicht war auch das abgetrennte Ohr ernst gemeint gewesen.

Vielleicht war das abgetrennte Ohr nicht nur die Art des Tauben, sich definitiv anzukündigen, sondern auch zusätzlich ein Versprechen, daß es blutig werden würde.

Carella und Brown sahen die toten Pferde an.

Überall war Blut.

»Es gibt keinen Sinn«, sagte Carella.

Er dachte daran, daß die Pferde nichts getan hatten.

Er dachte daran, daß sie schöne, unschuldige Tiere waren.

Jedes davon schwarz.

Brown dachte daran, daß dies schon damals im Oktober geplant war. Der Gedanke war erschütternd.

Beide Männer blieben stehen und sahen die Pferde lange an.

Draußen regnete es immer noch.

Der Regen hörte am zweiten Tag des neuen Jahres, dem neunten Weihnachtstag, auf. Er wurde durch einen klaren, blauen Himmel und arktische Temperaturen ersetzt. Pack störte die Kälte nicht. Regen wäre lästig gewesen. Sprengstoff muß trocken gehalten werden.

Hereinzukommen war leichter, als Pack erwartet hatte.

Ein uniformierter Cop stand am Eingangstor im Drahtzaun, aber Pack trug eine Ausweiskarte in einer Plastikhülle an seinem Arbeitsanzug, und die Karte zeigte sein Foto in lebendigen Farben und darüber standen die Worte ISOLA POLIZEI KFZ-ABT. Er hatte auch ein

Auftragsformular bei sich, auf einen *Isola Polizei Kfz-Abteilung* Briefbogen gedruckt, das ihn autorisierte, die Elektrik aller fünfzehn Wagen, die dem 87. Revier zugeteilt waren, zu überprüfen.

Der Cop am Tor blickte auf seine Karte und sagte: »Was gibt's?«

Pack zeigte ihm das Auftragsformular.

Der Cop am Tor sagte: »Haben Sie mit dem Sergeant gesprochen?«

»Hat mir gesagt, ich soll nach hinten gehen«, sagte Pack.

In Wirklichkeit hatte er mit *niemandem* gesprochen. Frage niemals, bereue niemals, das war sein Motto. Einfach hereinmarschieren, als ob du überall dazugehören würdest, erkläre nur etwas, wenn du danach gefragt wirst. Er hatte sich drinnen im Revier nicht noch mal zeigen wollen, obwohl er den Schnurrbart abrasiert hatte, den er seit Vietnam getragen hatte, und obwohl er jetzt eine Brille mit Fenstergläsern trug, wollte er nicht riskieren, daß ihn jemand erkannte. Er schätzte, daß er sich durchbluffen konnte, falls ein Sergeant hier draußen auftauchte und ihn fragte, was zum Teufel er hier mache. Zeig ihm die Papiere noch mal, sag, daß er nicht gewußt hatte, daß er drinnen fragen mußte, um ein paar Scheißautos zu überprüfen, du würdest dir denken, daß sie sich freuen würden, ihn zu sehen, anstatt ihm Ärger zu machen. Wenn es irgendwie schwierig werden sollte, dann war er bereit, die Sache auf der Stelle stehen- und liegenzulassen. Kein Job war es wert zu sitzen. Arbeite hier draußen mit der geschwollenen Oberlippe und der falschen Brille und hoffe, daß niemand eine Verbindung mit dem Typen, der am Silvesterabend oben im Dienstraum gewesen war, herstellte. Er verließ sich auf die Tatsache, daß die meisten Leute – auch Cops – nur das Drum und Dran behielten.

»Der größte Teil des Schrotts ist noch auf der Straße«, sagte der Cop. »Die Schicht wechselt erst um Viertel vor acht.«

Es war jetzt zehn Minuten nach sieben. Erst um sieben Uhr zweiundzwanzig hätte man das volle Tageslicht. Es würde heute nachmittag um vier Uhr sechsundvierzig dunkel werden. Das Licht hinter dem Reviergebäude war noch dämmerig.

»Ich werde die, die hier sind, jetzt machen«, sagte Pack. »Mach die anderen, wenn sie reinkommen.«

»Seit wann habt ihr Jungs denn angefangen, Hausbesuche zu machen?« fragte der Cop. »Früher mußten wir sie immer nach Downtown in die Garage bringen, wenn etwas kaputt war.«

»Die Feiertage«, sagte Pack. »Wir sind völlig überfüllt.

»Machen Sie nur«, sagte der Cop. »Gott weiß, daß sie es nötig haben.«

So einfach war es gewesen.

Das Gebiet des 87. Reviers war in acht Sektoren aufgeteilt, und ein Streifenwagen war jedem Sektor zugeteilt. Der Streifensergeant hatte einen Wagen und Fahrer für sich allein, was die Gesamtzahl der Autos auf neun erhöhte, die jederzeit im Gebrauch waren. Es gab zusätzlich die sechs sogenannten Reservewagen. Diese sechs wurden des öfteren eingesetzt, weil Streifenwagen – wie Polizeireviere – in jeder beliebigen Schicht rund um die Uhr unheimlich beansprucht wurden, und es gab eine ganze Menge Pannen auf den Straßen. Ein Beamtenteam fährt oft einen Wagen um neun Uhr morgens und einen anderen Wagen um elf.

Es wurde nicht zwischen den Reservewagen und denjenigen, die sie oftmals ersetzten, unterschieden. Im Jargon des Reviers wurden sie *alle* »der Schrott« genannt. Die Cops drängten sich in den Schrott hinein, wenn ihre Diensttour anfing, und gaben den Schrott ab, wenn die Tour zu Ende war. Der Schrott war beides, Singular und Plural. Ein Streifenwagen war der Schrott. Einhundert Streifenwagen wären auch der Schrott gewesen. Wann immer ein Wagen eine Panne hatte, wurde er »der Scheißschrott« genannt. Wenn du den motorisierten Bullen des 87. zuhörtest, hättest du gedacht, daß sie Schrotthändler wären. Nur einer der Wagen hatte jemals einen Namen gehabt. Der war der Lieblingswagen im Revier gewesen, ein uraltes Ding, das wie ein Gaul geschuftet hatte und das selten eine Panne erlitten hatte. Die Cops nannten ihn Sadie. Schließlich versagte Sadies Motor, und die Stadt entschied, daß es billiger war, sie zu ersetzen, als sie zu reparieren. Die Cops des 87. hielten eine kleine Zeremonie für Sadie ab, als sie starb. Sie war immer noch ihr Liebling.

In der Praxis wurde der ganze Schrott des Reviers – die normal zugeteilten Wagen sowie die Reservewagen – nach einem mehr oder weniger rotierenden System eingesetzt. Es gab auch einige ungekennzeichnete Limousinen, die die Detectives fuhren, aber diese wurden nicht zum Schrott gezählt. Der Schrott hatte weiße Türpaneele mit aufgemaltem Stadtsiegel und Reviernummer, schwarze Kotflügel, eine schwarze Motorhaube und ein weißes Dach mit einer Reihe von Scheinwerfern drauf. Die unmarkierten Wagen der Detectives wurden immer auf dem Platz hinter dem Reviergebäude geparkt. Der Schrott stand entweder dort oder vorne vor dem Revier, im rechten Winkel zum Bordstein.

Sieben Wagen parkten auf dem Parkplatz hinter dem Revier, als Pack sich an die Arbeit machte – die sechs Reservewagen und der Wagen des Sergeants. Er brauchte buchstäblich nur drei Minuten, um jeden Wagen anzuschließen. Um sieben Uhr zweiundzwanzig, als die Morgendämmerung anbrach, hatte er schon vier von ihnen vorbereitet. Um sieben Uhr vierzig, als die Wagen der Nachtschicht langsam eintrudelten, hatte er die restlichen drei fertiggemacht und wartete darauf, nur noch zwei weitere zu präparieren. Sobald zwei Streifenbeamte einen Wagen verließen, um ins Revier zu gehen, öffnete Pack geschwind die Haube. Zwischen dem Gitter und dem Kühler versteckte er einen Kasten, der einen Plastikbeutel mit schwarzem Schießpulver und eine Fünf-Pfunf-Ladung Dynamit enthielt. Er befestigte einen Erdungsdraht an dem Untergestell. Er fand den Verbindungsdraht, den er zu finden erwartete, zog ihn heraus und drehte die gereinigten Enden beider Drähte locker zusammen. Die Drähte führten in den Plastikbeutel mit dem Schießpulver. Die Dynamitzündung führte in den gleichen Plastikbeutel.

Um sieben Uhr fünfundvierzig, als die Wagen der Tagschicht langsam wegfuhren, packte Pack sein Werkzeug in den LKW.

Er wünschte dem Cop am Tor ein frohes neues Jahr, stieg in den LKW und fuhr davon.

Die erste Explosion erfolgte erst eine halbe Stunde nach Beginn der Zwischenschicht.

Die Streifenbeamten, denen Charlie Zwei zugeteilt worden war, hatten den Wagen um zehn vor vier abgeholt. Der Streifensergeant, der sehr penetrant war, was den Schrott betraf, kam raus, um den Wagen auf Beulen oder Kratzer abzusuchen, und vermerkte sogar die kleinste Schramme, um sie später zu vergleichen, wenn der Wagen um elf Uhr fünfundvierzig heute nacht abgegeben wurde. Der Sergeant hieß Preuss, aber die Streifenbeamten nannten ihn hinter seinem Rükken »Piss«. Charlie Zwei verließ das Revier um fünf nach vier. Um vier Uhr fünfzehn, nach einer einzigen Runde im Sektor, entschieden sie, eine Kaffeepause zu machen. Der Beifahrer-Cop stieg um vier Uhr zweiundzwanzig wieder in den Wagen, einen Becher Kaffee in jeder Hand.

»Es wird dunkel«, sagte er.

Der Fahrer griff mit seiner rechten Hand nach dem Kaffeebecher und mit seiner linken Hand nach dem Lichtschalter. Er betätigte den Lichtschalter. Durch den Einsteckdraht, den Pack vom rechten vorderen Scheinwerfer herausgezogen und mit dem Erdungsdraht zusammengedreht hatte, ging plötzlich die Spannung der 12-Volt-Batterie. Die locker verschlungenen Drähte im Plastikbeutel voll schwarzem

Schießpulver schlossen sich kurz und funkten, das Pulver loderte auf, die Zündung fing Feuer und das Dynamit ging einen Augenblick später hoch.

Das war um 16.23 Uhr.

Um 16.27 Uhr, neunzehn Minuten vor Sonnenuntergang, sah der Streifenpolizist in Boy Zwei einen Mann, der im Sektor Zwei die Culver Avenue entlanglief. Streifenpolizisten wurden gemäß der Theorie, daß aus der Vertrautheit eine bessere Verbrechensbekämpfung resultierte, für jede Tour dem gleichen Sektor zugeteilt. Wenn ein Streifenbeamter etwas sah, das ihm sonderbar vorkam – einen Lebensmittelladen, der geschlossen hatte, wenn er offen sein sollte, eine Schar Nutten, die an der falschen Ecke stand –, dann sah er sofort nach. Ein rennender Mann war immer verdächtig. Wenn du in dieser Stadt ein Läufer warst, dann solltest du einen Jogginganzung und Joggingschuhe tragen. Beinahe jeder *ging* schnell, aber er rannte selten. Ein rennender Mann in normaler Kleidung rannte meistens vor etwas *davon.*

Der Beifahrer in Boy Eins sagte: »Da vorne, Frank.«

»Ich sehe ihn«, sagte der Fahrer.

Der Fahrer fuhr langsam in die Fahrspur neben dem Bordstein. Der Mann rannte noch.

»Der hat's verdammt eilig«, sagte der Beifahrer.

Sie beobachteten ihn weiter.

»Er versucht bloß, den Bus an der Ecke zu erreichen«, sagte der Fahrer.

»Ja«, sagte der Beifahrer.

Der Mann stieg in den Bus. Der Bus fuhr vom Bordstein ab.

»Es wird dunkel«, sagte der Beifahrer. »Du solltest lieber das . . .«

Der Fahrer griff schon nach dem Lichtschalter.

Einen Augenblick später explodierte Boy Eins.

Preuss, der Streifensergeant, sah auf seine Digitaluhr, als er aus dem Revier kam und auf seinen Wagen zuging, sein Fahrer war direkt hinter ihm. Es war 16.31 Uhr. Die Uhr sagte ihm auch, daß es Montag, der 2. Januar, war. Uhren konnten dir heutzutage fast alles sagen. Preuss kannte einen, der einen Wecker hatte, dem man nur »Stop« zurufen mußte, und er ließ einen weitere vier Minuten schlafen.

Als Preuss in seinen Wagen stieg, dachte er daran, daß eine Explosion ein Unfall sein könnte, aber zwei Explosionen waren ein Komplott. Er hatte sich vor einem Komplott gefürchtet, seitdem er Sergeant geworden war. Er wußte, daß die Cops dieser Stadt überhaupt keine Chance hatten, wenn die ganzen Banditen der Stadt sich zusammentäten und sich dazu entschlossen, die Cops auszurotten.

Der Fahrer steckte den Schlüssel in das Zündschloß und drehte ihn.

Der Motor sprang dröhnend an.

Und, da es schnell dunkel wurde, langte er nach dem Lichtschalter.

Um 16.38 Uhr waren sechs der acht Streifenwagen außer Betrieb. Die restlichen zwei Wagen bekamen den Notruf 10-02 – BEIM KOMMANDO MELDEN. Das Entschärfungskommando war schon auf dem Weg ins 87. Revier.

Keines der beiden Autos erreichte das Reviergebäude unversehrt.

Der Sonnenuntergang war um 16.46 Uhr.

Bis dahin waren neun Wagen – die acht auf Streife und der Wagen des Sergeants – in die Luft gegangen.

Drei Beamte wurden getötet – darunter eine Frau – und fünf wurden ins Krankenhaus gebracht, zwei davon befanden sich wegen Brandwunden dritten Grades in kritischem Zustand.

»Er sagt uns, daß wir ebensogut gegen den Wind pissen können«, sagte Brown.

Draußen war es bitter kalt, und Frost schmückte die vergitterten Fenster des Dienstraums.

Es war der zehnte Weihnachtstag.

Nach dem Kalender an der Wand der 3. Januar. Nach der Uhr fünf Minuten nach zehn. An dem Morgen waren vier Detectives im Dienst. Brown, Kling, Meyer und Carella. Sie blickten alle auf die zehn leeren DA-Formularbögen, die per Federal Express etwas früher am Morgen geliefert worden waren. Die Formulare sahen harmlos genug aus. Standardpolizeiausgabe. Im Auftrag der Stadt für die Polizei gedruckt.

»Er sagt uns, wir sollen ruhig unsere Berichte schreiben«, sagte Brown, »weil es doch nichts nutzen wird.«

»Diese Formulare sind echt«, sagte Kling. »Du kannst sie nirgends kaufen, er muß sie aus einem Dienstraum gekriegt haben.«

»Oder zehn Diensträumen«, sagte Carella.

»Schreibt eure blöden Berichte, sagt er«, sagte Brown. »Reicht eure Scheiße über die acht schwarzen Pferde und neun Wagen ein . . .«

»Und er hat das schon damals im Oktober geplant?« fragte Meyer. »Uns zehn DA-Formulare zu schicken, damit wir die *Berichte* schreiben können?«

»Zehn DA-Formulare, genau«, beharrte Brown. »Für die zehn verschiedenen ...«

»Sollen wir auch einen DA-Bericht über *diesen* Scheiß schreiben?«

»Über *welchen* Scheiß?« fragte Brown.

»Über diesen Scheiß. Die DA-Formulare, die wir gekriegt haben.«

»Darauf schreibst du den Scheiß, nicht?« sagte Brown, und sah die anderen Männer an, als ob Meyer momentan der Verstand verloren hätte. »Du schreibst den Scheiß auf DA-Formulare.«

»Ich meinte *über* die Formulare.«

»Was?«

»Erwartet er, daß wir einen Bericht *über* diese Formulare einreichen?«

»Wer weiß, was er erwartet?« sagte Brown. »Er denkt abartig.«

»Also sagt er uns auch, daß wir einen Bericht über den Birnbaum schreiben sollen, stimmt das? Und die zwei Knüppel ...«

»Geh die bitte nicht noch mal durch, okay?« sagte Kling. »Ich habe es satt, das ganze Zeug noch mal zu hören.«

»*Er* hat's satt«, sagte Brown und rollte die Augen.

»Nein, gehen wird es noch mal durch«, sagte Carella. »Das ist alles, was wir haben, also gehen wir es durch.«

Kling seufzte.

»Zuerst der Birnbaum«, sagte Carella.

»Am ersten Weihnachtstag«, sagte Brown. »Ich hab' dir die ganze Zeit gesagt, daß es die ganzen zwölf Weihnachtstage so laufen würde.«

»Gib ihm einen Orden«, sagte Meyer.

»Mit dem Ohr dran«, sagte Carella.

»Damit wir wissen, daß er es ist«, sagte Brown.

»Dann die zwei Knüppel ...«

»Leicht zu kriegen«, sagte Kling.

»Dito die drei Paar Handschellen«, sagte Brown.

»Einfache Sachen.«

»Dann das ganze Zeug von den Revieren aus allen Teilen der Stadt ...«

»Vier Polizeimützen, fünf Walkie-talkies, sechs Marken ...«

»Die Steckbriefe ...«

»Sieben davon.«

»Aus *Diensträumen* hat er die«, sagte Brown.

»Nicht unbedingt. Das Notizbrett in jedem Versammlungsraum ...«

»Ja, okay, er hätte sie aus einem Versammlungsraum kriegen können.«

»Und dann wird es ernst«, sagte Carella.

»Acht schwarze Pferde«, sagte Kling. »Sechs Blocks von hier entfernt.«

»Und die neun Wagen. Unsere *eigenen* Wagen.«

Die Männer schwiegen.

»Zehn DA-Formulare«, sagte Meyer.

»*Die* findest du nicht an einem Versammlungsraumnotizbrett«, sagte Brown.

»*Die* kamen aus einem Dienstraum«, sagte Kling.

»Oder zehn Diensträumen«, wiederholte Carella.

»Also bekommen wir morgen elf Detective Specials«, sagte Brown.

»Und am Donnerstag kriegen wir das große Fressen. Zwölf gebratene Schweine.«

»Und einhundert Tänzerinnen«, sagte Meyer.

»Das wünsche ich mir«, sagte Brown und sah schnell über seine Schulter, als ob seine Frau, Caroline, plötzlich im Dienstraum erschienen wäre.

»Vielleicht ist er fertig«, sagte Kling. »Vielleicht waren die neun Wagen das Ende von allem, und jetzt sagt er uns, daß er fertig ist, und wir können unsere Berichte schreiben, so wie Artie meinte.«

»Was ist mit den Pistolen für morgen?« fragte Meyer. »*Falls* er sie schickt.«

»Er will uns damit sagen, daß wir uns die Pistolen in den Arsch schieben können«, sagte Brown.

»Er haut die Schweine in die Pfanne, versteht ihr denn nicht?« sagte Kling.

»Was?«

»Schweine«, sagte Kling. »Cops.«

»Ja und?«

»Habt ihr denn nie diese Sendungen im Fernsehen gesehen?«

»Welche Sendungen?« fragte Meyer.

»Ein *Celebrity Roast*«, sagte Kling. »Es ist so eine Art Ehrungszeremonie, da kommen diese ganzen Stars und hauen einen in die Pfanne. Bis er völlig durchgebraten ist. Sie erzählen Witze über ihn, stellen ihn bloß – ein *Roast.* Habt ihr nie davon gehört?«

»Die Cops gestern wurden echt gebraten«, sagte Meyer.

Carella war längere Zeit schweigsam geblieben.

»Ich habe gerade an etwas gedacht . . .«, sagte er.

Die Männer wandten sich ihm zu.

»Meine Großmutter hat mir mal erzählt, daß in Neapel . . . und auch in anderen italienischen Städten, nehme ich an . . . wann immer eine wichtige Persönlichkeit stirbt, wird ihr Sarg auf eine große schwarze Droschke geladen, und die Droschke fährt in der Mitte der Straße . . . und sie wird von acht schwarzen Pferden gezogen.«

Die Männer dachten darüber nach.

»Wollte er uns damit sagen, daß es in den nächsten Tagen einige Begräbnisse geben wird?« fragte Kling.

»Zuerst die acht schwarzen Pferde, und dann die toten Cops? Am darauffolgenden Tag?«

»Ich weiß es nicht«, sagte Carella.

Ein heftiger Windstoß rüttelte an den Dienstraumfenstern.

»Nun ja«, sagte Kling, »vielleicht waren die Wagen gestern das Ende vom Ganzen.«

»Vielleicht«, sagte Carella.

Die Einladung lautete:

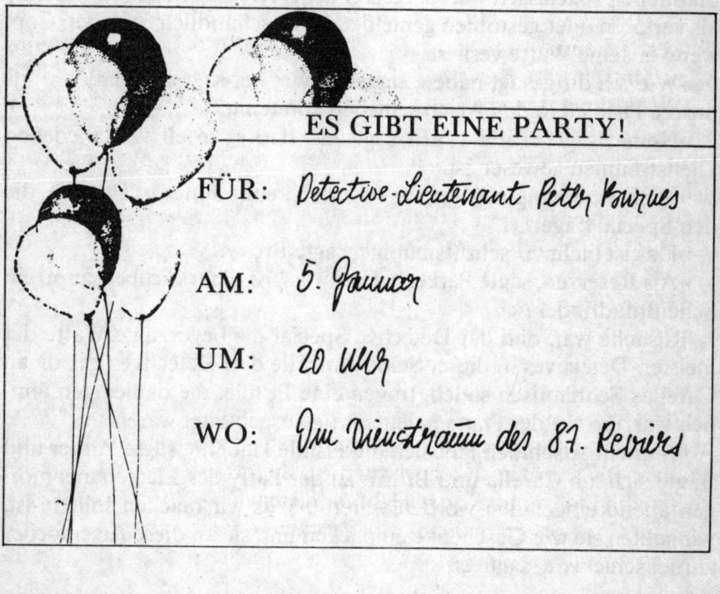

ES GIBT EINE PARTY!

FÜR: Detective-Lieutenant Peter Byrnes

AM: 5. Januar

UM: 20 Uhr

WO: Im Dienstraum des 87. Reviers

In der gleichen Handschrift war folgendes auf die Klappe der Karte gekritzelt:

Andy – Ich konnte nicht alle einladen, also halten Sie das bitte geheim, ja? Harriet.

Andy Parker war gerührt.

Er hatte nicht mal gewußt, daß die Frau des Lieutenants seinen Namen kannte.

Er fragte sich, ob er ein Geschenk mitbringen sollte.

Am 4. Januar, dem elften Weihnachtstag, wurden elf Kaliber 38 Colt Detective Specials im Dienstraum abgeliefert. Es waren keine neuen Waffen. Selbst die Voruntersuchung zeigte, daß mit ihnen allen vorher geschossen worden war und wenn auch nur auf einem Schießplatz. Jede der Waffen war mit einer gestanzten Seriennummer versehen. Ein Anruf bei der Waffenscheinbehörde ergab, daß die elf Pistolen auf elf verschiedene Detectives von elf Revieren in verschiedenen Stadtteilen zugelassen waren. Keiner der Detectives hatte seine Pistole als verloren oder gestohlen gemeldet. Es ist schändlich für einen Cop, wenn er seine Waffe verliert.

»Wie ich dir gesagt habe«, sagte Brown, »er sagt uns, daß wir uns unsere Pistolen in den Arsch schieben können.«

»Nein«, sagte Carella. »Er sagt uns, daß er in elf verschiedenen Diensträumen gewesen ist.«

»Nicht unbedingt«, sagte Parker. »Ich kenne Jungs in Unform, die den Special tragen.«

»Das ist nicht vorschriftsmäßig«, sagte Brown.

»Als Reserve«, sagte Parker. »Und was bist denn *du* überhaupt, ein Scheißpfadfinder?«

Tatsache war, daß der Detective Special die bevorzugte Waffe der meisten Detectives in dieser Stadt war. Alle drei Detectives, die da an Carellas Schreibtisch saßen, trugen eine Pistole, die denjenigen ähnlich war, die auf der Platte palettenartig ausgebreitet waren.

»Nur ein Arschloch läßt sich die Pistole klauen«, sagte Parker und fragte sich, ob Carella und Brown zu der Party des Lieutenants morgen abend eingeladen worden waren. »Was wir machen sollten, ist, wir sollten sie wie Geschenke einpacken und sie an diese Arschlöcher zurückschicken«, sagte er.

Und fragte sich wieder, ob erwartet wurde, daß er ein Geschenk mitbringt.

Ich *mag* den Lieutenant nicht mal, dachte er.

13

Der Taube wäre der erste gewesen, der zugestimmt hätte, daß die meisten Katastrophen von den Narren dieser Welt verursacht wurden. Er hätte aber nie geahnt, daß ein Narr manchmal eine Katastrophe *verhindern* kann und so über seine kümmerliche Figur herauswächst, um das Format eines Helden zu erreichen.

Generos erste Gelegenheit, ein Held zu werden, war um zwei Uhr fünfundvierzig am Nachmittag des 5. Januars, des zwölften Weihnachtstages. Die Stadt hatte bis dahin all ihren Weihnachtsschmuck entfernt. Ohne ihn sah sie irgendwie nackt aus, aber sie hatte wahrscheinlich trotzdem acht Millionen Geschichten. Die Temperatur, die um zwölf Grad Fahrenheit schwankte – die so zwölf Grad *plus* war, aber ungefähr elf *minus* in Celsius-messenden Ländern – tat viel dazu, um die unwirkliche Vorstellung zu vertreiben, daß die Festtage (zwölf Weihnachtstage, fürwahr!) bis ins neue Jahr hineinreichten. Die Bürger wußten nur, daß der Winter jetzt richtig da war und daß Ostern noch weit in der Zukunft lag. Im Interim wurden der fröstelnden Bevölkerung kleine Feiertagskrümel vorgeworfen: Lincolns Geburtstag, Valentinstag, Washingtons Geburtstag, der Tag des heiligen Patrick – aber nur Washingtons Geburtstag wurde offiziell gefeiert. Im Moment sahen die Stadt und die kommenden Monate außerordentlich trübe aus.

Die Cops waren nervös.

Erst vor drei Tagen waren neun Streifenwagen in die Luft gejagt worden.

Dies wies nicht auf eine Haltung bürgerlichen Wohlverhaltens von seiten der Bevölkerung hin.

In manchen Teilen der Stadt konnte man manche Bürger sagen hören, daß es den Cops recht geschah. Jetzt verstanden sie, wie es war, zum Opfer gemacht zu werden. Vielleicht würden sie jetzt etwas gegen das verdammte *Verbrechen* in dieser Stadt unternehmen. Vielleicht würden sie das U-Bahn-Fahren wieder sicher machen. Keiner bemühte sich zu erklären, was die U-Bahn mit den Streifenwagen zu tun hatte. Die Rede war davon, daß das Blatt sich gewendet hätte, und was dem einen recht ist, ist dem anderen billig. Die Bewohner dieser Stadt hatten der Polizei gegenüber ambivalente Gefühle, nicht nur wenn gerade Polizeiautos in die Luft gejagt wurden. Wenn sie eines Abends nach Hause kamen und entdeckten, daß in ihre Wohnung eingebrochen wurde, dann riefen sei zuallererst die Cops. Und beschwerten sich später darüber, daß sie so lange gebraucht hätten, um zu kommen, und daß sie die gestohlenen Sachen sowieso nicht wiederfinden würden. In dieser Stadt konnte ein Vigilant zum Helden werden, auch wenn er ein Narr war.

Für die Cops des 87. war Genero kein Narr. Das Wort war für ihren Wortschatz zu hochgestochen. Genero war ein Meckerer und ein Jammerfritze und ein untauglicher Cop und ein Dummkopf, aber er war kein Narr. Nur ein Idiot. Wenige Detectives arbeiteten gern mit Genero zusammen. Sie fanden, vielleicht zu Recht, daß, wenn es hart auf hart ging, Genero nicht der Kandidat war, den sie wählen würden, um ihnen aus der Klemme zu helfen. Das Leben eines Polizisten hing sehr oft von der Reaktionsschnelligkeit seines Partners ab. Wie konntest du dein Leben einem Mann anvertrauen, der »Patrouille« nicht buchstabieren konnte? Oder vielleicht nicht einmal »Fahrzeug«. Auch das schlimmste Chauvinisten-Schwein der Mannschaft hätte lieber mit einer Frau gearbeitet als mit Genero. Wenn du ihnen sagtest, daß Genero bald ein Held sein sollte, hätten sie dich ausgelacht.

Um zwei Uhr fünfundvierzig am zwölften Weihnachtstag war Genero – weil er etwas vorzügliche Polizeiarbeit verrichtet hatte – im Besitz der Privatnummer des Lieutenants. Er wußte nicht, was er tun sollte, wenn der Lieutenant selbst den Hörer abnahm, aber er würde das Problem bewältigen, falls es sich auftun sollte. Er wußte auch nicht, wie er Harriet Byrnes nennen sollte, wenn sie den Hörer abnahm, aber er schätzte, daß er sich etwas einfallen lassen würde.

Eine Frau nahm den Hörer ab.

»Mrs. Byrnes?« sagte Genero.

»Ja?« sagte Harriet.

»Hier ist Richard«, sagte er.

Es kam ihm komisch vor, sich als Richard vorzustellen, aber so hatte sie ihn auf der Einladung genannt, nicht wahr?«

»Wer?« sagte sie.

»Richard«, sagte er.

»Richard wie?« sagte sie.

»Genero. Detective Richard Genero«, sagte er. »Richard Genero, Detective dritten Grades.«

»Ja?« sagte sie.

»Sie wissen schon«, sagte er.

»Ja?« sagte sie.

»Ich arbeite mit Ihrem Mann«, sagte er. »Peter Byrnes. Detective-Lieutenant Peter Byrnes. Pete.«

»O ja«, sagte sie. »Es tut mir leid, er ist im Moment nicht da. Kann ich . . .«

»Gut«, sagte Genero. »Ich meine, eigentlich wollte ich *Sie* sprechen, Mrs. Byrnes.«

»Ja?« sagte Harriet.

»Soll ich ein Geschenk mitbringen?« sagte er.

»Was?«

»Heute abend.«

»Was?«

»Zur Party.«

Ein langes Schweigen war plötzlich in der Leitung.

»Ich bitte um Entschuldigung«, sagte Harriet. »Welche Party meinen . . .«

»Sie wissen schon«, sagte er und hätte fast gezwinkert.

Wieder Schweigen.

»Es tut mir leid«, sagte Harriet, »aber ich weiß nicht, wovon Sie sprechen.«

»Ich habe niemandem davon erzählt, also brauchen Sie sich keine Sorgen zu machen«, sagte Genero.

»Niemanden was erzählt?« sagte Harriet.

»Über die Party.«

Harriet dachte, daß einer der Detectives ihres Mannes durchgedreht hatte. Das passierte manchmal während der Festtage. Cops hatten die Gewohnheit, sich während der Festtage selbst die Kugel zu geben. Manche Cops gaben sie sich sogar an Halloween. Aber die Festtage waren schon vorbei, oder nicht?

»Wie war Ihr Name noch mal?« fragte sie.

»Genero«, sagte er. »Sie wissen schon. Richard.«

»Gibt es irgendein Problem, Detective Genero?« sagte sie.

»Nur, ob ich ein Geschenk mitbringen soll.«

»Nun, ich werde Pete fragen müssen . . .«

»Nein, tun Sie das nicht!« sagte er sofort.

»Was?«

»Es soll eine Überraschung sein, nicht wahr?«

»Was?«

»Ich dachte ... die Einladung klingt nach einer Überraschungsfete.«

»Nun, wird ein Geschenk erwähnt?« fragte sie und wußte nicht, warum sie sich auf die Hirngespinste dieses Mannes einließ.

»Was?« sagte Genero.

»Ich habe ...«

»Also nein, deshalb rufe ich an.« Er dachte plötzlich, daß er sich vielleicht verwählt hatte. »Spricht dort Harriet Byrnes?« fragte er.

»Ja, hier ist Harriet Byrnes.«

»Lieutenant Byrnes Frau?«

»Ja, ich bin Lieutenant Byrnes Frau.«

»Also, soll ich ein Geschenk mitbringen?«

»Detective Genero«, sagte Harriet, »es tut mir leid, aber ich kann Ihnen nicht helfen.«

»Nein?« sagte Genero.

»Vielleicht ist das etwas, daß Sie mit jemandem besprechen sollten, der Ihnen wirklich helfen kann«, sagte sie. »Wenn Sie sich wegen des Geschenkes Sorgen machen ...«

»Wer?«

»Sie«, sagte Harriet. »Sind Sie nicht derjenige, der sich Sorgen um ...«

»Ich meine, mit wem soll ich es *besprechen*?«

»Ich glaube, daß Sie den psychologischen Hilfsdienst anrufen sollten«, sagte sie.

»Wie schreibt man das?« fragte Genero.

»Rufen Sie einfach den psychologischen Hilfsdienst im Hauptquartier an«, sagte sie. »Sagen Sie ihnen, daß Sie sich schreckliche Sorgen um dieses Geschenk machen, und sagen Sie ihnen, daß Sie einen Besuchstermin möchten. Wenn Sie mit ihnen gesprochen haben, werden Sie für sich selber urteilen können, ob ...«

»Oh, ich verstehe«, sagte Genero. »Okay, machen Sie sich keine Sorgen. Nicht ein Wort.«

»Inzwischen werde ich Pete sagen, daß Sie ...«

»Nein, nein, verderben Sie nicht die Überraschung, Mrs. Byrnes, es ist schon gut. Vielen Dank, ich werde Sie wahrscheinlich später sehen, wie? Nochmals Danke«, sagte er und legte auf.

Harriet sah den Hörer an.

Sie konnte kaum glauben, daß sie gerade diese Unterhaltung geführt hatte.

Sie fragte sich, ob sie Pete anrufen und ihm sagen sollte, daß einer seiner Detectives ausgeflippt war. Und dann fragte sie sich, ob jemand wirklich eine Überraschungsfete für ihren Mann vorbereitete. Sie seufzte schwer. Manchmal wurde die Polizeiarbeit sehr, sehr anstrengend.

Genero hätte, während er mit Harriet Byrnes sprach, ein Held werden können. Er hätte erkennen können, daß sie ihm gar keine Einladung geschickt hatte und daß es keine Überraschungsfete für den Lieutenant gab. Aber Genero war ein dummer Mensch, und er erkannte gar nichts, und er wußte *immer* noch nicht, ob er ein Geschenk mitbringen sollte oder nicht.

Was er sich dachte, war, daß Mrs. Byrnes ihm gesagt hatte, er solle für sich selber urteilen.

Der springende Punkt war aber, daß er in dieser Sache gar kein Urteil hatte. Angenommen, er brachte *kein* Geschenk, aber es wurde ein Geschenk erwartet, dann stand er wie ein Idiot da. Oder angenommen, er brachte ein Geschenk, aber er war dort der einzige mit einem Geschenk, dann stand er immer noch wie ein Idiot da. Das einzige, was Genero nicht wollte, war wie ein Idiot dazustehen. Er saß da in seinem Zimmer in der Wohnung seiner Mutter – er wohnte noch bei seiner Mutter, was nett war – und fragte sich, was er machen sollte.

Wenn er wüßte, welche der Detectives eingeladen worden waren.

Aber das wußte er nicht.

Wenn er wüßte, welchem der Detectives er vertrauen konnte.

Er dachte, daß er Carella vielleicht vertrauen konnte. Aber er bewunderte Carella, und er wollte nicht, daß Carella dachte, daß er ein Idiot war, weil er fragte, ob er ein Geschenk mitbringen sollte oder nicht, vorausgesetzt, daß Carella überhaupt zur Party eingeladen worden war, was er vielleicht gar nicht war.

Ein anderer Detective, den er bewunderte, vielleicht noch mehr, als er Carella bewunderte, war Andy Parker.

Er rief im Dienstraum an und verlangte Parker.

Santoro, der Telefondienst hatte, sagte, daß Parker heute abend die Zwischenschicht hatte.

Genero überlegte, ob er Santoro bezüglich der Party fragen sollte. Statt dessen bat er um Parkers Privatnummer. Parker nahm nach dem dritten Klingeln ab.

»Ja?« sagte er.

Das war eine der Sachen, die Genero an Parker bewunderte. Seine schroffe Art.

»Andy?« sagte er.

»Wer ist da?« sagte Parker.

»Genero.«

»Was willst du denn?« sagte Parker. »Ich muß erst um vier dasein.«

»Du wirst heute abend dasein, wie?« sagte Genero.

»Was?«

»Im Dienstraum.«

»Ich habe Dienst, ich werde dasein«, sagte Parker.

»Mit oder ohne?« fragte Genero schlau.

»Was?« sagte Parker.

»Du weißt schon«, sagte Genero und fragte sich plötzlich, ob er es wirklich wußte. »Es ist egal, vergiß es«, sagte er und legte auf.

Verdammter Idiot, dachte Parker.

In der Abstellkammer im Dienstraum zeigte die Schaltuhr in dem Holzkasten 15.15 Uhr.

Um Mitternacht hatte sich der Schaltuhrzeiger in den Abschnitt hineinbewegt, der mit »Donnerstag« beschriftet war. Es gab sieben solche Abschnitte an der Schaltuhr, einen für jeden Tag der Woche. Diese Abschnitte waren in Fünfzehn-Minuten-Sektoren aufgeteilt.

Jetzt bewegte sich der Zeiger geräuschlos in den 15.15-bis-15.30-Abschnitt hinein.

Ein riesiger Schritt auf Generos Weg zum Helden war eine Entscheidung, dem Lieutenant ein Geschenk zu kaufen. Er dachte, daß es etwas Unpersönliches sein sollte. Er kaufte einen Pyjama. Er dachte auch, daß er das Geschenk unter seinem Mantel verstecken sollte, bis er sah, ob die anderen Typen Geschenke gekauft hatten oder nicht. Auf diese Weise war er in beiden Fällen abgesichert. Wenn die anderen Typen keine Geschenke gekauft hatten, dann würde er den Pyjama mit nach Hause nehmen und ihn selbst tragen; er hatte ihn in seiner Größe gekauft, obwohl Byrnes größer und kräftiger gebaut war als er.

Er fragte sich, ob die anderen Männer Geschenke zur Party mitbringen würden.

Er fragte sich, wie viele von den anderen Männern eingeladen worden waren.

Es waren sechzehn Detectives, die dem 87. Revier zugeteilt waren. Von diesen sechzehn waren zwei im Urlaub. Von den restlichen vierzehn hatten vier die Zwischenschicht an dem fünften Januartag und würden auch dann im Dienstraum sein, wenn sie keine Einladung zur Party bekommen hatten. Anders als die Uniformierten, die fünf festgelegte achtstündige Schichten ableisteten und dann die nächsten sechsundfünfzig Stunden frei hatten, bestimmten die Detectives den Dienstplan selbst. Normalerweise – weil Urlaubspläne und Gerichtsbesuche die Detectives vom Dienst befreiten – waren nur vier von ihnen pro Schicht im Dienst. Die vier Detectives, die an diesem Nachmittag fünfzehn Minuten zu früh in den Dienstraum kamen, waren Parker, Willis, O'Brien und Fujiwara. Jeder von ihnen hatte eine Einladung zu der Party des Lieutenants bekommen. Keiner von ihnen hatte mit sonst jemandem darüber gesprochen. Cops konnten Geheimnisse sehr gut für sich behalten; in gewissem Sinne waren Geheimnisse ein wesentlicher Bestandteil des Berufs, den sie ausübten.

Im Vorratsschrank bewegte sich der Schaltuhrzeiger in den 15.45-bis-16.00- Abschnitt vom Donnerstag hinein.

Um halb sieben fing es an zu schneien.

Noch immer kündigten die Vorhersagen nur leichtes Schneegestöber an. Die Leute dieser Stadt wußten, daß, wenn die Vorhersagen leichte Schneegestöber ankündigten, sie einen Schneesturm erwarten konnten.

All die anderen Detectives, die zu der Party eingeladen worden waren, dachten, daß sie lieber etwas früher zum Dienstraum aufbrechen sollten, als sie geplant hatten.

Die anderen eingeladenen Detectives waren:

Steve Carella.

Bert Kling.

Alexiandre Delgado.

Cotton Hawes.

Richard Genero.

Arthur Brown.

Meyer Meyer.

Und der Ehrengast persönlich, Peter Byrnes.

Byrnes dachte, daß Carella der Ehrengast war. Das lag daran, daß seine Einladung gesagt hatte, daß es eine Party für Steve Carella war. Die handgeschriebene Kritzelei auf dem Deckel seiner Einladung war mit »Teddy« unterschrieben worden. Er war versucht gewesen, Teddy anzurufen und zu fragen, ob ein Geschenk erwartet wurde. Aber er haßte es, mit dieser alten Hexe von einer Putzfrau, die sie da hatten, zu sprechen. Statt dessen hatte er Carella ein Paar Manschettenknöpfe gekauft und sie in der oberen Schublade seines Schreibtisches versteckt.

Während er sich an dem Abend anzog, fragte er sich, warum Teddy das nicht zuerst mit ihm besprochen hatte. Eine Party im *Dienstraum*? Ein Dienstraum war eine Geschäftsstelle. Oder hatte sie ihn übergangen, hatte sie mit einem Deputy-Inspector oder mit jemand anderem gesprochen, gefragt, ob es okay wäre, eine kleine Fete im Dienstraum für ihres Mannes ...«

Ihres Mannes *was*?

War es Steves Geburtstag?

Byrnes glaubte das nicht.

Er machte sich ein bißchen Sorgen um die Party im Dienstraum. Er hoffte, daß keiner der Chefs des Departments hereinspaziert kam, und er hoffte, daß Teddy nicht geplant hatte, Alkohol zu servieren. Er konnte sich nur an eine einzige Fete im Dienstraum erinnern, und das war, als Captain Overman in den Ruhestand getreten war; vor mehr Jahren, als Byrnes zählen konnte. Kein Schnaps. Nur Sandwiches und Fruchtpunch, obwohl Byrnes später den Verdacht hegte, daß einer der Streifensergeants den Punch mit Wodka versetzt hatte. Trotzdem sah es Teddy nicht ähnlich, daß sie das nicht zuerst mit ihm besprochen hatte. Er war noch mal versucht, sie anzurufen, um sie zu fragen, ob sie irgendeine Art Genehmigung eingeholt hatte. Teddy wußte, wie die gottverdammte Abteilung funktionierte, sie war jetzt schon lange die Frau eines Cops.

Harriet sah ihm zu, während er seinen Schlips band.

»Für wen ist denn diese Party?« fragte sie vorsichtig. Sie nahm an, daß die Überraschung auf der Voraussetzung beruhte, daß er glaubte, daß die Party für jemand anderen wäre.

»Steve«, sagte er.

»Du hast mir nichts davon gesagt«, sagte sie.

»Ich sollte niemandem etwas davon sagen«, sagte Byrnes.

»Ich bin nicht niemand, ich bin deine Frau«, sagte Harriet.

»Immerhin soll es eine Überraschung sein.«

Sie fragte sich plötzlich, ob die Party wirklich für Carella war. Am Telefon hatte der Detective, der angerufen hatte – wie immer er hieß – nur gesagt: »Es soll eine Überraschung sein, nicht wahr?« Er hatte nicht gesagt, daß es eine Überraschung für *Pete* war.

»Hast du ein Geschenk gekauft?« fragte sie.

»Ja, ein Paar Manschettenknöpfe.«

»Gennario wollte wissen, ob er ein Geschenk mitbringen soll.«

»Wer?«

»Gennario. Einer deiner Detectives.«

»Genero?«

»Ja, Genero, richtig. Er hat hier angerufen, wollte wissen, ob er ein Geschenk mitbringen sollte.«

»Was hast du ihm gesagt?«

»Ich habe gesagt, daß ich es nicht wußte.«

»Er ist ein Idiot«, sagte Byrnes.

Die Uhr auf der Kommode zeigte sechs Uhr fünfundvierzig.

»Wann kommst du wieder?« fragte Annie Rawles.

»Eigentlich weiß ich es nicht«, sagte Hawes.

Annie trug eins von seinen Weihnachtsgeschenken. Er hatte ihr sieben seidene Slips geschenkt, einen für jeden Tag in der Woche. Die Slips waren in verschiedenen Farben. Blau für Montag. Grün für Dienstag. Lavendelfarben für Mittwoch. Purpur für Donnerstag. Rot für Freitag. Schwarz für Samstag. Weiß für Sonntag. Sie hatte ihn gefragt, warum er ausgerechnet diese Farben für jene Tage gekauft hatte. Er sagte, daß der für Montag blau sein mußte, wegen Blue Monday, und dann sei er einfach die Farbenskala durchgegangen, bis er das Wochenende erreichte. Freitag war der Anfang des Wochenendes, und Rot schien die angemessene Farbe für einen richtigen Start zu sein. Samstag war ganz sinnlich und sexy, also schwarz. Sonntag war rein wie Schnee – weiß. Elementar, mein lieber Watson.

Heute war Donnerstag, und sie trug den purpurnen Slip.

Sie trug auch einen lavendelfarbenen Strumpfhalter, einen lavendelfarbenen BH, einen purpurnen und einen schwarzen Nylonstrumpf und eine goldene Kette mit Anhänger, die sie nie abnahm. Vierunddreißig Jahre, mit braunen Augen und schwarzem, modisch geschnittenen Haar, langen, schlanken Beinen und kleinen, perfekt geformten Brüsten, stand sie auf hochhackigen purpurnen Seidenpantoffeln, ihre Hände auf ihre schmalen Hüften gestützt, und sah eher wie eine Bob-Fosse-Tänzerin als wie ein Detective ersten Grades aus, der 37935 Dollar im Jahr verdiente. Sie sah auch wie eine verschmähte Frau aus. Hawes sah auf die Uhr auf der Kommode. Sie zeigte sechs Uhr achtundvierzig.

»Nun, was für eine Party ist das?« fragte sie.

»Für den Lieutenant«, sagte er.

»Und sie findet im *Dienstraum* statt?«

»Ja.«

Habt ihr oft Partys da oben im ollen 87.?«

»Die erste, an die ich mich erinnern kann«, sagte er.

Annie sah ihn an.

»Sagst du mir die Wahrheit?« sagte sie.

»Wie meinst du das?«

»Findet dort heute abend *wirklich* eine Party statt . . .«

»Natürlich findet . . .«

». . . und ausgerechnet im *Dienstraum* . . .«

»Das ist wo . . .«

». . . oder gibt es etwas, das du mir sagen möchest?«

»Was zum Beispiel?«

»Zum Beispiel, warum du hier wegrennst . . .«

»Wer rennt denn?«

». . . während ich hier stehe, rausgeputzt wie eine Hure?«

»Eine Hure? Du siehst fabelhaft aus!«

»Warum hast du mir nicht früher etwas über diese Party gesagt?«

»Um ganz ehrlich zu sein, weil ich's vergessen habe. Ich habe die Einladung ein paar Tage vor Weihnachten gekriegt.«

»Oh, sicher.«

»Möchtest du sie sehen?«

»Ja, ich möchte sie sehen«, sagte Annie. »Bitte« fügte sie hinzu. Sie kam sich in der Reizwäsche dumm vor. Für ihre eigene Party aufgemacht, und niemand kam.

Hawes nahm die Einladung aus seiner Jackentasche.

Annie sah sie an.

»Warum die ganze Geheimnistuerei?« fragte sie.

»Ich habe keine Ahnung.«

»Eine kleine Party, wie?« sagte sie.

»Es sieht so aus, nicht?«

»Wie viele Leute?«

»Ich weiß nicht. Ich habe darüber mit niemandem gesprochen. Harriet hat ausdrücklich . . .«

»Tja, wenn es im *Dienstraum* stattfindet und sie sagt, du sollst es geheimhalten, dann schätze ich, daß es eine kleine Party sein muß.«

»Ja.«

»Der Grund, warum ich diese ganze Fragen stelle . . .«

»Mmm?«

». . . ist nicht, daß ich ein Superdetective bin, der versucht herauszufinden, warum jemand, der ganz bei Verstand ist, eine Party in einem dreckigen Dienstraum schmeißt, sondern nur, weil ich hier halbnackt stehe und mich frage, wie lang die verdammte Party dauern wird?«

»Wieso? Hast du andere Pläne?«

»Ich denke daran, welche zu machen«, sagte Annie. »Damit die Nuttenkostümierung nicht ganz umsonst gewesen war.«

Er ging zu ihr. Er nahm sie in seine Arme.

»Ich muß erst um halb acht hier weggehen«, sagte er.

»Toll. Das läßt uns wieviel? Eine halbe Stunde?«

»Nutten können es in zehn Minuten machen«, sagte er.

»Oh, aber ich bin keine echte Nutte, Sir«, sagte sie und faltete die Hände und rollte die Augen.

»Ich komme zurück, sobald es geht«, sagte Hawes.

»Das könnte zu spät sein«, sagte Annie. »Es gibt einen Captain im 72., der mir verliebte Blicke zuwirft.«

»Wie heißt er? Ich werde ihn erschießen.«

»Wichtigtuer«, sagte Annie«. »Will einen Captain erschießen, und dabei kann er nicht mal einer Dame den purpurnen Seidenslip ausziehen.«

Genero erreichte den Dienstraum vor allen anderen.

Das lag nicht daran, daß er normalerweise ein pünktlicher Mensch war, sondern daran, daß er nicht den Mantel anbehalten und wie ein Idiot dastehen wollte. Der Pyjama, den er dem Lieutenant gekauft hatte, war unter seinem Mantel versteckt. Wenn er den Mantel auszog, würde jeder sehen, daß er ein Geschenk mitgebracht hatte, und wenn keiner der anderen Typen ein Geschenk hatte, stand er wie ein Idiot da. Andererseits, wenn er seinen Mantel in dem geheizten Dienstraum anbehielt, würden immer noch alle denken, daß er ein Idiot war. Also machte er folgendes: Er kam kurz vor halb acht in den Dienstraum und ging ohne seinen Mantel auszuziehen direkt zum Abstellraum und legte das Geschenk auf einen Holzkasten, der eine Art Meter an der Vorderseite hatte.

Das war das zweite Mal, daß er nah dran war, ein Held zu werden.

Der Zeiger in dem Kasten bewegte sich geräuschlos in den 19.30-bis-19.45-Abschnitt hinein.

»He, Leute«, sagte Genero, während er seinen Mantel auszog und ihn auf den Ständer hängte. »Wie geht's?«

Keiner der Detectives der Zwischenschicht antwortete ihm.

Parker fragte sich, ob die Frau des Lieutenants dumm genug gewesen war, diesen Idioten zu ihrer Fete einzuladen.

Eileen Burke weinte.

Kling sah auf die Uhr neben dem Bett und dachte daran, daß er wegen des Schnees ziemlich bald gehen mußte. Es schneite da draußen wie in der arktischen Tundra, und die Uhr zeigte sieben Uhr zweiunddreißig an. So wie er die Stadt kannte, würde es einen kilometerlangen Stau geben, und das Revier lag im Norden.

Aber Eileen weinte.

»Na, komm Schatz«, sagte er.

Sie trug, was sie an dem Morgen bei der Arbeit getragen hatte. Graues Kostüm, schwarze Stöckelschuhe, eine weiße Bluse. Sie hatte seit der Vergewaltigung aufgehört, Ohrringe zu tragen. Sie hatte Ohrringe immer als ihre Glücksbringer betrachtet. Ihr Glück war seit der Nacht der Messerstecherei und der Vergewaltigung beendet, und so hatte sie aufgehört, sie zu tragen.

Sie waren in ihrer Wohnung. Er war sofort herübergeeilt, als sie ihn anrief.

»Du verstehst nichts«, sagte sie.

»Doch«, sagte er.

»Ich hatte *Angst*«, sagte sie. »Ich hab's abgelehnt, weil ich *Angst* hatte.«

»Du hattest jedes Recht, Angst zu haben«, sagte er.

»Ich bin *Polizistin*!« sagte sie.

»Sie hätten dich erst gar nicht fragen dürfen. Eine Gang von ...«

»Das macht es nur schlimmer«, sagte sie. »Eine *Gang*, Bert. Eine gottverdammte *Gang*, die durch die Stadt zieht und Frauen vergewaltigt!«

»Sie können nicht von dir erwarten, daß du es mit einer Gang aufnimmst«, sagte er. »Einer Gang einen Lockvogel vorzuwerfen, ist wie ...«

»Es werden Aufpasser dasein«, sagte sie. »Vier.«

»Sie werden verdammt viel für dich machen können, wenn du von einem Dutzend Typen überfallen wirst. Wer zum Teufel hat sich das ausgedacht?«

»Captain Jordan.«

»Wo?«

»Das Siebte.«

»Ich werde ihn besuchen. Ich werde persönlich mit ihm sprechen ...«

»Nein, das wirst du nicht tun!« sagte Eileen. »Es ist schon schlimm genug! Vor vier Affen zu zeigen, daß ich feige ...«

»Welche vier? Meinst du die Aufpasser?«

»Von der siebten Mannschaft. Ich erinnere mich nicht an ihre Namen. Ich erinnere mich nur an ihre Augen. An das, was in ihren Augen zu lesen war.«

»Laß einen von *ihnen* in einem Fummel rausgehen!« sagte Kling zornig. »Laß *ihn* gegen eine Gang von ...«

»Ihre Augen sagten: ›Sie hat Angst‹.«

»Du *solltest* Angst haben.«

»Nein«, sagte sie.

»Doch.«

»Nein. Ich bin ein Cop. Ein anderer Lockvogel-Cop hätte nicht mit der Wimper gezuckt. Eine Gang? Kinderleicht. Wann?«

»Das ist nicht wahr, und du weißt es.«

»Es ist wahr.«

»Jede Frau, die sich bereit erklärt, gegen ein Dutzend Männer ...«

»Acht.«

»Was?«

»Es sind nur acht.«

»Na toll. Acht Typen schleppen eine Frau ins Gebüsch ...«

»Sie machen es in der U-Bahn.«

»Besser noch. Zu guter Letzt landest du auf dem verdammten Gleis und hast eine weitere Narbe in deinem ...«

Er hielt abrupt inne.

»Tut mir leid«, sagte er.

Sie blieb lange still.

Dann sagte sie: »Das ist es eben, nicht? Ich habe Angst davor, wieder verletzt zu werden.«

»Du mußt nichts beweisen«, sagte er.

»Ich werde Jordan anrufen«, sagte sie mit einem Seufzer. »Ich werde ihm sagen, daß ich's mir überlegt habe, und ...«

»Nein.«

»Bert ...«

»Nein, verdammt noch mal!« sagte er und nahm sie in seine Arme. »Eileen«, sagte er, »ich liebe dich. Wenn dir irgend etwas passiert ...«

»Wer hat dir geraten, etwas mit einer Polizistin anzufangen?« sagte sie.

»Du hast das Richtige getan. Ich hätte es auch abgelehnt.«

»Das hättest du nie getan.«

»Doch.«

Sie schwiegen beide.

»Ich liebe dich auch«, sagte sie.

Er hielt sie fest.

»Ich will nicht, daß einem von uns beiden irgend etwas passiert«, sagte sie. »Niemals.«

»Nichts passiert uns«, sagte er. »Niemals.«

»Aber ich werde Jordan anrufen . . .«

»Eileen, bitte . . .«

». . . und ihm sagen, daß ich ein größeres Team zur Rückendeckung haben will. Auf dem ganzen Bahnsteig. Männer *und* Frauen. Totale Deckung.«

»Du mußt nicht.«

»Ich will es.«

»Du *willst* es nicht.«

»Ich will es nicht, das stimmt. Aber ich *muß*«, sagte sie. »Sonst mache ich es nie wieder.«

Sie sah auf die Uhr.

»Du wirst dich verspäten«, sagte sie.

»Bist du okay?«

»Ja«, sagte sie. »Geh. Komm bald zurück.«

Er küßte sie sanft und ging zur Tür.

»Sei vorsichtig«, sagte sie.

Die Uhr auf der Kommode zeigte Viertel vor acht.

Im Park gegenüber vom Reviergebäude stand der Taube und beobachtete, wie sie einer nach dem anderen hereintrudelten. Große Männer, die meisten von ihnen. Du kannst einen Detective immer an seiner Größe erkennen. Alle wegen der Kälte dick angezogen. Eine sehr kalte Nacht. Nun, es würde ihnen in Kürze warm genug sein.

Er sah auf seine Uhr.

Zehn Minuten vor acht.

In genau fünfundzwanzig Minuten . . . Armageddon.

Er fing wieder an auf und ab zu schreiten.

Der Schnee blies heftig um ihn herum.

Er hoffte, daß sich keiner von ihnen verspätete.

Als die Uhr im Dienstraum fünf vor acht anzeigte, waren bis auf drei alle eingeladenen Detectives eingetroffen. Da keiner der Detectives wußte, wer eingeladen worden war, wußte keiner von ihnen, wer fehlte. Aber, da sie wußten, daß, wer immer da war, eingeladen worden war, dachten sie, daß es ihnen freistand, über die Party zu reden.

»Was ist der Anlaß?« fragte Brown. »Hast du eine Idee?«

»Hat du ein Geschenk mitgebracht?« fragte Genero.

»Nein«, sagte Hawes. »Sollten wir Geschenke mitbringen.?«
»Weiß denn irgend jemand, was der Anlaß ist?« fragte Brown.
»Sie sagte acht Uhr, nicht?« fragte Delgado. »Die Einladung?«
Ein Mann in der Haftzelle sagte: »Was zum Teufel soll denn das?« Er war keine zehn Minuten zuvor von Parker verhaftet worden. »Ich bin hier in einem Scheißkäfig eingesperrt, wie ein Scheißtier, und ihr schmeißt eine *Party*?«
»Halt's Maul«, sagte Parker.
»Wo ist mein Anwalt?« sagte der Mann.
»Auf dem Weg«, sagte Parker. »Halt's Maul.«
Selbst die vier Detectives, die im Dienst waren, waren gut gekleidet. Anzüge und Schlipse, geputzte Schuhe. Parker war verärgert, daß Blut auf sein Hemd gekommen war, als er den Mann in der Haftzelle verhaftet hatte. Der Mann in der Haftzelle hatte seiner Frau mit einem Rasiermesser die Kehle aufgeschlitzt.
»Meine Frau ist tot, und ihr schmeißt eine *Party*«, sagte er.
»Du warst es, der sie umgebracht hat«, sagte Parker.
»Egal, wer sie umgebracht hat; ist es richtig, eine Party zu schmeißen, wenn eine Frau tot ist? Und außerdem habe ich sie nicht umgebracht.«
»Nein, das Rasiermesser ist von allein vom Waschbecken hochgesprungen.«
»Das war nicht mal mein Rasiermesser.«
»Heb's dir auf, bis dein Anwalt kommt«, sagte Parker. »Du hast Scheißblut auf mein ganzes Hemd geschmiert.«
Er ging zum Waschbecken in der Nähe der Abstellkammer, riß ein Papiertuch ab, drehte den Kaltwasserhahn auf und fing an, die Blutflecken zu betupfen.
In dem Kasten in der Abstellkammer bewegte sich der Zeiger in den 20.00-bis-20.15-Abschnitt.
Carella betrat gerade den Dienstraum.
Genero bemerkte sofort, daß er ein Geschenk trug.
»Wo ist Harriet?« fragte Carella.

Im Park gegenüber sah der Taube wieder auf seine Uhr. Er hatte Carella eben das Revier betreten sehen. Carella *kannte* er. Carella hatte er *erkannt*. In genau vierzehn Minuten würde aber Carella – und all die anderen – unkenntlich sein. Sobald . . .
Da!
Noch einer.

Blond und ohne Hut, den Kopf wegen des fliegenden Schnees eingezogen.

Der Taube lächelte.

Alfred Hitchcock, ein Regisseur, dessen Arbeit der Taube sehr bewunderte – abgesehen von *Die Vögel*, dieser albernen Übung in Science-fiction –, hatte einem Interviewer einmal den Unterschied zwischen Schock und Spannung erklärt. Der Meister hatte eine Parabel benutzt, um es zu beschreiben.

Da ist eine Versammlung des Aufsichtsrates. Zwanzig Männer sitzen um einen Tisch und besprechen die Finanzen. Das Publikum weiß nicht, daß in dem Raum eine Bombe versteckt ist. Der Vorsitzende ist gerade mitten im Satz, als die Bombe losgeht.

Das ist Schock.

Die gleiche Versammlung. Die gleichen zwanzig Männer sitzen um einen Tisch und besprechen die Finanzen. Aber diesmal *weiß* das Publikum, daß eine Bombe im Raum versteckt ist, und sie wissen, daß die Bombe auf – zum Beispiel – 20.15 Uhr gestellt ist. Die Männer fahren mit der Besprechung fort. Die Kamera blendet immer wieder die Uhr ein, die in dem Zimmer die Zeit anzeigt.

20.08.

20.12.

20.14.

Das ist Spannung.

Die Detectives im Dienstraum auf der anderen Seite der Straße wußten nicht, daß eine Schaltuhr programmiert war, daß eine Explosion und ein darauffolgender Brand um Punkt 20.15 Uhr ausgelöst werden sollte. Sie würden einen höllischen Schock kriegen.

Der Taube dagegen – in diesem Fall das Publikum – *wußte* es, und für ihn war die Spannung fast unerträglich.

Er sah wieder auf die Uhr.

20.03.

Es dauerte ewig.

Die Verwirrung begann als Lieutenant Byrnes hereinkam.

»Wo ist Teddy?« sagte er.

»Wo sind die Sandwiches?« sagte Delgado.

»Wo ist Harriet?« sagte Carella.

Die Detectives sahen einander an.

»Ihr Idioten habt euch im Datum geirrt«, sagte der Mann in der Haftzelle.

Brown sah auf die Uhr.

20.05.

Auf der Einladung hatte acht Uhr gestanden.

»Wo ist mein Anwalt?« sagte der Mann in der Haftzelle.

»Alles, was Genero wußte, war, daß Carella ein Geschenk mitgebracht hatte.

Er bewegte sich schnurstracks in Richtung der Abstellkammer.

Neun Minuten, dachte der Taube.

Er hatte sie absichtlich gebeten, um acht Uhr zu kommen, weil er sicher sein wollte, daß sie sich bis acht Uhr fünfzehn eingefunden hatten.

Ein weiterer Mann betrat das Revier gegenüber.

Waren alle zwölf Schweine anwesend?

Warteten sie auf die große Grill-Party?

Die nach seiner Uhr in jetzt acht Minuten stattfinden sollte.

»Ich bin Harry Lefkowitz«, sagte der Mann an der Schranke. »Ist das mein Klient, den ich dort in dem Verschlag sehe?«

»Wenn Ihr Klient Roger Jackson ist, dann ist das Ihr Klient«, sagte Parker.

Lefkowitz betrat den Dienstraum. Genero machte die Tür zum Schrank auf. Die Uhr an der Wand zeigte 8.08 Uhr.

»Ich hoffe, daß Sie ihn über seine Rechte in Kenntnis gesetzt haben«, sagte Lefkowitz und ging zur Zelle.

»Sie schmeißen eine Scheißparty hier oben«, sagte Jackson. »Meine Frau ist tot, und sie schmeißen ...«

»Halt's Maul«, sagte Lefkowitz.

Im Schrank zog Genero an dem Zug, der von der nackten Glühbirne herabhing. Einen Augenblick lang vergaß er, wo er das Geschenk für den Lieutenant hingelegt hatte. Ach ja, der Kasten da an der Rückwand, unter dem untersten Regal.

»Okay, Steve«, sagte Byrnes, »was soll das Ganze?«

»Ich?« sagte Carella.

»Auf Teddys Einladung stand ...«

»Teddys?«

»Harriets«, sagte Brown.

»Was?« sagte Byrnes.

Genero kniete sich hin und langte nach dem Geschenk. Der eingepackte Pyjama fiel von dem Holzkasten herunter und dahinter.

»Scheiße«, sagte Genero leise und sah dann schnell über seine Schulter, um festzustellen, ob der Lieutenant gehört hatte, daß er im Dienstraum geflucht hatte.

»Worum geht's, Loot?« sagte Willis.

»Wo sind die Sandwiches?« sagte Delgado.

»Was geht hier vor?« sagte Byrnes.

Genero hob den Holzkasten am Griff, mit der Absicht, ihn beiseite zu stellen, damit er an das Geschenk für den Lieutenant heran konnte. Irgend etwas klemmte. Der Kasten ließ sich nicht mehr als fünfzehn Zentimeter von der Wand wegziehen. Er zog daran. Er zog nochmals daran, diesmal stärker, und fiel fast nach hinten, als das kurze Kabel des Kastens aus der Steckdose dahinter glitt. Während er mit den Armen fuchtelte, um das Gleichgewicht zu halten, stieß er mit dem Ellenbogen gegen eines der Regale, das rechts von ihm stand. »Scheiße!« brüllte er und ließ den Griff des Kastens los. Der Kasten fiel auf seinen Fuß – den gleichen Fuß, in den er sich vor Jahren geschossen hatte.

»Au!« brüllte er.

Die Detectives fuhren alle herum, als sie seinen Schrei hörten.

»Verdammt!« brüllte Genero und gab dem Kasten einen Tritt, womit er seinem Fuß weitere Schmerzen zufügte. »Au!« brüllte er erneut.

Carella kam herüber zu der Abstellkammer.

»Was hast du denn da?« fragte er.

Genero war soeben zum Helden geworden.

Um acht Uhr fünfzehn geschah nichts.

Der Taube sah wieder auf seine Uhr.

Um acht Uhr sechzehn geschah nichts.

Und nichts geschah um acht Uhr zwanzig.

Um acht Uhr fünfunddreißig kam der Taube allmählich der Verdacht, daß auch nichts geschehen würde.

Um acht Uhr vierzig, als der Wagen des Entschärfungskommandos an der anderen Straßenseite vorfuhr, war er *sicher*, daß nichts geschehen würde.

Das Entschärfungskommando eilte ins Gebäude.

Der Taube verfolgte das Geschehen weiter.

Sie fanden die Kartons mit den Brandsätzen in sage und schreibe vierzig Sekunden.

Das war, nachdem die Detectives ihnen den offenen Holzkasten mit der Schaltuhr und dem Dynamit gezeigt hatten. Es war Carella, der den Kasten aufgemacht hatte. Aber es war Genero, der Held, der ihn gefunden und aus der Steckdose gezogen hatte.

»Ein Glück, daß Sie das Ding rechtzeitig rausgezogen haben«, sagte einer der Detectives des Entschärfungskommandos.

»Ich versuche, mit offenen Augen durchs Leben zu gehen«, sagte Genero.

»Ihr Jungs wärt jetzt Asche«, sagte der zweite Detective des Entschärfungskommandos. »Ich habe in meinem ganzen Leben noch nie so viele verschiedene Brand- und Sprengsätze an einem Ort gesehen. Seht euch diesen Scheiß an. Ein Dutzend Feuerflaschen, sechs Paraffinkuchen, eine ganze Packung voll Aluminiumthermitflocken, acht Flaschen Mineralöl, fünf Flaschen Kerosin – hast du jemals so etwas gesehen, Lou?«

»Diese Schaltuhr hier war auf acht Uhr fünfzehn gestellt«, sagte der zweite Detective zu Genero. »Sie haben's genau rechtzeitig ausgesteckt. Sehr hübsche kleine Schaltuhr hier.«

»Ich hab's sofort erkannt«, sagte Genero. »Wer darf es behalten?«

»Was?« sagte Byrnes.

»Ich hab's gefunden, kann ich's behalten?«

»Was?« sagte Willis.

»Es könnte vielleicht wie ein Videorecorder funktionieren«, sagte Genero. »Um Fernsehsendungen aufzunehmen.«

»Die Stadt hat die Sicherheit und das Wohl meines Klienten gefährdet«, sagte Lefkowitz.

Kling dachte daran, daß ihm oder Eileen wirklich etwas passieren *könnte.* Vielleicht würde es *nicht* für ewig sein.

Hawes dachte daran, daß Annie um ein Haar davor bewahrt worden war, den *schwarzen* Seidenslip zu tragen. Bei seinem Begräbnis.

Carella dachte daran, daß der Taube vielleicht doch fair gespielt hatte. Am ersten Weihnachtstag hatte er klar und eindeutig sein Vorhaben bekanntgegeben; in den folgenden elf Tagen hörten sie von ihm. Vom zweiten bis sechsten Tag hatte er ihnen das ganze Polizeizubehör geschickt, um sie wissen zu lassen, daß er etwas gegen die *Cops* plante. Am siebten Tag kamen die Steckbriefe, eine Verschiebung von der uniformierten Polizei zu den Kriminalbeamten hin, insoweit, als daß die Steckbriefe sowohl aus einem Appellraum der Uniformierten als auch aus einem Dienstraum der Detectives stammen konnten. Am achten Tag hatte er sie wissen lassen, daß er es tödlich ernst meinte, aber auch, daß er sich dem 87. näherte; das Zeughaus war gleich drüben an der Ecke First und Saint Sebastian. Am neunten Tag hatte er angefangen, genauer zu zielen. Die neun Wagen waren Wagen des 87.

Reviers, ohne Zweifel. Und am zehnten und elften Tag hatte er sie wissen lassen, daß er sogar in den Dienstraum kommen würde – zehn DA-Formularbögen, die nur Detectives benutzten, und elf Colt Detective Specials, die bevorzugte Waffe der meisten Detectives. Die zwölf gebratenen Schweine – nach Carellas Rechnung waren in diesem Augenblick zwölf Detectives im Dienstraum, und sie waren *beinahe* eingeäschert worden. So nahe wollte er nie wieder kommen.

»Da ist eine Flasche Scotch in der untersten Schublade meines Schreibtisches«, sagte Byrnes. »Holen Sie sie, Genero.« Er wandte sich zu Carella. »Außerdem habe ich dir ein Paar Manschettenknöpfe gekauft.«

»Ich habe dir ein Hemd gekauft«, sagte Carella.

»Ich habe Ihnen einen Pyjama gekauft, Pete«, sagte Genero, und eilte in das Büro des Lieutenants.

»Wie hat er mich genannt?« fragte Byrnes.

»Beabsichtigen Sie, *Alkohol* in diesem Dienstraum zu trinken?« fragte Lefkowitz.

Die Detectives des Entschärfungskommandos kamen ein paar Minuten vor neun aus dem Revier.

Der Taube sah ihnen nach, als sie wegfuhren.

Komischerweise war er weder zornig noch traurig.

Als er sich im fallenden Schnee entfernte, war sein einziger Gedanke: *Das nächste Mal.*